ARLO FINCH

LE MYSTÈRE DES LONGS BOIS

Correction : Claire Debout
Mise en pages : Petits Papiers
Illustration de couverture : Levente Szabo

Titre original : *Arlo Finch and the Valley of Fire*
Published by Roaring Brook Press
Roaring Brook Press is a division of Holtzbrinck Publishing Holdings
Limited Partnership
175 Fifth Avenue, New York, New York 10010

1, rond-point du Général-Eisenhower, 31100 Toulouse, France
editionsmilan.com

Loi 49-956 du 16 juillet 1949
sur les publications destinées à la jeunesse
ISBN : 978-2-7459-9752-4

JOHN AUGUST

ARLO FINCH

LE MYSTÈRE DES LONGS BOIS

Traduit de l'américain
par Leslie Damant-Jeandel

MILAN

« La sagesse commence dans l'émerveillement. »
Socrate (sûrement)

-1-
PINE MOUNTAIN

LA MAISON NE RESSEMBLAIT PAS DU TOUT À UNE MAISON.

Elle se composait pourtant de tous ces éléments qui forment d'ordinaire une maison : un toit en ardoise, des fenêtres, des briques… Mais rien n'avait été assemblé de manière traditionnelle. Affalée contre une colline boisée, elle avait plutôt l'air d'un amoncellement de débris qu'on aurait récupérés sur de vraies habitations.

Sur la gauche, une porte se trouvait à deux mètres du sol, sans marches pour y accéder. Au premier étage, une bâche en plastique bleu frémissait sous la brise automnale, révélant une pièce à l'abandon. La porte d'entrée était cachée dans l'ombre d'un porche bancal.

Assis sur la banquette arrière de la voiture de sa mère, Arlo Finch prenait note de tout ce que cela pouvait avoir de dangereux.

Ce fut Jaycee, sa sœur, qui énonça tout haut ce qu'il pensait :

– On dirait une maison de film d'horreur.

Leur mère coupa le contact puis déboucla sa ceinture de sécurité. Arlo savait qu'elle comptait jusqu'à trois. Ces temps-ci, sa mère comptait souvent jusqu'à trois.

– C'est une maison, c'est tout ce qui compte, objecta-t-elle.

– C'est toi qui le dis, répliqua Arlo.

Aujourd'hui, comme les trois jours précédents, ils avaient roulé six heures. Sortir et s'étirer enfin, voilà qui faisait du bien. Une brise légère rafraîchissait l'atmosphère.

Le parfum qui flottait dans l'air rappela à Arlo le moment où, à Philadelphie, ils avaient trouvé un vrai sapin de Noël sur un terrain vague à côté d'une station-service. Ici, dans les montagnes du Colorado, les sapins foisonnaient, sauf qu'ils étaient beaucoup plus grands, oscillant dans le ciel bleu pâle.

Leur mère ouvrit la remorque à l'arrière de la voiture.

– Il faut que j'aille aux toilettes, déclara Jaycee.

– Moi aussi, ajouta Arlo.

– Eh bien, allez-y, proposa leur mère. Votre oncle est prévenu de notre arrivée.

Arlo passa devant une clôture rouillée et plusieurs tas de pierres couverts de mousse, puis suivit sa sœur jusqu'au porche au plancher grinçant.

À quinze ans, Jaycee était solidement charpentée, comme les lanceuses de poids aux Jeux olympiques. À Philadelphie et à Chicago, elle passait le plus clair de son temps à regarder des vidéos sur Internet et à se teindre les cheveux dans des coloris variés, ne quittant sa tanière en soupirant que pour les repas.

Arlo Finch venait d'avoir douze ans, mais sa petite taille le faisait paraître plus jeune. Ses cheveux noirs ne restaient jamais en place. Il avait l'œil gauche marron et le droit d'un vert émeraude. Le terme médical, « hétérochromie de l'iris », ressemblait à une formule magique ou à un nom de maladie. Ce n'était pourtant ni l'un ni l'autre. « C'est comme ça, disait sa mère. Il y a des gens qui ont les yeux marron, d'autres les yeux verts. Toi, tu en as un de chaque. » Pour certains professeurs, ses yeux vairons expliquaient ses difficultés en lecture, mais d'après les médecins, Arlo avait une bonne vue. C'était son cerveau qui, parfois, butait sur les mots.

En tout cas, il n'eut aucun mal à lire la pancarte à côté de la porte d'entrée :

Tout démarcheur se prendra un coup de fusil et finira empaillé !

Jaycee frappa. La porte, qui n'était pas fermée à clé, s'ouvrit toute seule, lentement.

– Oncle Wade ? appela Jaycee.

Pas de réponse.

– Houhou ? lança Arlo, pas plus fort que sa sœur.

L'intérieur de la maison, tout en étant désordonné, ne faisait pas film d'horreur. Depuis le porche, les enfants repérèrent un escalier menant à l'étage. Chaque marche était encombrée de livres, de cartons et de bouts de ferraille. À gauche, deux canapés défoncés et un rocking-chair renversé meublaient le salon. À droite, la table de la salle à manger était couverte d'une quinzaine d'animaux. Des vrais, pas des peluches. Des animaux empaillés, autrefois vivants, comme on en voyait lors des sorties scolaires au Muséum d'histoire naturelle. Arlo reconnut des aigles, des renards et des ratons laveurs, tous figés en pleine action.

À bien y réfléchir, la maison avait quand même un petit côté film d'horreur. Pourtant, Jaycee entra sans hésiter.

– C'est une propriété privée ! l'avertit Arlo dans un chuchotement.

– Elle appartient à Maman, rétorqua sa sœur.

Elle traversa la salle à manger et passa une porte battante.

En théorie, Jaycee avait raison. Leur mère avait dit qu'à la mort de leurs grands-parents, la maison lui avait été léguée, et à elle seule. Mais oncle Wade vivait là, et ce depuis son enfance. La pancarte sur la porte, tout comme les cadavres d'animaux sur la table, c'était son œuvre. Le moment semblait mal choisi pour chipoter sur les détails de l'héritage.

Malgré tout, Arlo devait absolument faire pipi. Il suivit Jaycee et déboucha sur la cuisine, sombre et surchargée.

Cinq boîtes de céréales ouvertes étaient alignées sur le plan de travail. Une plante morte pendait au-dessus de l'évier, où une pile de vaisselle sale trempait dans quelques centimètres d'eau graisseuse.

Pour accéder aux toilettes, il fallait descendre une marche depuis la cuisine et emprunter un couloir au sol recouvert de gazon synthétique. Une fois devant la porte des W.-C., Arlo dansa d'un pied sur l'autre, attendant son tour avec impatience.

Puis il entendit des craquements.

Des pas lourds résonnèrent dans l'escalier en bois. Comme soudain doté d'une vision à rayons X, Arlo imagina très bien où les pieds se posaient. Le bruit se modifia à mesure que les pas traversaient lentement la salle à manger. Alors, à l'instant exact où Arlo s'y attendait, la porte battante s'ouvrit.

Jamais il n'aurait pu imaginer ce qu'il vit.

L'homme à l'origine des bruits ne ressemblait pas à un homme, mais plutôt à un ours qui aurait perdu presque toute sa fourrure. Il portait des lunettes à monture épaisse, un bas de jogging et un immense tee-shirt sur lequel s'étendait une tache de la forme du Wisconsin. (Arlo était bon en géographie.)

Bien que ne l'ayant jamais rencontré, Arlo était certain qu'il se trouvait face à l'oncle Wade. Dans l'album photo de sa mère, le jeune Wade avait les mêmes cheveux blond-roux emmêlés.

À la manière dont son oncle plissait les yeux, Arlo n'était pas sûr d'avoir été repéré. Mais l'homme-ours grommela alors :

– Belle matinée.

– Il est 3 heures de l'après-midi.

Arlo avait seulement voulu donner une information utile, mais il s'inquiéta d'avoir paru mal élevé.

Oncle Wade désigna la porte des toilettes.

– C'est qui, là-dedans ? Céleste ?

Céleste était leur mère. Arlo secoua la tête.

– Jaycee.

– Toi, tu es Arlo.

Arlo acquiesça. Le bruit de la chasse d'eau s'éleva, puis de l'eau coula dans le lavabo.

– Tu t'entends bien avec ta sœur ? demanda son oncle.

– La plupart du temps.

– Tu as de la chance. La mienne m'a toujours rendu dingue.

Comme oncle Wade n'avait qu'une sœur, il parlait de la mère d'Arlo. Apparemment, ça se présentait mal.

La porte des toilettes s'ouvrit. Wade fit déguerpir Jaycee et referma la porte derrière lui. Arlo allait devoir patienter encore un peu pour faire pipi.

Il n'y avait qu'un seul W.-C., mais de nombreuses chambres à l'étage. Jaycee s'en attribua une à l'arrière de la maison. La pièce sombre sentait l'humidité, mais c'était la seule porte qui fermait à clé.

Arlo choisit une chambre en façade : celle de sa mère quand elle était enfant. Sur le papier peint vieilli, les fleurs ressemblaient à des flocons de neige poussiéreux. Les ressorts du lit grinçaient, mais le matelas était bien plus confortable que celui qu'Arlo avait à Chicago, ou que la banquette pliable de Philadelphie.

La fenêtre donnait sur l'allée gravillonnée, les arbres et, au-delà, sur les sommets enneigés. Arlo n'avait cependant pas choisi cette chambre pour la vue.

Il s'était dit qu'en cas d'urgence, cette fenêtre serait pour lui le meilleur moyen de s'enfuir. Si tout à coup la maison s'écroulait ou prenait feu, si un puma entrait par la sinistre pièce en travaux, au bout du couloir, il lui serait possible de sortir rapidement. Il lui suffirait d'attacher une corde au radiateur et de descendre. Sinon, il pourrait toujours sauter : il survivrait à la chute, et s'en tirerait sans doute avec une simple entorse à la cheville.

Un jour, un psychologue scolaire avait demandé à Arlo pourquoi il imaginait souvent des scénarios improbables comme un raz-de-marée sur le lac Michigan, ou une inversion brutale de la gravité. Craignait-il vraiment que ce genre de phénomène se produise ? « Non, avait répondu Arlo. Parce que j'y suis préparé. »

Ne pas être prêt : voilà ce qui l'effrayait.

Le père d'Arlo était comme lui : toujours paré pour les surprises et éventualités en tout genre. « Si tu n'as pas de plan B, tu n'as pas de plan tout court. » Mais depuis le départ précipité de son père – celui-ci s'était rendu à l'aéroport sans prendre le temps de dire au revoir –, c'étaient toutes ces choses inimaginables qui empêchaient Arlo de dormir : la peur diffuse de terribles périls qu'il serait incapable de prévoir.

Comme il ne voulait pas inquiéter sa mère et sa sœur, il s'inquiétait pour elles. Il prenait sa mission très au sérieux.

Arlo se dit qu'il devrait apprendre à faire les meilleurs nœuds pour se fabriquer une corde avec ses draps et, si possible, se procurer un sifflet ou une corne de brume pour avertir sa famille en cas d'éboulement. (Il supposait que les éboulements étaient le danger le plus probable, vu le nombre de panneaux jaunes *DANGER* : *CHUTE DE PIERRES* qu'ils avaient croisés sur la route pour venir à Pine Mountain.)

Le soleil couchant projetait de longues ombres dans sa chambre. Les fleurs-flocons du papier peint renvoyaient la lumière d'une manière étrange, comme si elles scintillaient.

Arlo se demanda s'il avait suffisamment exploré la zone juste sous sa fenêtre. Et si le sol était couvert de pointes en fer rouillées, ou de bris de verre ? Il se pencha avec prudence sur le rebord. Il ne regretta pas d'avoir regardé : quatre mètres cinquante plus bas se dressait un buisson hérissé d'épines. Ce n'était pas un cactus comme celui dans lequel Arlo était tombé en Californie, ni un yucca d'Arizona, mais c'était à coup sûr une plante qui ferait mal. Il descendit pour explorer ça de plus près.

La mère d'Arlo était partie rendre la remorque à l'agence de location. Sa sœur, enfermée dans sa chambre, déballait ses affaires en écoutant de la musique. Son oncle Wade s'était retiré dans son atelier.

Ainsi, quand Arlo examina la plante épineuse sous sa fenêtre, il était seul. Jusqu'à ce qu'il réalise que finalement… ce n'était pas le cas.

À une quinzaine de mètres, au bord de l'allée, un chien l'observait. Arlo supposa que c'était un chien, et pas un coyote ni un loup, même s'il n'avait jamais vu de loup en vrai. La bête portait un collier. Au moins, ça voulait dire qu'elle appartenait à quelqu'un.

Arlo savait qu'il fallait se montrer prudent devant un chien inconnu. Toutefois, celui-ci ne semblait pas menaçant, seulement curieux.

Gardant les mains baissées et bien visibles, Arlo avança lentement vers lui. Le chien inclina la tête. Il remua la queue. Mais le garçon dut franchir une sorte de frontière invisible, car le chien recula.

– Tout va bien, le rassura Arlo. N'aie pas peur.

Il s'agenouilla et fit signe au chien d'approcher.

Soudain, l'animal reporta son attention sur une portion de route déserte, ignorant complètement Arlo. On aurait dit qu'il fixait une menace invisible. Il se redressa vivement et dévoila ses crocs.

Puis il aboya, mais sans faire aucun bruit. C'était comme regarder la télévision sans le son. Arno sut que le chien aboyait uniquement parce que sa poitrine vibrait et sa gueule bougeait.

Arlo connaissait l'existence d'une race de chiens égyptiens qui n'aboyaient pas, mais il n'aurait jamais imaginé que ça ferait cet effet-là.

Tout à coup, le chien se lança à la poursuite de la menace invisible, laissant Arlo seul, agenouillé dans l'allée.

Arlo trouva son oncle en train de fermer son atelier avec un cadenas. Il lui demanda comment s'appelait le chien.

– Quel chien ? s'enquit Wade, perplexe.

Arlo lui décrivit l'animal, les aboiements silencieux et sa course dans la forêt.

– Oh, lui, c'est Cooper. Tu l'as vu ? Ça fait longtemps qu'il ne traîne plus par ici.

– À qui il est, ce chien ? voulut savoir Arlo.

– À nous, mais c'était il y a des années.

– Il s'est enfui ?

– Non, il est mort, répondit oncle Wade. Il était vieux. Les chiens, ça ne vit pas très longtemps, tu sais.

Arlo passa un long moment à s'assurer qu'il avait bien entendu. Il observa le visage de son oncle, guettant en vain l'ombre d'un sourire ou tout autre indice montrant qu'il plaisantait.

– S’il est mort, pourquoi je l’ai vu ?

Oncle Wade remit ses clés à sa ceinture.

– Ta mère ne t’a rien dit ? (Arlo fit non de la tête.) Comme la plupart des adultes, elle a dû oublier, je suppose. Ici, dans les montagnes, ce n’est pas comme ailleurs. Ce n’est ni bien ni mal, juste différent. Il va sans doute te falloir un certain temps pour t’y habituer. Mais tu t’y feras.

Aux crissements des pneus sur les graviers, Arlo et son oncle, balayés par les phares, se retournèrent pour voir revenir la voiture, cette fois sans la remorque.

Oncle Wade reprit :

– Pour l’instant, évite d’aller dans la forêt, ça vaut mieux. Juste au cas où.

La mère d’Arlo sortit du break.

– Vous venez m’aider à rentrer les courses ? lança-t-elle.

Arlo demanda à son oncle ce qu’il y avait dans la forêt.

– Encore une fois, rien de bien ni de mal. C’est juste dangereux si tu n’es pas préparé.

- 2 -
DES QUESTIONS RAISONNABLES

CE SOIR-LÀ, AU DÎNER, c'était spaghettis nappés de la sauce tomate en pot préférée d'Arlo.

Même s'il devait utiliser une fourchette en plastique parce que oncle Wade n'avait que trois fourchettes en métal, et même si le lait était en bouteille et non en brique de carton, Arlo se réjouissait qu'au moins le repas ait un goût familier.

Ils dînaient sur la table de la salle à manger, sous le regard attentif des animaux empaillés d'oncle Wade, posés à terre.

Arlo venait d'apprendre le mot « taxidermie ». Ça voulait dire prendre le cadavre d'un animal, le remplir de sciure et le recoudre pour lui donner l'air vivant. C'était ainsi qu'oncle Wade gagnait sa vie. Cette activité était aussi une passion et un art – raison pour laquelle Arlo et Jaycee n'étaient pas autorisés à entrer dans son atelier. Oncle Wade y rangeait des produits chimiques dangereux, des couteaux affûtés et des outils puissants. Jaycee et Arlo avaient tous les deux promis de ne jamais y mettre les pieds.

Jaycee demanda le mot de passe pour le wifi. Oncle Wade l'informa qu'il n'y avait pas Internet dans la maison. Ils étaient trop loin de la ville pour tirer des câbles, et de toute façon il n'en voyait pas l'intérêt.

Un jour, Arlo avait vu un film avec un monstre appelé Méduse qui, d'un simple regard, transformait les hommes en pierre. Ce fut ce genre de regard que Jaycee lança à oncle Wade quand il annonça l'absence de connexion. Contrairement au film, oncle Wade ne se pétrifia pas. Il parut même ne rien remarquer : il se resservit juste en spaghettis.

Frustrée, Jaycee se tourna vers sa mère.

– Désolée, Jaycee, dit celle-ci. C'est comme ça. Et si tu utilisais ton téléphone ?

– Mais ça ne marche pas non plus ! Il n'y a pas de réseau à cause de ces fichues montagnes.

Oncle Wade désigna un téléphone à l'ancienne accroché au mur de la cuisine : le genre d'appareil avec un fil torsadé qui relie le combiné au support.

– Celui-là fonctionne parfaitement. Il faut juste que l'appel dure moins de cinq minutes. Je ne voudrais pas rater une commande.

Vu sa tête, Jaycee semblait sur le point de pleurer, d'exploser, ou les deux. Maman tenta de la calmer.

– Tu auras du réseau en ville. J'ai testé à l'épicerie, j'avais trois barres. En plus, je suis sûre que tu auras Internet au lycée pour faire des recherches.

– On a aussi des encyclopédies, intervint oncle Wade. De qualité, avec des dorures. Il y avait deux volumes pour la lettre M, mais on en a perdu un – le premier, je crois. Alors si tu dois faire un devoir sur le Montana, c'est gagné. Mais si c'est sur le Mississippi, le Missouri ou le Michigan, c'est fichu.

Pendant qu'oncle Wade parlait, Arlo leva la main. Il avait une question importante à poser et ne voulait pas qu'elle reste sans réponse. Sa mère lui fit un signe de tête.

– Sans Internet, comment on va parler à Papa ? s'enquit-il.

Le père d'Arlo et de Jaycee habitait en Chine. Il s'y trouvait depuis trois ans, soit depuis le jour où le FBI avait voulu l'arrêter dans son bureau, à Philadelphie. Ils avaient échoué, car il était déjà dans l'avion, à fuir le pays. D'après le gouvernement, leur père avait enfreint la loi en piratant des codes secrets. Beaucoup de gens disaient qu'il n'avait pas commis de crime, mais il ne pouvait pas prendre le risque de revenir aux États-Unis et de se faire arrêter.

Il vivait donc en Chine pour une période indéfinie – expression qui signifiait, comme Arlo le comprit par la suite, « plus ou moins pour toujours ».

La famille d'Arlo avait toujours beaucoup bougé, mais après le départ de son père, la fréquence des déménagements avait augmenté. D'abord Philadelphie, puis Chicago : une série de minuscules maisons et appartements partagés avec des inconnus. Après avoir intégré sa troisième école, Arlo avait cessé d'essayer de se faire des amis. Il savait qu'il avait peu de chances de rester assez longtemps pour que ça en vaille la peine.

La seule constante dans ce mode de vie chaotique, c'étaient les appels passés à son père. Chaque dimanche matin, ils se parlaient par appels vidéo sur l'ordinateur. Son père mettait son ordinateur portable à la fenêtre de son petit appartement à Canton pour leur montrer la ville illuminée – là-bas, il faisait nuit –, raconter à Arlo les choses bizarres qu'il mangeait et lui demander comment se passait l'école. Son père lui apprenait des expressions en chinois, dont des gros mots, certifiait-il.

Sans connexion Internet, comment feraient-ils pour l'appeler chaque semaine en Chine ?

– On trouvera une solution, répondit sa mère.

Juste à ce moment-là, les lumières vacillèrent avant de s'éteindre. La pièce se retrouva plongée dans le noir. Seul le clair de lune perçait par la baie vitrée coulissante.

– Ce n'est que le vent, les rassura oncle Wade. La lumière va revenir dans quelques secondes.

Arlo compta en silence. Il entendait son oncle entortiller ses spaghettis autour de sa fourchette. Il entendait Jaycee respirer, et la chaise de sa mère grincer. En fond sonore, il entendait le vent secouer les fenêtres.

Arlo s'arrêta de compter à cinquante. Le courant n'était toujours pas revenu.

– Attendez, dit oncle Wade en reculant sa chaise. J'ai des lampes de poche.

Jaycee et Arlo faisaient la vaisselle à la lueur d'une lanterne.

– Maman perd la boule, affirma Jaycee en rinçant la mousse.

– Non, objecta Arlo.

Leur mère ne pouvait pas perdre la boule, vu qu'elle l'avait déjà perdue à Chicago, et ça remontait à huit jours. Une fois qu'on l'avait perdue, on ne pouvait la perdre à nouveau.

Arlo n'était pas sûr de bien comprendre. C'était quoi, cette boule ? Ça avait un rapport avec leur mère jetant une chaise à travers une fenêtre. Ou sur une fenêtre. En tout cas, il savait que l'incident impliquait une chaise, une fenêtre et une préposition, et que c'était suffisamment grave pour que sa mère doive arrêter de travailler à la compagnie d'assurances. En quelques jours, ils avaient vendu tous leurs meubles par des annonces en ligne et loué la remorque pour transporter le reste dans le Colorado.

– Écoute, Arlo, dit Jaycee à voix basse (la preuve que c'était important). Il va falloir qu'on aide beaucoup plus, maintenant. Maman est déjà très stressée, on ne va pas en rajouter. Alors s'il arrive quoi que ce soit, il faudra se débrouiller, ne pas aller l'embêter.

Arlo fut surpris d'entendre sa sœur tenir un tel discours, surtout après sa crise de panique à propos d'Internet. C'était la même ado qui hurlait après sa mère deux fois par semaine au moins, en général sur les règles établies à la maison et les devoirs de chacun. Pourquoi tout à coup ce sermon sur la coopération ?

– Maman n'a pas envie d'être ici, ça saute aux yeux, poursuivit Jaycee. On serait venus il y a des années si cette maison n'était pas le dernier recours. C'était ça, ou se retrouver à la rue.

– Ce n'est pas si terrible, tempéra Arlo. Papa nous envoie autant d'argent qu'il le peut.

– Ça ne suffit pas. C'est pour ça que je vais me trouver un boulot après les cours.

– Où ça ?

– Je ne sais pas. Dans un magasin, ou un truc de ce genre.

– Mais tu détestes les gens.

Jaycee ne s'offusqua pas de cette remarque.

– On va tous devoir s'adapter. On ne peut pas harceler Maman au moindre problème. Si des élèves t'embêtent à l'école, il va falloir t'endurcir. Et si tu te remets à entendre des voix, contente-toi de les ignorer.

– Ça fait très longtemps que je n'ai pas entendu de voix.

– Tant mieux, dit Jaycee. Parce que Maman est à bout.

Arlo était trop grand pour être bordé dans son lit le soir, mais il ne protesta pas quand sa mère monta voir où il en était dans son installation.

Dans le faisceau de la lampe de poche, il lui montra comment il avait rangé ses vêtements de la tête aux pieds : les tee-shirts et les bonnets dans le tiroir du haut, les pantalons dans celui du milieu, les slips et les chaussettes dans celui du bas. Normalement, les slips auraient dû rejoindre le tiroir du milieu, mais il y avait plus de place dans le tiroir à chaussettes. En plus, Arlo enfilait souvent son slip et ses chaussettes en même temps. Il économisait ainsi l'ouverture d'un tiroir.

Sa mère reconnut que c'était logique.

– Je me disais, Arlo… déclara-t-elle. Le café-restaurant en ville fait de délicieuses crêpes. Je parie qu'ils ont aussi le wifi. Peut-être qu'on pourrait y aller le dimanche avec notre ordinateur pour appeler ton père. Ce serait comme prendre le petit déjeuner avec lui.

Arlo trouva l'idée géniale. Plus que ça : c'était le genre de proposition que sa mère faisait avant, combinant quelque chose d'amusant (les crêpes) à quelque chose d'important (appeler son père).

Sa mère était peut-être en train de retrouver sa boule.

Il avait envie de lui parler du chien qu'il avait vu, celui qui était mort selon oncle Wade, mais il ne voulait pas qu'elle s'inquiète. Aussi, quand il grimpa sur son lit presque trop moelleux, il aborda le sujet sous forme de question :

– Maman, tu as déjà eu un chien ?

Sa mère vint s'asseoir au bord du lit, baignée seulement par le clair de lune qui brillait à travers la fenêtre.

– Quand j'étais à la fac, mes colocataires et moi avions une chienne. Elle s'appelait Rosie. C'était un chien errant que nous avions trouvé. C'est devenu en quelque sorte la mascotte de la résidence. Dès qu'on organisait une fête, on la voyait sur toutes les photos. J'ai obtenu mon diplôme, puis j'ai déménagé, mais elle est restée à la résidence avec la nouvelle fournée de locataires. C'était chez elle.

– Et quand tu étais petite ? Vous aviez un chien ici ? voulut savoir Arlo.

– Oui et non. C'était un chien qui vivait surtout dehors. Il ne rentrait dans la maison qu'en cas de grosse tempête de neige. Même dans ces conditions, il restait plus ou moins dans son coin.

– Comment il s'appelait ?

– Cooper.

Arlo sentit son cœur bondir dans sa poitrine. Son oncle disait bien la vérité. Il y avait vraiment eu un chien qui s'appelait Cooper. C'était celui qu'il avait vu.

– Pourquoi tu me demandes ça ?

Arlo ne sut comment répondre sans en dire trop. Heureusement, sa mère poursuivit :

– Tu aimerais avoir un chien ? Parce que ce serait possible, je suppose. On ne manque pas de place ici.

Mais on devrait d'abord finir de s'installer, tu ne crois pas ? Acheter des fourchettes et faire quelques lessives.

Arlo était d'accord.

Sa mère arrangea les cheveux du garçon.

– Je sais que c'est effrayant de se retrouver dans une ville qu'on ne connaît pas. Une nouvelle école. De nouveaux amis. Mais on est devenus des spécialistes, pas vrai ?

Arlo sourit.

– J'ai l'impression que ça va très bien se passer, reprit sa mère. Je sais que cette maison a l'air d'une ruine, mais elle est solide. Elle est sûre. On y sera bien.

Elle lui proposa de garder la lampe de poche. Il fut content qu'elle le fasse : il n'aurait pas osé le lui demander. Après l'avoir embrassé sur le front, sa mère se dirigea vers la porte. Arlo éclaira son chemin. Juste avant qu'elle ferme le battant, il demanda :

– La forêt, c'est sans danger ?

Sa mère resta silencieuse un instant.

– Bien sûr, répondit-elle. Il faut juste éviter de perdre la maison de vue. Je ne voudrais pas que tu t'égares.

Elle souffla un baiser vers lui puis referma doucement la porte.

Deux minutes plus tard, Arlo glissa hors du lit et ouvrit la fenêtre.

C'était presque la pleine lune. Même si elle brillait fort, la lumière s'arrêtait à l'orée de la forêt, qui était plongée dans le noir. Seule la brise agitait les arbres.

En plus du vent, Arlo entendit d'étranges cris d'oiseau ainsi que le vrombissement d'un moteur sur une route, au loin.

Le faisceau de sa lampe éclaira la zone juste sous la fenêtre, sans toutefois atteindre l'endroit où Arlo avait vu le chien. Tout à coup, il imagina le spectacle qu'il offrait vu d'en face, ce qu'une créature verrait depuis la forêt : une lumière brillante à la fenêtre du premier étage, allant lentement d'un côté puis de l'autre.

Ça pourrait ressembler à une invitation.

Arlo s'empressa d'éteindre la lampe. Il ferma la fenêtre et tira les rideaux. Puis il se recoucha et dormit toute la nuit d'un sommeil sans rêves.

- 3 -
L'ÉCOLE

LA BOURGADE DE PINE MOUNTAIN ÉTAIT SI PETITE QUE, pour la trouver sur Internet, il fallait zoomer au maximum sur la carte. Une fois qu'on l'avait localisée, tout ce qu'on voyait était une série de petits points au sein d'une immense forêt. On y accédait uniquement par une route de montagne à double sens qui serpentait, tel un gribouillage au crayon gras.

Pine Mountain n'était même pas au bon endroit. D'abord camp minier dans les années 1850, la ville avait été détruite par une crue soudaine et rebâtie plus haut dans le canyon, hors d'atteinte de la rivière Big Stevens. La boutique de souvenirs, qui faisait aussi office de bureau de poste et de marchand de glaces, était le seul édifice historique authentique. Le reste était constitué d'un ensemble décousu de minuscules magasins, de cabanes au toit de tôle et de maisons à ossature triangulaire.

Pine Mountain avait un seul arrêt de bus, un seul feu tricolore et un seul groupe scolaire, tous situés au même carrefour.

L'entrée du bâtiment, bas et fait de briques, était affublée d'une gigantesque ancre marine. Arlo trouvait étrange qu'une école perdue au milieu des montagnes ait une ancre pour symbole. D'après sa mère, c'était en hommage à un amiral célèbre qui avait grandi ici et combattu pendant la Seconde Guerre mondiale. Enfant, la mère d'Arlo allait à l'école de Pine Mountain. Elle avait même vu l'amiral en chair et en os lors d'une cérémonie spéciale où l'ancre lui avait été dédiée.

Arlo essayait d'imaginer sa mère jeune, mais c'était impossible. L'ancre était rouillée. Sa mère était encore plus vieille que cette ancre rouillée.

L'école allait de la maternelle à la 3e. Les lycéens, comme Jaycee, devaient prendre un bus pour se rendre à Havlick, à vingt-cinq kilomètres de là. Arlo était ravi de ne pas fréquenter le même établissement que sa sœur.

Arlo était assis au bureau administratif de l'école pendant que sa mère remplissait des formulaires. Il avait mal aux pieds. Ses belles baskets étaient devenues trop petites, mais il ne voulait pas se plaindre.

Sur sa gauche, il y avait l'infirmerie. C'est là qu'il vit pour la première fois Henry Wu, qui était couvert d'une substance gluante d'un violet vif.

Arlo apprendrait bientôt que Henry Wu se faisait appeler simplement Wu parce qu'il y avait trois autres Henry dans sa classe. Et puis c'était bien plus facile à retenir.

Wu avait de la matière gluante partout : dans les cheveux, dans les yeux, dans les oreilles et la bouche. Quand il respirait, ses narines faisaient des bulles.

Il y avait quelque chose d'encore plus bizarre que ce fluide poisseux et violet : le bruit. Chaque fois que Wu bougeait, on entendait des clochettes tintinnabuler. Pour Arlo, ces tintements rappelaient Noël, les carillons et les flippers. Sauf que ça venait de Wu, ou plutôt de ce qui le recouvrait.

Au bout d'un moment, Wu ouvrit les yeux et remarqua Arlo qui l'observait. L'infirmière suivit son regard, soupira, puis ferma la porte pour plus d'intimité.

Arlo leva les yeux quand sa mère revint avec le principal, un barbu à bretelles.

– Bien, Arlo Finch. Il est temps de rejoindre ta classe.

Le professeur de la classe de 5e, Mme Mayes, portait un collier de grosses perles en bois et une robe fermée sur le devant par au moins cent boutons.

Arlo fut soulagé qu'elle ne lui demande pas de se présenter devant tout le monde, comme dans les autres écoles. Au lieu de quoi, Mme Mayes se contenta de lui indiquer sa place avant de reprendre le cours sur la multiplication des fractions, qu'Arlo connaissait déjà.

Dix minutes plus tard, la porte de la classe s'ouvrit. et Henry Wu entra. Presque toute la matière violette avait disparu, mais il lui en restait quelques traces autour des oreilles. Les élèves s'agitèrent, des rires fusèrent.

Cependant, ils ne semblaient pas surpris, remarqua Arlo. Au lieu de trouver ça incroyable, les enfants pensaient que c'était amusant, ce qui était bizarre.

Dans toutes les autres écoles qu'Arlo avait fréquentées, si un camarade était apparu barbouillé de la sorte, la question qui serait venue naturellement aurait été : « Que s'est-il passé ? » Mais ici, à Pine Mountain, tous les élèves paraissaient savoir exactement ce qui s'était passé. Et ils étaient nombreux à trouver ça hilarant.

Mme Mayes gronda la classe.

– Ça suffit ! Va t'asseoir, Henry.

Toutefois, les murmures continuèrent.

Le pupitre de Wu se trouvait au fond de la salle. À chacun de ses pas, il émettait un faible bruit de clochettes, comme le grelot d'un collier pour chat. Les enfants s'efforçaient d'étouffer leurs rires, mais se retenir rendait la situation encore plus comique.

Quand enfin il rejoignit sa place, Wu s'efforça de ne plus bouger.

À une rangée derrière lui, Arlo était suffisamment près pour entendre une fille brune avec des taches de rousseur se pencher vers Wu pour lui souffler :

– Sérieusement, tu n'as pas lu le manuel ?

– Si, je l'ai lu, chuchota Wu. Je voulais juste en mettre un dans un bocal.

– L'écusson récompense l'Observation, pas la Collecte. (À la façon dont elle avait prononcé ces mots, Arlo aurait juré qu'ils s'écrivaient avec une majuscule.) La prochaine fois, contente-toi de le dessiner.

– Indra ! l'interpella la professeur, agacée.

– Excusez-moi, madame Mayes.

La réplique d'Indra était automatique, comme si elle avait l'habitude de dire cette phrase.

Alors que ses camarades se replongeaient dans les fractions, Arlo sentit son esprit entrer en ébullition. Qu'est-ce que Wu avait voulu mettre dans un bocal ? Le truc gluant et violet ? Et à quelle heure sonnait la récréation ?

La réponse à sa dernière question fut celle qu'il obtint en premier. Quand la classe se déversa dans la cour pour la récréation du matin, Arlo resta en retrait. Il observa plusieurs garçons qui se moquaient de Wu, l'appelant Schtroumpf Grelot ou le Vigneron. Ça n'avait pas l'air trop méchant – ils faisaient plutôt les idiots – et Wu ne paraissait pas vexé. Au bout d'un moment, il secoua la tête comme un chien qui s'ébroue après un bain pour montrer la quantité de tintements qu'il était encore capable de produire.

Arlo fut soulagé de ne pas être l'objet de tous les regards. C'était généralement le cas en tant que nouvel élève. Mais, à cause du mystérieux incident violet, personne ne lui accordait la moindre attent…

– Pourquoi tu as emménagé ici ? demanda Indra en surgissant à ses côtés. Personne ne vient jamais habiter à Pine Mountain. C'est ma famille qui est arrivée en dernier, il y a trois ans, et seulement parce que la ville a eu besoin d'un nouveau médecin quand l'ancien est mort.

– Comment il est mort ? s'enquit Arlo.

– Il ramassait des champignons – il faut être prudent, parce que les vénéneux ressemblent beaucoup aux comestibles – et s'est fait attaquer par un puma. Il a pris la fuite, mais il a chuté d'une falaise pour finir dans une rivière glacée. Et puis, il avait quatre-vingt-cinq ans. C'est donc une combinaison de plusieurs choses. (Tout en parlant, elle attacha son épaisse chevelure avec un élastique.) Alors, pourquoi tu es venu vivre ici ?

– Ma mère a grandi dans cette ville, expliqua Arlo. Nous avons une maison sur Green Pass Road.

– Tu devrais faire attention, intervint Merilee Myers, une grande fille aux longs cheveux bouclés. (Elle avait une drôle de voix chantante, comme si tout ce qu'elle disait était forcément poétique.) Il y a un fou qui habite par là. Il empaille les cadavres d'animaux et après il les vend.

À l'évidence, elle parlait d'oncle Wade. Arlo se contenta de répliquer :

– OK.

Quand Wu les rejoignit, Indra désigna Arlo.

– On l'a prévenu pour les champignons.

– Et pour le fou de Green Pass Road, ajouta Merilee.

– Il a un atelier derrière sa maison, précisa Wu. Un jour, Russell Stokes a jeté discrètement un coup d'œil à l'intérieur. Il l'a vu empailler un jackalope doré.

– C'est quoi, un jackalope ? demanda Arlo.

Indra, Wu et Merilee le regardèrent d'un drôle d'air, comme s'il venait de demander : « C'est quoi, une boîte aux lettres ? » ou « Comment on se sert d'une brosse à dents ? ». Arlo en fut gêné. À force de changer d'école, avait-il manqué des matières importantes ? Tous les enfants à part Arlo Finch savaient-ils ce qu'était un jackalope ?

– C'est un lapin avec des bois, expliqua Wu.

Arlo voyait en gros l'animal, mais il avait peine à imaginer une telle créature bondir avec des bois sur la tête. Comment entrerait-elle dans son terrier ? D'ailleurs, les lapins avaient-ils des terriers ? Arlo se rendit compte qu'il n'y connaissait pas grand-chose en lapins normaux, et encore moins en lapins cornus.

– Ça porte malheur de tuer un jackalope doré, poursuivit Wu. C'est comme briser mille miroirs d'un coup.

– Ou passer sous cent échelles, ajouta Indra.

– Ou jouer avec des allumettes, suggéra Merilee.

Arlo se demanda si cette dernière remarque ne tenait pas plus de la mauvaise idée que de la malchance. Peu importait.

– Il ne les tue pas, les informa-t-il. Il ne tue aucun animal. Il trouve des animaux déjà morts et leur donne l'air vivant.

Indra plissa les yeux.

– Comment tu le sais ?

– J'ai lu un livre là-dessus, répondit Arlo. (C'était un mensonge.) Ça s'appelle la taxidermie. (Ça, c'était vrai.)

La réponse d'Arlo parut satisfaire ses camarades, mais il trouva plus prudent de changer de sujet. Il montra les traces de matière violette sous l'oreille de Wu.

– Et toi, ça va aller ?

– Je prendrai une douche à la maison, répliqua Wu.

– Tu n'arriveras à rien avec du savon normal, dit Indra. Il faudra utiliser de l'eau de pluie, ou mieux : de l'urine de chevreuil. Il y a tout un paragraphe sur les scarafées à la page 96 du manuel.

Arlo se retint de demander ce qu'étaient les scarafées. Mais Wu se tourna vers lui :

– Vous en avez, là d'où tu viens ?

– Évidemment ! s'exclama Indra avant qu'Arlo puisse répondre. Les scarafées viennent des Longs Bois, et les Longs Bois sont partout.

– Pas dans l'espace, objecta Wu.

– Bien sûr que non, pas dans l'espace. Mais partout ailleurs.

À chaque réponse obtenue, Arlo avait trois nouvelles questions. Quel était ce « manuel » dont ils parlaient ? Et les Longs Bois ? Où se procurait-on de l'urine de chevreuil ?

Hélas, la sonnerie marqua la fin de la récréation. Il lui faudrait attendre la pause de midi.

Ce matin-là, Arlo avait emporté pour son déjeuner un sandwich à la dinde, une pomme et un jus de fruits. C'était ce qu'il mangeait à l'école tous les midis, à Chicago. Toutefois, lorsqu'il s'assit à l'une des longues tables du réfectoire, il mourait de faim. Il avala tout son sandwich avant même de percer sa briquette de jus de fruits avec sa paille.

En regardant à droite et à gauche, il remarqua que ses camarades engloutissaient des quantités astronomiques de nourriture. Leurs boîtes à lunch faisaient facilement le double de la sienne. Beaucoup d'entre eux avaient deux sandwichs ; d'autres des bols en plastique géants remplis de nouilles ou de riz. Merilee s'attaquait à une laitue entière, accompagnée d'une bouteille de vinaigrette.

Il y avait très peu de bavardages et de chahut. Tout ce qu'Arlo entendait, c'était le bruit des aliments qu'on déballait et qu'on mâchait.

– Tu n'as pas faim ? s'étonna Wu en mordant dans un poulet rôti entier.

– Si, très, reconnut Arlo. Comment ça se fait ?

– C'est l'altitude, intervint Indra en étalant une pâte jaune sur une tranche de pain noir aux graines. Vu qu'on est à 3 200 mètres, le corps a besoin de plus de calories. C'est comme si tu étais un feu de camp : il faut que tu sois sans cesse alimenté pour continuer à brûler.

Elle lui proposa un morceau de son pain bizarre, mais Arlo déclina.

Pointant sur lui un pilon graisseux, Wu demanda :

– Tu faisais partie d'une patrouille, à Chicago ?

– Quoi, tu veux dire d'un gang ? Non. J'étais juste inscrit au club Recyclage. En gros, on triait les poubelles bleues et on éliminait le papier avec du chewing-gum collé dessus.

Indra clarifia la question de Wu :

– Il parlait des Rangers. Tu en faisais partie ?

– Je ne sais pas ce que c'est.

Arlo croqua dans sa pomme, sachant que les autres seraient sûrement perplexes devant tant d'ignorance.

Indra et Wu se regardèrent. La situation sembla les enthousiasmer.

– Tu fais quoi, ce soir ? demanda Indra.

– Je ne sais pas. Mes devoirs, répondit Arlo tout en mastiquant.

– La prof n'en donne pas le mardi, précisa Wu. C'est la soirée Rangers. Tu devrais venir.

– Oui, il faut que tu viennes, insista Indra. C'est à 19 heures, à l'église.

Arlo aurait voulu savoir quelle église, ce qu'il devait apporter, et quelles étaient les activités des Rangers. Mais il ne voulait pas poser de questions bêtes, ni donner l'impression qu'il avait peur, ni se montrer indigne de l'intérêt qu'on lui portait. Il se contenta donc d'avaler puis de répondre :

– OK. J'y serai.

- 4 -
L'UNIFORME

– IL Y A DES FILLES CHEZ LES RANGERS, MAINTENANT ? s'étonna oncle Wade. (Arlo haussa les épaules.) Tu as dit que c'était une fille qui t'avait invité, non ? Je suppose qu'elle ne t'a pas demandé de rejoindre les Rangers filles, mais les Rangers, c'est-à-dire les Rangers garçons, qu'on n'a jamais appelés comme ça, car tout le monde sait que les Rangers étaient des garçons, et les Rangers filles des filles. On n'avait pas besoin de préciser, les noms suffisaient.

– Je ne sais pas exactement ce que sont les Rangers, avoua Arlo.

– Les Rangers ? C'est ce qu'il y a de mieux sur Terre ! Du moins à mon époque. Ça doit encore être le cas.

Ils se trouvaient dans le sous-sol sombre et poussiéreux. Oncle Wade passait en revue les clés de son trousseau, à la recherche de celle qui ouvrirait peut-être la grosse malle à leurs pieds.

– Alors, j'ai le droit d'aller à la réunion ? s'enquit Arlo.

– Ta mère, qu'est-ce qu'elle en pense ?

– Je ne lui en ai pas encore parlé. Jaycee dit qu'on ne doit pas l'embêter avec des détails qui ne sont pas urgents.

– Bien raisonné. Mais elle acceptera, le rassura oncle Wade. Un garçon qui ne fait pas partie des Rangers est un garçon sans amis.

Wade trouva enfin la bonne clé. Il l'inséra et la tourna, produisant un grincement aigu. Le coffre contenait quantité de vieilleries, des jouets d'enfant aux crayons fantaisie. Presque tout au fond, oncle Wade dénicha ce qu'il cherchait.

D'abord, il trouva le pantalon, marron foncé avec de larges poches sur les cuisses. D'un simple coup d'œil, Arlo sut qu'il était bien trop grand pour lui.

– Oui, il faudra faire un ourlet, admit oncle Wade, anticipant les objections d'Arlo. La taille est ajustable, comme ça quand tu auras pris quelques kilos, il t'ira encore.

Il jeta le pantalon à son neveu et retourna fouiller dans la malle. Il sortit alors un grand morceau d'étoffe triangulaire de couleur jaune. *Triangle isocèle*, songea Arlo en se remémorant ses cours de géométrie. Une tache sombre auréolait le tissu.

– C’est du sang ? s’inquiéta Arlo.

– Oui, à coup sûr, répondit oncle Wade. Il arrive que les Rangers saignent. C’est ça, la vie dans les montagnes. Le foulard est toujours utile pour les bandages, les écharpes ou les garrots. Cela dit, tu apprendras qu’on ne doit pas faire de garrot, sauf si on est mordu par un serpent des graviers. Dans ce cas, c’est ça ou être pétrifié.

Ce triangle jaune se porte sans doute autour du cou, pensa Arlo. Il ignorait ce qu’était un garrot, mais il se jura d’éviter à tout prix les serpents des graviers pour ne jamais subir leur morsure.

Le dernier article de la malle était de loin le plus intéressant : une chemise boutonnée couverte d’écussons brodés, chacun illustré d’un symbole différent. Ils avaient été cousus un par un, avec un soin infini. Cinq petits insignes étaient alignés sur chaque manche. D’autres, plus gros, ornaient chaque poche. Il y en avait même sur leur rabat.

La chemise était d’un vert très foncé, plus encore que le crayon vert le plus foncé d’une boîte de crayons de couleur. La teinte rappela à Arlo l’uniforme des soldats dans les défilés. À force d’être restée enfermée, la chemise sentait la moisissure, mais Arlo fut surpris par sa solidité. Il n’aurait jamais cru qu’elle avait trente ans d’âge.

– Tu devras retirer les écussons, dit oncle Wade. Du moins jusqu'à ce que tu les aies gagnés toi-même.

Assis à la table de la salle à manger, Arlo décousait soigneusement les écussons à l'aide d'une paire de ciseaux.

Il commença avec les plus petits, sur les manches. Tous avaient la forme d'un pentagone. Chacun portait en son centre un symbole différent. Arlo supposa que les écussons qui arboraient une grosse croix rouge représentaient les premiers secours. Un autre insigne était orné d'une tente. Ce devait être pour l'aptitude à établir un campement.

Mais il y en avait aussi avec des serpents, des araignées et des éclairs, ainsi qu'un gros sur la poche de la chemise avec une chouette. Arlo aurait voulu demander à son oncle ce que chacun de ces écussons représentait, mais Wade était déjà retourné dans son atelier.

Arlo mit de côté les distinctions pour plus tard.

La poche droite de la chemise était ornée d'un gros écusson rond *Camp de la Plume rouge*. Il était plus élaboré que les petits. Un paysage y était brodé de fils d'une dizaine de couleurs : une imposante montagne violette, une forêt verte et un lac d'un bleu profond. Dans le lac, Arlo distingua de minuscules canoës, mais aussi un long appendice fendant la surface. Peut-être un tentacule ou un long cou. Quelle que soit la créature qui en était le propriétaire, celle-ci semblait suffisamment grande pour écraser les canoës et dévorer les pagayeurs.

Après avoir retiré tous les écussons, Arlo essaya la chemise. Il pensait qu'elle serait trop grande, mais elle lui allait parfaitement.

Ensuite vint le pantalon. Les jambes étaient trop longues d'au moins dix centimètres. Arlo fit des revers et arpenta la salle à manger : ils se déroulèrent.

D'après oncle Wade, il faudrait coudre des ourlets, ce qu'Arlo ne savait pas faire. Ôter les écussons était une chose : il suffisait de les découdre. Coudre, en revanche, c'était une autre histoire.

Arlo eut alors une idée. Il monta l'escalier en prenant soin de ne pas trébucher sur son pantalon trop grand.

L'hiver dernier à Chicago, sa sœur avait commencé à porter des épingles à nourrice sur son blouson. Pas juste une ou deux, mais des dizaines, voire des centaines, soigneusement agencées pour former des motifs. Elle avait passé des heures à les perfectionner, ajoutant de nouvelles épingles qu'elle piochait dans une boîte en carton, sur sa table de nuit.

Arlo ne savait pas vraiment si Jaycee suivait une mode ou si elle tentait d'en lancer une (il ne voyait jamais les amis de sa sœur), mais son obsession pour les épingles à nourrice et ce blouson avait duré des semaines. À l'évidence, elle en était très fière.

Jusqu'à ce que son blouson disparaisse.

Jaycee avait dit un jour à sa mère qu'elle l'avait oublié dans le bus. Comme il restait encore deux mois d'hiver, elles avaient acheté un manteau en laine d'occasion pour le remplacer. Cette fois, Jaycee ne s'était pas amusée à le décorer.

Malgré tout, il devait y avoir encore des épingles quelque part, songea Arlo. Il se souvenait bien de la boîte qui les contenait et s'empressa donc de fouiller la chambre de sa sœur avant qu'elle rentre du lycée.

C'était la fin d'après-midi. Il faisait déjà sombre. Arlo alluma la lampe de bureau, l'orienta vers la commode et fouilla chaque tiroir. En vain.

Il essaya ensuite le placard.

Jaycee n'avait même pas commencé à déballer ses affaires. Les cartons étaient encore scellés avec du gros scotch marron. *Elle croit peut-être qu'on ne va pas rester*, pensa Arlo. *Alors pourquoi s'embêter à tout défaire* ?

Si Arlo ouvrait les cartons, Jaycee saurait qu'il était entré dans sa chambre. Mais comment trouver les épingles à nourrice, sinon ?

Il décida de retourner les cartons et de les ouvrir par le dessous. Ainsi, il y avait de bonnes chances que Jaycee ne remarque rien. Il fendit le carton juste assez pour en apercevoir le contenu.

Ce fut là qu'il le vit : le blouson.

Celui que sa sœur portait l'hiver dernier. Celui qu'elle prétendait avoir oublié dans le bus. Que faisait-il là, au fond d'un carton ? Pourquoi avait-elle cessé de le mettre ? Pourquoi l'avait-elle gardé ?

Et surtout pourquoi avait-elle menti ?

Arlo se dit que, décidément, il ne comprenait rien à sa sœur.

Tout compte fait, il n'avait plus besoin de trouver la boîte à épingles. Il pouvait se contenter d'en prendre quelques-unes sur le blouson. Jaycee ne s'en rendrait pas compte.

De retour dans sa chambre, Arlo s'assit sur son lit pour épingler le bas du pantalon de Ranger. Le tissu étant lourd, plus épais que du jean, le garçon eut du mal à le percer avec les épingles. Après tous ces efforts, il avait les pouces marqués de profonds sillons.

Il entendit une voiture rouler sur les gravillons. Le faisceau des phares balaya sa chambre. Un instant plus tard, deux portières s'ouvrirent puis claquèrent. Sa mère avait dû prendre Jaycee à la descente du bus.

La dernière épingle lui donnait du fil à retordre. Arlo la tortilla et poussa dessus de toutes ses forces. Tout à coup, elle s'enfonça…

… dans son pouce.

Arlo hoqueta, de surprise plus que de douleur. Il observa le minuscule trou au milieu de son pouce, d'où perla du sang d'un rouge profond.

À partir de là, il se produisit d'étranges choses.

Arlo était toujours assis sur son lit, mais plus dans sa chambre. Du moins, il n'était plus seulement dans sa chambre. Il se trouvait en même temps ailleurs, à se regarder. C'était comme lorsqu'il discutait avec son père sur l'ordinateur : il se voyait dans le petit rectangle, dans le coin. Arlo voyait la goutte de sang sur son pouce, mais également un garçon assis sur son lit, en slip, en train de scruter son doigt. En plus, il avait l'impression qu'il n'était pas seul. Quelqu'un l'observait.

Il regarda vers la fenêtre. Dans la vitre où il aurait dû voir son reflet, il distingua une fille. Elle devait avoir à peu près le même âge que lui. Ses cheveux blonds tombaient derrière ses épaules. Elle tenait une brosse à cheveux en argent et regardait directement Arlo. *Elle est face à un miroir*, comprit le garçon. *Elle se coiffait et elle m'a vu.*

Elle paraissait aussi perplexe que lui.

– Qui es-tu ? demanda-t-elle.

Arlo n'était même pas sûr qu'elle avait parlé. Il avait peut-être entendu ces mots dans sa tête.

– Arlo Finch, répondit-il.

Ou peut-être le pensa-t-il seulement. Peu importait : la fille semblait avoir compris.

– Es-tu dans les Bois ?

– Je suis à Pine Mountain, répliqua Arlo. Tu sais où c'est ?

Une étincelle de compréhension mêlée d'incrédulité traversa son regard. La fille connaissait ce nom.

Arlo regarda autour de lui. Les murs de sa chambre s'effacèrent pour dévoiler une forêt baignée par le clair de lune. Il ne restait que son lit et le cadre de la fenêtre, à travers lequel il voyait la fille, dont le monde scintillait d'argent, de rouge et d'or, comme un palais fait de feuilles d'automne.

La fille jeta un coup d'œil vers la droite. Quelqu'un arrivait. Elle se mit à chuchoter avec empressement :

– Si moi je te vois, ça veut dire qu'eux aussi. Tu es en danger. Sois prudent, Arlo Finch.

– Qui ça, « eux » ? voulut savoir Arlo. Qui es-tu ?

Soudain, la fille se leva et tourna le dos à son reflet. Elle parlait avec quelqu'un d'invisible. Puis…

– Arlo !

Arlo sursauta et se retrouva dans sa chambre. La fille disparut quand une silhouette se découpa derrière lui, dans l'encadrement de la porte, obstruant la lumière.

C'était Jaycee.

– Tu es entré dans ma chambre ? s'enquit-elle.

Arlo était hébété, comme s'il sortait d'un rêve, sauf qu'il n'était pas sûr d'être vraiment réveillé. Les murs étaient revenus, mais Arlo lui-même avait l'impression d'être coincé entre deux mondes.

– Tu es entré dans ma chambre ? répéta Jaycee d'une voix plus forte.

– Non, mentit Arlo.

Il était sûr qu'elle ne le croyait pas. Pourtant, l'expression de sa sœur changea.

– Il y a quelque chose qui ne va pas ? demanda-t-elle.

Ils s'observèrent pendant cinq secondes. Arlo faillit lui parler de Cooper, le chien fantôme, des Longs Bois et de la fille avec qui il venait de discuter dans le reflet. Il faillit lui révéler qu'ils avaient emménagé dans un lieu étrange peuplé de scarafées, de jackalopes et de mauvais présages. Il faillit tout raconter à Jaycee.

Il se souvint alors des recommandations de sa sœur qui ne souhaitait pas inquiéter leur mère. De la situation précaire dans laquelle ils se trouvaient. Du fait qu'il avait juré ne plus entendre de voix. Par conséquent, il se contenta de répondre :

– Non, tout va bien.

Tous deux savaient que ce n'était pas vrai, mais ils acceptèrent tacitement d'en rester là.

– N'entre pas dans ma chambre, l'avertit Jaycee en partant.

Arlo regarda son pouce. Le sang était déjà sec.

- 5 -
LA RÉUNION

ARLO TROUVA SA MÈRE DANS LA CUISINE. Elle essayait d'allumer la gazinière. Comme elle ne manqua pas de remarquer son uniforme lorsqu'elle posa les yeux sur son fils, il aborda la question de front :

– Je peux m'inscrire chez les Rangers ? Ils organisent une réunion ce soir.

– Pas de problème, répondit-elle.

– Vraiment ? demanda Arlo.

– Vraiment. Tu veux que je raccourcisse ton pantalon ?

– Tu sais faire ça ? s'étonna-t-il.

C'était comme si sa mère venait de lui annoncer qu'elle était physicienne nucléaire à temps partiel.

– Je faisais de la couture quand j'avais ton âge. J'étais plutôt douée. Je fabriquais mes propres robes.

Le troisième brûleur s'alluma enfin.

– Pourquoi tu as arrêté ?

Sa mère remplit une casserole d'eau à l'évier.

– Je ne sais pas. Ce n'est pas comme si j'avais tout à coup décidé de ne plus coudre. C'était juste une activité que je faisais tout le temps, jusqu'à ce que j'arrête. J'imagine que c'est ça, grandir : oublier les choses qu'on adorait avant.

La première église de Pine Mountain était également la seule de Pine Mountain.

Lorsqu'ils arrivèrent en voiture sur le parking du bâtiment à l'architecture moderne, la mère d'Arlo lui demanda s'il voulait qu'elle l'accompagne.

Arlo déboucla sa ceinture de sécurité.

– Ça va aller.

Une fois la main sur la poignée de la portière, il hésita. Tout à coup, il prit conscience de sa respiration, un peu trop rapide.

– S'il y a des papiers à signer, tu me les apporteras à la maison, dit sa mère.

Arlo n'avait pas pensé qu'il pourrait y avoir des papiers. Et s'il fallait payer une cotisation ? Ils n'avaient pas d'argent pour ça. Et si l'uniforme d'oncle Wade ne convenait pas, ou était trop ancien, et qu'ils devaient en acheter un neuf ? Et s'il y avait un examen à passer pour intégrer les Rangers ? Arlo échouait invariablement aux examens. Une fois, en CE1, pendant un test d'orthographe, il avait fait une faute à son propre nom. Et si…

– Arlo ? demanda sa mère.

– Oui ?

– C'est normal d'avoir peur, même s'il n'y a pas de quoi avoir peur.

– D'accord.

C'était une phrase que ses parents disaient souvent autrefois, en général quand Arlo courait les rejoindre dans leur lit après un cauchemar. Cependant, sa mère ajouta quelque chose de complètement nouveau :

– Comme j'ai un peu plus d'expérience que toi, je vais te faire une confidence. Ce que je regrette essentiellement dans ma vie, ce sont les choses que je n'ai pas faites. Les occasions que je n'ai pas saisies. C'est facile de trouver des raisons de dire non. C'est beaucoup mieux de trouver des raisons de dire oui.

Arlo observa les portes de l'église. Des enfants entraient dans le bâtiment. Il faisait trop sombre et Arlo était trop loin pour voir où ils allaient exactement, et s'il reconnaissait des camarades d'école.

Au lieu de quoi, il s'imagina parmi eux, franchissant ces portes. Il se figura un Arlo plus courageux, qui ne s'inquiétait jamais de ce qui pourrait aller de travers et se contentait de plonger dans l'inconnu. Cet Arlo

Finch imaginaire ne demandait pas de permissions dans l'espoir qu'on les lui refuse. Il était plus mature, plus confiant, plus autonome.

Et il attendait, là, juste au-delà de ces portes.

Avant de changer d'avis, Arlo sortit de la voiture. Il remonta l'allée obscure jusqu'à l'église et ouvrit la porte. Le hall était désert, mais il entendait les voix des enfants montant de l'escalier, à droite. Tout en descendant les marches, il se sentit devenir cet autre Arlo qu'il avait imaginé.

Mais, avant tout, il avait beaucoup à apprendre.

La troupe de Pine Mountain comptait vingt-sept Rangers répartis en quatre patrouilles. Arlo intégra la patrouille Bleue avec Wu et Indra, qui apparemment en avaient fait la demande. Il décida aussitôt que c'était la meilleure patrouille de la troupe, voire du monde entier.

La patrouille Bleue était celle qui avait le plus petit effectif : elle comprenait six Rangers, dont Arlo. Tous étaient en 5e à l'exception de leur chef, Connor Cunningham, qui était en 3e. Malgré tout, il ne se comportait pas comme s'il était leur baby-sitter ou leur supérieur. Lorsqu'il serra la main d'Arlo, il le regarda droit dans les yeux. (Arlo se rendit compte plus tard qu'il n'avait encore jamais serré la main d'une personne qui ne soit pas adulte.)

Les deux derniers membres s'appelaient Jonas et Julie. C'étaient des jumeaux scolarisés chez eux, leurs parents tenant le rôle d'enseignants. Julie s'exprimait très peu, mais Jonas compensait largement les silences de sa sœur en faisant part de son avis à la moindre injustice.

– Toutes les autres patrouilles ont droit à trois tentes. Ce n'est pas juste qu'on en ait seulement deux, tout ça parce qu'on est le plus petit groupe. Même si on n'a pas besoin d'une troisième tente, on devrait quand même en avoir une.

Il avait fait cette réflexion alors que la patrouille était occupée à rendre étanches les coutures de leurs tentes. Connor proposa à Arlo de prendre un flacon d'imperméabilisant et de se mettre à l'ouvrage. Tout en travaillant, Arlo observa la salle. Chaque patrouille avait son coin et sa personnalité.

Apparemment, les patrouilles Verte et Rouge étaient surtout composées d'élèves de 4e et de 3e. La patrouille Rouge ne comptait que des garçons, du genre sportif et populaire pour la plupart, enclins à se taper dessus pour un rien.

– L'été dernier, l'un d'entre eux a apporté de la bière lors d'un camp. Ils ont tous été punis pendant six semaines, l'informa Wu. Ils ont manqué la sortie aux Dunes de sable, l'une des meilleures.

La patrouille Verte, la seule qui comprenait autant de filles que de garçons, était assise en cercle et se passait des cartes. Leur chef, une fille qui avait piqué des plumes dans ses cheveux, écrivait leurs propositions sur un tableau noir.

– Elle, c'est Diana Velasquez, dit Indra. Elle est en 2de, mais elle a sauté une classe.

Arlo n'aurait pas cru que certains Rangers étaient au lycée. Ça voulait dire qu'en théorie, Jaycee pouvait en faire partie. À cette idée, il frissonna.

Le quatrième coin de la salle était réservé à la patrouille des Seniors, qui regroupait des adolescents plus âgés qui étaient déjà passés par les autres patrouilles. Wu désigna l'un d'eux.

– Lui, c'est Christian, le frère de Connor. C'est le maréchal. (En effet, Christian était le portrait craché de Connor avec dix centimètres et dix kilos de muscles en plus.) Le maréchal est le chef de toute la troupe. C'est une lourde responsabilité.

Ce fut à cet instant seulement qu'Arlo remarqua l'absence d'adultes. Il demanda à Indra qui supervisait la troupe.

– Les Rangers, expliqua Indra. Ce sont des adultes. On les appelle les Gardiens. Leur tâche consiste en gros à nous conduire au point de départ des excursions et à s'assurer que personne ne se tranche un doigt. Ce qui n'arrive presque jamais.

– Sauf à Leo McCubbin, précisa Wu.

– J'ai dit « presque jamais ».

Arlo aurait voulu en savoir plus sur ce Leo McCubbin et son doigt manquant, mais juste à ce moment-là, Christian donna trois coups de sifflet. Tous interrompirent leurs activités pour former peu à peu un grand cercle au milieu de la salle. Arlo imita Wu et Indra.

– Ce soir, nous accueillons un novice, déclara Christian. Arlo Finch, je te prie d'avancer afin de recevoir tes couleurs.

Arlo entendit qu'on s'adressait à lui, mais ses pieds refusèrent d'obéir. Wu et Indra lui donnèrent des petits coups de coude jusqu'à ce qu'enfin il se décide à bouger.

– Nabot Finch, ricana discrètement un Ranger rouge avec des taches de rousseur, fier de lui.

Christian lui jeta un regard noir, ce qui le fit taire.

– Chef de la patrouille Bleue, prends-tu ce Ranger sous ta responsabilité ? demanda le maréchal.

– Oui, je le prends, répondit Connor.

– Alors présente ses couleurs. Rangers, saluez.

Tous portèrent le poing droit à la poitrine. Arlo les imita.

– Répète après moi, dit Christian.

Arlo acquiesça.

Loyal, brave, gentil et vrai
Gardien du présent et du passé

Connor se tenait devant Arlo. Il dépliait un foulard bleu, de la même teinte que celui des autres membres de sa patrouille. Arlo se sentit bête de n'avoir pas pensé que les couleurs des patrouilles seraient assorties aux foulards. Il n'avait pas mis celui d'oncle Wade surtout à cause de la tache de sang, mais aussi parce qu'il n'était pas sûr de savoir le nouer. Le triangle jaune était toujours en boule au fond de sa poche.

Après avoir passé le foulard bleu autour du cou d'Arlo, Connor le fixa avec un petit anneau de métal.

Je protège la nature,
Je défends les plus faibles,
J'éclaire les sentiers,
Et cherche la droiture.

Esprits de la forêt, entendez-moi
Prononcer mon serment du Ranger.

Le cérémonial terminé, tout le monde quitta sa posture de salut. Arlo baissa la main. Il avait la paume moite.

Christian déclara d'un ton officiel :

– Arlo Finch a prêté son serment du Ranger. Que son chemin soit sûr.

Tous les autres Rangers ajoutèrent à l'unisson :

– Que son but soit vrai !

- 6 -
LE MANUEL DU RANGER

LE MANUEL DU RANGER, malgré sa couverture souple, pesait son poids. Ses pages sentaient le neuf, mais les illustrations et le texte, désuets, semblaient remonter à des décennies.

Arlo reçut son exemplaire à la fin de la réunion. Le quartier-maître de la troupe, une fille de la patrouille des Seniors, le prit dans un meuble de rangement fermé à clé, dans la réserve. À l'aide d'un marqueur noir, elle écrivit *FINCH* en lettres capitales sur la couverture.

– Tu n'en auras qu'un, l'avertit-elle. Alors tâche de ne pas le perdre.

Arlo décida de ne jamais le perdre de vue plus d'une seconde. Il faisait trop noir pour le lire dans la voiture sur le trajet du retour, mais les mystérieuses illustrations le fascinaient : pièges, créatures, techniques de canoë… La quatrième de couverture listait les différents écussons. Arlo repéra ceux qui ornaient la chemise d'oncle Wade. D'autres représentaient des empreintes d'animaux, des flèches enflammées et des tours d'observation.

Arlo aurait bien veillé toute la nuit pour dévorer cet ouvrage, mais en même temps, il ne voulait pas tout découvrir d'un coup afin d'en savourer chaque page. Lorsqu'il tomba sur le dessin d'une tente, la mémoire lui revint :

– Il y a un camp, ce week-end. Je peux y aller, hein ?

– Bien sûr, répondit sa mère.

Alors qu'ils s'engageaient dans l'allée, Arlo remarqua Cooper qui montait la garde dans le clair de lune. Le manuel parlait-il des chiens fantômes ?

Forcément.

Ce soir-là, incapable de résister, Arlo se plongea dans son livre jusqu'à épuisement des piles de sa lampe de poche. Le manuel abordait les constellations, les cartes topographiques, le pliage des drapeaux, l'entretien des chaussures de marche, les morsures de serpent, les avalanches, la purification de l'eau, les nœuds, les tiques, les totems, les ours, les plantes vénéneuses, les collets, la randonnée, le pistage, l'affûtage des couteaux, les premiers soins, les chocs, les biscuits secs, les signaux de fumée, les empreintes, les cordes, les plantes comestibles, les brancards, les techniques de conservation. Il expliquait aussi comment allumer un feu, préparer son sac à dos, bien connaître les bois, mettre un bras en écharpe, poser une attelle et soigner une fracture ouverte.

Mais rien sur les chiens fantômes.

En fait, la seule référence au mot « fantôme » dans l'index était une page mettant en garde contre les dangers du camping dans les cimetières. À « esprit », on trouvait trente-quatre renvois, surtout dans le sens d'« esprit de groupe » plutôt que d'« entité surnaturelle désincarnée ».

Une partie du manuel était consacrée aux grades et aux écussons. Arlo n'y comprit rien dans le faisceau de sa lampe, mais Indra et Wu lui donnèrent des détails le lendemain, à l'école.

Il y avait cinq grades chez les Rangers : Écureuil, Chouette, Loup, Bélier et Ours.

Même sans voir l'écusson cousu sur la poche gauche de la chemise, deviner le grade d'un Ranger était assez facile. Les plus jeunes étaient Écureuils. La plupart des élèves de 4e-3e étaient Chouettes. Les plus âgés étaient Loups et Béliers.

Dans la troupe de Pine Mountain, personne n'était Ours.

Wu, Indra et les jumeaux étaient tous Écureuils. Leur insigne montrait un écureuil de profil, la queue touffue, qui tenait un gland entre ses pattes antérieures. Comme ils étaient les plus jeunes, les Écureuils étaient la cible de pas mal de moqueries, plus ou moins bienveillantes. Wu raconta comment un jour, lors d'un camp récent, la patrouille Rouge avait braillé : « Donnez à manger aux écureuils ! » tout en lançant une pluie de glands sur les Bleus.

Connor était Chouette, comme la plupart des chefs de patrouille. Sur son écusson, une chouette en vol écartait ses grandes ailes, les serres tendues vers sa proie. Pour passer Chouette, il fallait avoir accumulé sept insignes spécifiques. Indra en avait déjà gagné une bonne partie. (Wu avait été aspergé de matière gluante par un scarafée tout en essayant de finir son Observation.)

La patrouille des Seniors était presque entièrement composée de Loups. Leur écusson représentait un loup hurlant, la tête levée vers le ciel. En général, il fallait quatre ans d'ancienneté chez les Rangers pour passer Loup, même si d'après les calculs d'Indra, il était possible d'y arriver en deux ans et demi si on s'organisait bien et si on était titulaire d'un passeport en cours de validité.

– Il faut aller en Australie ou en Nouvelle-Zélande pendant les vacances de Noël. Chez nous, c'est l'hiver, mais là-bas, c'est l'été. Tu intègres une troupe qui part camper, et tu te fais élire chef de patrouille. Pendant ton séjour, tu obtiens tes écussons de chef et de pisteur avec six mois d'avance par rapport à ici.

Indra était allée jusqu'à trouver une troupe de Rangers basée à Auckland qui pourrait convenir, mais elle attendait son prochain anniversaire pour en parler à ses parents.

Affublée d'énormes cornes, la tête de bélier sur l'écusson ressemblait plus à un dragon qu'à un ovin. Christian Cunningham et deux autres lycéens étaient les seuls Béliers de la troupe.

– Beaucoup n'atteignent jamais ce rang, précisa Wu. Il faut être bon en météorisation, et c'est super dur. En gros, c'est des maths à base de pierres et de nuages.

L'écusson de l'Ours était le plus étrange, car il ne figurait pas un ours, mais plutôt un arbre dénudé. Arlo ne l'avait vu que dans le manuel, aucun Ranger de la troupe de Pine Mountain n'ayant atteint ce grade depuis une bonne dizaine d'années. Apparemment, Christian essayait d'obtenir le sien, mais il contournait la question quand on la lui posait directement. D'après Wu, l'entraînement, appelé la Vigile, exigeait de quitter le Colorado plusieurs semaines. L'enseignement qu'on recevait était top secret.

– C'est comme apprendre à devenir un super ninja-Jedi.

En tant que novice, Arlo n'avait ni grade ni insigne sur sa poche.

Il était le seul de toute la troupe à être dans ce cas, pour une histoire de timing. Chaque année, au début de l'été, cinq ou six enfants s'inscrivaient chez les Rangers. Tous partaient de zéro, comme Arlo. Dès septembre, ils avaient atteint le grade d'Écureuil.

Comme Arlo avait rejoint la troupe à la fin de l'automne, il avait du retard. Toutefois, il était bien décidé à le rattraper. Pour passer Écureuil, il devrait s'acquitter de certaines tâches obligatoires listées à la fin du manuel.

Répéter de mémoire le serment du Ranger. Ça commençait mal. Le Serment ne comprenait que trente-neuf mots. Arlo avait pourtant bien du mal à les retenir. À peine arrivé à « Je défends les plus faibles », il perdait le fil.

Il en allait de même pour la plupart des textes à connaître par cœur. Au bout de six ans à répéter chaque jour à l'école le serment d'allégeance au drapeau des États-Unis, il hésitait toujours. Même constat durant les matchs de baseball : il se trompait systématiquement dans les paroles de l'hymne national.

Faire le salut du Ranger. Ça, c'était facile. Pour saluer, il fallait placer le poing droit sur le cœur, les articulations en contact avec la poitrine. Le pouce devait être aplati sur les doigts enroulés, en continuité avec le bras. Il ne fallait jamais lever le pouce ou pire : le fourrer dans la paume.

Passer trois nuits à camper avec sa patrouille. Un camp était organisé tous les mois, dont celui du week-end prochain.

Savoir faire les dix nœuds du Ranger. Expliquer à quoi chacun sert. Arlo observa les illustrations dans le *Manuel du Ranger*. Même avec les flèches qui indiquaient les mouvements, ce n'était pas de la tarte. Ce genre d'activité nécessitait sûrement une certaine pratique.

Être capable d'utiliser la boussole du Ranger. Arlo n'avait pas encore sa boussole, mais Wu lui avait expliqué le déroulement du test :

– On te donne une figure : un triangle ou une croix, par exemple. Tu dois la reproduire en marchant et, pour finir, revenir exactement à ton point de départ. Le plus dur, c'est de garder la même amplitude dans tes pas.

Wu avait réussi du premier coup. Pour Indra, il avait fallu trois essais.

Réussir l'entretien du grade. Une fois toutes les tâches précédentes accomplies, Arlo aurait à montrer ce qu'il avait appris à un jury de Rangers et devrait répondre à leurs questions.

– Tu sais qui est dans le jury au dernier moment seulement, avait dit Wu. Ils peuvent te demander n'importe quoi. Par exemple, à quelle profondeur tu es censé enterrer ton caca, ou la différence entre le raisin-d'ours et le kinnikinnick. À la fin, ils votent. Si tu échoues, il faut attendre trois mois avant de repasser l'entretien.

– Il faut être préparé à tout, l'avait averti Indra.

Le manuel entre les mains, Arlo se sentait capable d'être prêt. Des écussons aux pommes de pin, des coups de soleil aux feux de signalement, ce livre donnait une image ordonnée de l'univers des Rangers.

L'après-midi du vendredi, tandis qu'il préparait ses affaires selon les instructions du manuel, il n'eut pas peur d'oublier quelque chose. Tant qu'il suivait les listes et les illustrations, tout irait bien. Dans le domaine des Rangers, le livre contenait toutes les réponses.

Sauf les réponses aux questions qu'Arlo n'avait pas songé à poser.

- 7 -
LE MERVEILLEUX

ARLO N'EN REVENAIT PAS QUE CETTE RANDONNÉE soit aussi longue. Chaque fois qu'il croyait avoir atteint le sommet de la montagne, la piste continuait, encore et toujours, vers un autre pic.

La distance n'était pas un problème. Arlo avait l'habitude de marcher. À Chicago, il parcourait facilement près de deux kilomètres pour se rendre au musée, même en hiver, quand il faisait si froid que respirer était douloureux, et que ses oreilles se mettaient à bourdonner. Mais le terrain à Chicago était plat. Ici, dans le Colorado, tout était en pente. Il y avait toujours un bloc de roche à enjamber ou à contourner. Qu'est-ce qui demandait le plus d'énergie, enjamber le bloc ou le contourner ? Arlo aurait voulu poser la question, mais il était trop épuisé pour parler.

Sa seule consolation : voir que Wu et Indra étaient aussi fatigués que lui. Quand ils avaient hissé leur sac sur leur dos après être descendus de voiture, ils avaient débattu pour savoir s'il fallait ou non considérer les hamacs comme des lits. Après tout, on pouvait dormir dans un hamac. Indra disait que, si on suivait la logique de Wu, n'importe quel endroit où on pouvait dormir était un lit, que ce soit un canapé, une voiture ou un avion. Chacun des deux essayait de convaincre Arlo. Cependant, à la fin du premier kilomètre, la question fut abandonnée, sans réponse.

Toute la troupe marchait en direction du pré du Bélier, l'un des sites où ils campaient souvent. Chaque mois, le choix du site incombait à une patrouille et cette fois, c'était au tour de la patrouille Verte. Après d'âpres discussions et trois votes à bulletin secret, elle avait opté pour le pré du Bélier. Selon Wu, la patrouille Bleue choisissait toujours les Trois Ruisseaux, qui était apparemment le meilleur endroit pour pêcher. Arlo n'était jamais allé à la pêche et il n'aimait pas le poisson, mais il faisait confiance au choix de sa patrouille.

– Attendez… chuchota Connor.

Il arrêta ses patrouilleurs, puis désigna quelque chose dans les profondeurs de la forêt.

– Waouh, souffla Wu, impressionné.

Indra s'émerveilla :

– Je n'arrive pas à croire qu'il soit si près.

– Cool, murmura Arlo.

Mais il avait beau scruter le paysage, il ne voyait rien. Juste des arbres. Tout ce qu'il entendait, c'était son pouls dans ses oreilles. Pourtant, tous ses camarades semblaient contempler quelque chose d'incroyable. Arlo tenta de suivre leur regard. Connor dut remarquer sa frustration, car il lui fit signe d'approcher. En se décalant très légèrement sur la gauche, Arlo le vit.

C'était un cerf – ou un wapiti. Arlo n'était pas certain du nom de l'animal, qu'il n'avait vu que dans les livres d'images. Il se tenait un peu à l'écart du sentier et les observait. Il était si proche qu'Arlo distingua un reflet dans ses yeux noirs, et la texture de sa fourrure. Il le voyait respirer. C'était la première fois qu'en rencontrant une bête sauvage, il eut l'impression que celle-ci avait un nom, une famille, un passé.

Quand soudain : *BAM* !

Un coup de canon. Terrifié, le cerf décampa. En se retournant, Arlo vit la patrouille Rouge arriver. L'un des garçons frappait dans ses mains. Le bruit qui en résultait était mille fois plus puissant qu'on ne s'y attendait : une véritable explosion. Arlo sentit son cœur s'emballer.

– T'es nul, Russell, commenta Connor.

– C'était juste un cerf. Remets-toi.

Le garçon s'appelait Russell Stokes. Arlo le reconnut : c'était celui qui l'avait appelé Nabot Finch à la réunion.

La patrouille Rouge les dépassa sur l'étroit sentier. Regards glacés et grommellements furent échangés, mais aucune parole.

Une fois les autres hors de portée de voix, Arlo demanda :

– C'était quoi ce truc ? Comment il a fait ça ?

– Ça s'appelle le coup-de-tonnerre, répondit Wu. On ne l'apprend pas avant d'être Chouette.

– Mais qu'est-ce que c'est ? l'interrogea Arlo alors qu'ils reprenaient leur marche. On dirait que… C'était comme…

Il se creusa les méninges pour trouver un autre terme, qui traduirait sa pensée sans qu'il risque de passer pour un fou. Finalement, un seul mot lui semblait logique :

– … de la magie.

– Ce n'est pas de la magie, trancha Indra.

Wu acquiesça :

– La magie, c'est des sorts. On n'en fait pas chez les Rangers.

Voyant le regard que lui jeta Indra, Wu ajouta :

– Quoi qu'il en soit, on n'a pas le droit de faire ça.

– Mais ce qu'a fait Russell est impossible, insista Arlo. Ce n'est pas normal. Les gens ne peuvent pas faire un truc pareil.

Le trio s'attarda pour se mettre un peu en retrait du groupe et discuter en privé.

– Tu sais marcher sur une corde raide ? demanda Indra.

– Non, répliqua Arlo.

– Pourtant, tu as déjà vu des gens le faire. À la télé, par exemple. Tu sais que certains en sont capables.

– Oui.

– Alors, à ton avis, comment ils font ?

– Ils apprennent. Ils s'entraînent.

– Exactement. Le coup-de-tonnerre, c'est une compétence acquise, comme marcher sur une corde raide. Ce n'est pas parce que la plupart des gens ne savent pas le faire que c'est magique.

– Mais pourquoi c'est la première fois que je vois ça ? voulut savoir Arlo.

– Parce que ça ne marche qu'à certains endroits, l'informa Wu.

Indra tendit la main gauche.

– Imagine que là, c'est le monde normal. Tous les lieux où tu es déjà allé. Toutes les villes, grandes et petites. (Elle tendit ensuite la main droite.) Imagine que là, c'est les Longs Bois. Ce n'est pas notre monde, mais il est juste à côté. En temps normal, on ne le voit jamais, on ne sait même pas qu'il est là. Sauf qu'à certains endroits, les deux mondes se touchent presque. (Elle plaça ses mains côte à côte ; elles se frôlaient juste.) Quand ça se produit, ça crée une friction. Une énergie.

– Comme de l'électricité statique ? demanda Arlo.

Impressionnés, Indra et Wu échangèrent un regard. Arlo comprenait où ils voulaient en venir.

– Ces montagnes regorgent de cette énergie. Si tu sais comment l'utiliser, comment te concentrer et la façonner, tu apprendras à faire des trucs avec.

– Quand ? demanda Arlo, avide.

– Tu as déjà commencé, dit Wu. Tu es un Ranger, maintenant.

Le pré du Bélier valait la peine de s'être donné du mal.

Au sommet, la clairière s'étendait, immense prairie parsemée de fleurs sauvages et d'énormes blocs de roche qui ressemblaient aux orteils d'un géant. Des pikas, petits mammifères semblables aux lapins, montaient la garde depuis les rochers couverts de mousse.

Après quelques chamailleries avec la patrouille Rouge sur les emplacements, les Bleus choisirent leur coin et dressèrent leurs tentes. Le dîner fut composé de hot-dogs et de haricots cuits au feu de bois. Le goût fumé et l'épuisement les rendaient particulièrement délicieux.

C'était la première fois qu'Arlo participait à un feu de camp. C'était étrangement hypnotique, comme regarder une télévision qui n'aurait qu'une seule chaîne. Les bûches se désintégraient lentement en braises rougeoyantes. Des flocons de cendre blancs s'élevaient en virevoltant, charriés par des courants invisibles.

Un éclat lumineux retint l'attention d'Arlo. Au loin, quelques membres de la patrouille des Seniors se tenaient en rang. Chacun à son tour, d'un geste de leurs doigts, ils envoyaient des panaches de lumière dans le ciel nocturne, qui faiblissaient puis retombaient doucement au sol.

– Ce sont des feux d'artifice ? s'enquit Arlo.

– Non, des claque-lumières, répondit Indra.

– C'est comme quand tu claques des doigts, expliqua Connor, mais au lieu d'un bruit, tu émets de la lumière.

Il se leva pour faire une démonstration. Après un léger mouvement du poignet, il claqua des doigts. Un éclat lumineux fusa, telle une mini-comète.

– Ce n'est que de la lumière, reprit Connor. Il n'y a aucune chaleur, donc impossible d'allumer un feu avec cette technique. Les Rangers s'en servent tout le temps. C'est plus pratique que les lampes de poche.

Arlo essaya : rien ne se produisit. C'était comme s'il avait tenté en vain d'attirer l'attention de quelqu'un.

– Imagine que l'air est un bout de papier et que tu voudrais y faire un pli net, dit le chef de patrouille. La lumière suit ce pli.

– C'est une question de timing, ajouta Wu.

Ce dernier se lança dans une démonstration, mais la lumière quitta à peine le bout de ses doigts. Elle crépita et mourut avant même d'être vraiment apparue.

Le claque-lumière d'Indra ressemblait plus à une luciole : une faible lueur qui s'éteignit bien vite.

Les jumeaux Julie et Jonas se débrouillaient un peu mieux : chacun arrivait à faire durer sa lumière environ trois secondes. Leur grande sœur, une ancienne Ranger, le leur avait appris.

Aucune de leurs tentatives n'était comparable aux claque-lumières de Connor. Il était capable d'en produire trois à la suite, rapidement, ou de les faire ricocher comme un caillou plat à la surface d'un lac.

Arlo ne se découragea pas. Au bout du compte, il n'en tira que des doigts douloureux.

– Tu finiras par y arriver, le rassura Connor. Il faut compter deux mois pour le maîtriser.

En contemplant les lumières qui fusaient à travers le pré, Arlo se rappela qu'en théorie ce n'était pas de la magie. Pourtant, ça y ressemblait drôlement.

– Pourquoi personne n'en parle jamais ? s'étonna Arlo. Les claque-lumières, les coups-de-tonnerre… À Chicago ou à Philadelphie, les gens seraient ébahis. Pourquoi on ne trouve pas de vidéos sur Internet ?

– Ça s'appelle le Merveilleux, dit Connor. On ne peut ni le prendre en photo ni l'enregistrer. On ne le voit que de ses propres yeux.

Wu mit un Chamallow à griller et ajouta :

– C'est comme lorsqu'il y a la pleine lune, qu'elle a l'air énorme, puis quand tu la prends en photo, elle a une taille normale.

– Mais non, rien à voir, objecta Indra. Là, tu parles d'une illusion d'optique. Les claque-lumières et les coups-de-tonnerre sont réels. Seulement, on ne peut pas les photographier.

– Comme la lune énorme !

– Tu auras quand même une photo de la lune ! C'est juste qu'elle ne sera pas énorme. Si tu essaies de prendre en photo un claque-lumière ou un scarafée, ils n'apparaîtront pas du tout.

– Mais vous pourriez en parler, suggéra Arlo. Les décrire, expliquer à quoi ils ressemblent.

– Personne ne nous croirait, répliqua Wu en soufflant sur son Chamallow enflammé pour l'éteindre. C'est ça, le Merveilleux. Pour la même raison que ces trucs ne marchent qu'ici, il n'y a qu'ici que ça n'a pas l'air dingue.

– Et dans les endroits qui sont comme ici, ajouta Connor. Il y a des troupes de Rangers partout dans le monde.

– Parce que les Longs Bois s'étendent au monde entier ? devina Arlo.

– Exactement, répondit Connor. Mais plus tu t'éloignes de la frontière des Longs Bois, moins il y a de Merveilleux. Ça ne se limite pas aux claque-lumières et aux coups-de-tonnerre, mais à l'idée même de ces phénomènes. Ils s'estompent, comme un rêve.

Arlo pensa à sa mère qui avait grandi à Pine Mountain. Enfant, elle avait dû connaître toutes ces choses. Mais, avec le temps, ses souvenirs s'étaient effacés.

Arlo était désolé pour elle. Son enfance avait dû être emplie de Merveilleux. Hélas, elle n'en gardait aucun souvenir.

– Même en ville, le Merveilleux n'est pas aussi puissant, l'informa Jonas. On ne peut pas faire de claque-lumières ni quoi que ce soit d'autre. Notre mère elle-même n'a aucune idée de ce qu'on arrive à faire quand on est ici.

– Pourtant, les adultes connaissent les Longs Bois, non ? demanda Arlo. (Il se tourna vers Wu.) Comme l'infirmière de l'école : elle t'a aidé à nettoyer la matière violette. Elle est forcément au courant, pour les scarafées.

– Pas vraiment, répondit Wu. C'est bizarre. On dirait que la plupart des adultes savent sans réellement savoir. Ils trouvent toujours une autre explication.

Connor acquiesça :

– Dans son enfance, mon père faisait partie des Rangers. Mais quand on lui pose des questions à ce sujet, la mémoire lui fait défaut. C'est comme si ses souvenirs étaient en noir et blanc et non en couleurs.

– Une théorie dit que c'est une sorte de défense naturelle pour les Longs Bois, dit Indra. C'est comme ça que le secret des Longs Bois est protégé : on oublie jusqu'à leur existence.

Connor fut appelé à rejoindre une réunion de chefs de patrouille pour discuter du programme du lendemain. Autour du feu de camp, Wu revint sur le fait que Connor était bien meilleur qu'eux en claque-lumières et coups-de-tonnerre.

– Ça n'a rien d'étonnant vu ce qu'il a vécu, souffla Indra. Il fallait qu'il soit meilleur. Pour survivre.

– Comment ça ? s'enquit Arlo.

Apparemment, Indra attendait cette question.

– C'est arrivé il y a longtemps, répondit-elle. Je n'habitais pas encore à Pine Mountain, mais on m'a raconté.

– Ici tout le monde est au courant, renchérit Wu.

– Notre sœur était là, ajouta Jonas en grillant un Chamallow. Elle était en maternelle avec eux deux.

– Qui ça, « eux deux » ? demanda Arlo.

– Connor en parle aussi, quelquefois, enchaîna Indra. Cela dit, il vaut mieux éviter le sujet. (Tout le monde s'assura que leur chef était toujours hors de portée de voix.) Quand Connor avait cinq ou six ans, sa famille est partie camper à Haute-Croix. C'est un très joli site, mais plus personne n'y est jamais retourné.

– Évidemment, commenta Wu.

Indra poursuivit :

– Ce jour-là, Connor y était, avec son frère Christian et leur cousine Katie. Ils jouaient à cache-cache. Christian les cherchait, mais ils restaient introuvables. Il les a appelés. Pas de réponse. La nuit commençait à tomber, alors il est allé prévenir ses parents. Impossible de retrouver Connor et Katie. Cette nuit-là, tous les habitants de la ville se sont lancés à leur recherche. Ils ont fait des battues et ont utilisé des chiens pisteurs. Des hélicoptères ont même été envoyés de Denver.

– Et il y avait des médiums aussi ! s'exclama Wu.

– Comment ils les ont retrouvés ? demanda Arlo.

– Ils ne les ont jamais retrouvés. (Indra s'interrompit pour ménager l'effet dramatique.) Les recherches ont duré trois semaines. Ils ont fini par abandonner : il était impossible de survivre là-bas après tout ce temps.

Arlo était perplexe.

– Pourtant, Connor est toujours en vie.

– Un mois après leur disparition, Connor est apparu tout à coup au Canada, à des milliers de kilomètres de Haute-Croix. Personne n'a jamais pu expliquer comment il s'était retrouvé là-bas. Connor avait oublié tous les évènements après sa partie de cache-cache. Et il ne savait plus qui était Katie.

– On ne l'a jamais retrouvée ? s'inquiéta Arlo.

– Non, répondit Wu. Aucune trace.

– Notre sœur dit que c'est un troll qui l'a enlevée, affirma Julie.

C'était la première phrase qu'elle prononçait depuis une heure.

– Il y a des trolls ? s'inquiéta Arlo.

– Dans les Longs Bois ? Bien sûr, répondit Indra. Le manuel ne mentionne pas la moitié de tout ce qui peuple ce monde. La version officielle de la police, c'est qu'ils ont sûrement été tous les deux kidnappés, et que Connor a réussi à s'échapper. Mais tout les Rangers ici savent qu'ils ont sans doute franchi la frontière qui nous sépare des Longs Bois, d'une manière ou d'une autre. C'est pour ça qu'ils étaient introuvables : parce qu'ils n'étaient plus dans notre monde. Connor a réussi à revenir, on ne sait comment, mais au Canada, pas dans le Colorado.

– Parce que les Longs Bois sont partout, déclara Arlo.

– Exactement, approuva Wu. Les distances ne sont pas les mêmes. On peut parcourir quinze kilomètres dans les Longs Bois et finir au Brésil.

– Le plus dur, c'est de ne pas mourir, dit Indra. La plupart des adultes, même les Gardiens, ne survivraient pas une nuit dans les Longs Bois. Qu'un enfant de cinq ans ait survécu non pas une semaine, mais un mois entier, c'est du jamais vu.

La réunion terminée, Connor revint auprès du feu de camp. Il fallait mettre fin à cette conversation. Mais avant, Arlo posa la question qui le préoccupait :

– La cousine de Connor… Si elle était encore dans les Longs Bois aujourd'hui, elle aurait notre âge, non ?

– Oui, je suppose, répondit Wu. Mais c'est impossible qu'elle soit encore en vie.

Tout en buvant son chocolat chaud grumeleux, Arlo songea à la fille qu'il avait vue dans le reflet, et à sa réaction lorsqu'il avait dit « Pine Mountain ». Ses pensées se bousculaient dans sa tête.

Peut-être qu'elle connaissait le nom de Pine Mountain parce que c'était là qu'elle vivait, avant.

Parce qu'elle était la cousine disparue de Connor.

Dans ce cas, Arlo était le seul à savoir qu'elle était toujours en vie.

- 8 -
DES LUMIÈRES DANS LA NUIT

À SON RÉVEIL, ARLO NE SAVAIT PLUS OÙ IL ÉTAIT.

Dans la semi-obscurité, il vit au-dessus de lui des ombres allongées qui se balançaient d'avant en arrière. À sa droite, un animal invisible grognait.

Pire : ses bras, plaqués contre ses flancs, étaient immobilisés. La panique le gagna.

Puis il se souvint qu'il campait.

La tente, qui paraissait spacieuse lorsqu'ils l'avaient montée, était bien plus petite une fois les sacs de couchage déroulés. Près de l'entrée zippée, les manteaux étaient pliés sur les chaussures de marche.

L'animal qui grognait, c'était Wu. Ses ronflements étaient incroyables : Wu faisait du bruit à la fois en inspirant et en expirant. Ils semblaient particulièrement forts, dans le calme absolu qui régnait alentour. Arlo entendait le vent souffler dans l'herbe et un ruisseau glouglouter non loin. C'était comme augmenter le volume des parasites sur une radio, les bruits de fond étant de la musique.

Arlo avait véritablement les bras coincés, tant son sac de couchage était étroit. Connor les appelait les « sacs momies », mais ils ressemblaient plutôt à des cocons, ou à de grosses parkas intégrales. Le sac se fuselait jusqu'à ce qu'il y ait juste assez de place pour les pieds.

Celui de Connor était tout neuf, haut de gamme, conçu pour les grimpeurs qui s'attaquaient à l'Everest. Il provenait d'un catalogue qui vendait des kayaks pliants et des minifours.

Le duvet d'Arlo, lui, venait du fond d'un placard d'un quartier-maître. Au fil des ans, il avait dû servir à une cinquantaine de Rangers. Il sentait le nylon, la bave, le feu de bois et la crème solaire, mais il fallait reconnaître qu'il tenait chaud. L'air nocturne était froid sur les joues d'Arlo, mais son corps était bien protégé.

Il se retourna et essaya de se rendormir.

En guise d'oreiller, il avait plié son sweat et l'avait enveloppé dans sa capuche, comme Wu le lui avait montré. C'était assez confortable. Mais un caillou lui rentrait dans la hanche. Il dut se tortiller un bon moment pour trouver une position dans laquelle il ne le sentait plus.

Puis il s'aperçut qu'il avait envie de faire pipi.

Vraiment ?

Ça ne pouvait pas attendre ?

Après tout, l'aube va bientôt se lever, pensa Arlo sans savoir quelle heure il était. Puisqu'il s'était endormi et réveillé, il aurait juré être plus près du matin qu'au beau milieu de la nuit.

Il décida que ça attendrait. Ce serait plus facile.

Puis il entendit un bip. Un tintement unique, électronique, qui venait de derrière lui.

Arlo roula sur le côté pour faire face à Wu. Le ronfleur, profondément endormi, avait le bras hors de son sac de couchage. À son poignet, il y avait une montre digitale.

Arlo extirpa la main de son duvet et, d'un geste prudent, tâtonna la montre de Wu pour trouver le rétro-éclairage.

Il était minuit. Minuit ! Il dormait depuis deux heures seulement. Il en restait encore six avant l'aube. Il ne tiendrait jamais jusqu'au matin.

Arlo ouvrit la fermeture Éclair de son sac aussi discrètement que possible, veillant à ne pas déranger Connor et Wu.

Il n'eut pas de mal à mettre la main sur ses chaussures. Il ne prit pas le temps de les lacer.

Le manteau de Connor était le premier sur la pile. Il provenait sans aucun doute du même catalogue que le sac de couchage, conçu pour les aventures montagnardes d'hommes barbus, leurs lunettes de soleil à effet miroir plaquées sur leurs yeux, comme des lunettes de piscine. La parka disposait de dix-sept poches et de boucles spéciales pour y accrocher des accessoires. Les couches de tissus variés étaient si nombreuses que la parka devait tenir lieu aussi de gilet pare-balles.

L'anorak d'Arlo était tout en bas de la pile. Il n'avait que deux poches, fermées avec des pressions et non zippées. La moitié du cordon qui permettait de resserrer la capuche était sortie. Le poignet de la manche droite, où Arlo avait renversé du chocolat chaud dans la soirée, était encore mouillé.

Une pensée lui vint alors : *Tu n'as qu'à mettre la parka de Connor.*

Connor n'en saurait rien, ou il s'en ficherait. En fait, si Connor était réveillé, il dirait sûrement : « Tu n'as même pas à me le demander. Bien sûr que tu peux la mettre. » Connor tiendrait ce discours, car les Rangers étaient gentils. Ça figurait dans le Serment. Ce serait gentil de la part de Connor de prêter sa magnifique parka à Arlo plutôt que de lui laisser l'anorak pourri avec les poches à pression et le poignet trempé de chocolat chaud.

Une fois cette proposition formulée, il serait également gentil de la part d'Arlo d'accepter. « Gentil » était pour ainsi dire synonyme de « poli ». Le contraire de « poli », c'était « grossier ». Et il ne fallait jamais être grossier.

Par gentillesse donc, Arlo enfila la parka de Connor. C'était formidable, comme glisser les bras dans un rêve. Il aurait voulu ne jamais la retirer.

Il dézippa la tente juste assez pour pouvoir sortir.

L'air nocturne, d'une froideur tonifiante, tira aussitôt Arlo de son demi-sommeil. Malgré tout, l'incroyable parka de Connor maintenait le haut de son corps bien au chaud. Même les poches étaient doublées de polaire.

Sans la lueur orangée du feu de camp, les tentes plongées dans l'ombre semblaient abandonnées, regroupées tels des rhinocéros endormis. Arlo réalisa qu'il devait être le seul Ranger réveillé. Même les adultes dormaient.

Peut-être était-il la seule personne réveillée de toute la vallée.

Arlo leva les yeux vers le ciel parsemé d'une infinité de points lumineux. C'était une nuit sans lune.

Chaque espace entre les étoiles brillantes dévoilait des étoiles plus petites, moins visibles. Juste au-dessus des arbres, Arlo distingua une bande lumineuse plus large : la Voie lactée, ou du moins une partie. Il l'avait déjà vue au planétarium de Chicago, mais jamais en vrai.

Seul dans la forêt, sous ces dizaines de milliers d'astres scintillants, Arlo se sentit petit, mais pas dans un sens négatif. Il avait plutôt l'impression d'être mis dans le secret de l'immensité de l'univers, comme un poisson rouge lâché dans l'océan.

Son souffle se matérialisant dans l'air, Arlo resta un moment plongé dans cette contemplation silencieuse. Son père voyait-il les mêmes étoiles, en Chine ? Combien d'entre elles avaient un nom ? Qui leur donnait ces noms ? Est-ce qu'on leur donnait parfois des noms complètement idiots comme Bulle-de-Prout ? Pourquoi pas, après tout ?

Arlo se demanda si, sur une planète gravitant autour d'un de ces astres, un enfant se posait les mêmes questions en observant la Terre. Vu les milliards d'étoiles qu'il y avait dans l'univers, il paraissait probable, voire inévitable, que d'autres mondes existent. L'esprit d'Arlo entrait en ébullition… mais sa vessie était pleine. Il devenait urgent de la vider.

Il se dirigea vers les arbres. Il ne savait pas trop jusqu'où il devait s'éloigner des tentes pour uriner sans que ce soit inapproprié. Le lendemain, il consulterait le manuel. Pour cette nuit, il se fierait à son instinct.

À la lisière de la clairière, il trouva un arbre qui conviendrait. Alors qu'il terminait, il remarqua quelque chose.

Une lumière.

Elle était profondément enfoncée dans la forêt, de la taille d'un faisceau de lampe de poche. Sauf que ce n'en était pas un. Arlo regarda la lumière s'agiter entre les arbres. Elle flottait, ou volait.

Ou elle dansait. Il n'y avait pas de musique, mais Arlo eut l'impression qu'elle bougeait en cadence : sa luminosité augmentait ou diminuait à un rythme régulier.

Tout à coup, une autre lumière apparut. De la même taille, mais un peu plus rose. Les deux lumières tourbillonnèrent, se pourchassant comme des oiseaux. Plus elles accéléraient, plus elles se brouillaient, laissant derrière elles une traînée de fumée et d'étincelles.

Arlo se rapprocha d'un pas prudent pour ne pas les effrayer.

D'après ce qu'il vit, c'étaient deux sphères lumineuses, chacune grosse comme une balle de baseball, sans ailes visibles. Voler leur était donc impossible. Tout comme les chiens fantômes et les scarafées ne pouvaient pas exister. Pourtant, les deux paraissaient bien réels. Les certitudes d'Arlo en prenaient un coup ces temps-ci.

Arlo se demanda si c'étaient des claque-lumières qui, d'une manière ou d'une autre, s'étaient animés. Il avait vu les Rangers plus âgés produire des claque-lumières restés en suspens plus de vingt secondes avant de retomber lentement. Et si certains d'entre eux n'étaient jamais tombés, continuant à vivre ?

Puis Arlo pensa : *Et si c'était ça, le Merveilleux* ? Toutes ces choses qui relèvent normalement de l'impossible et qui, tout à coup, ne le sont plus ?

Une brindille craqua sous son pied. Les lumières dansantes, semblant l'avoir entendu, cessèrent un moment leur course-poursuite. Arlo se pétrifia.

Étaient-elles capables de le voir ? Avaient-elles des yeux, d'ailleurs ?

Les sphères se remirent à tourbillonner puis s'enfoncèrent davantage dans la forêt. Arlo se promit d'être plus discret, cette fois, allant d'arbre en arbre pour ne pas être vu.

Sous ses pas, le sol devenait plus boueux. Arlo regretta de n'avoir pas lacé ses chaussures : ses lacets traînaient dans la bouillasse. Mais il ne pouvait pas s'arrêter pour les nouer, car à présent les lumières avaient accéléré. Éviter de les perdre de vue tout en restant plus ou moins caché n'était pas simple.

L'une des lumières monta en spirale autour d'un grand arbre. Arlo la regarda se cacher dans les branches et diminuer d'intensité tandis que l'autre lumière la cherchait. Sournoise, la première prenait soin de rester de l'autre côté du tronc. Arlo s'approcha doucement sans jamais les quitter des yeux.

Soudain, la deuxième lumière passa en trombe à côté d'Arlo, si près qu'il sentit un courant d'air. Ces choses étaient donc bien composées de matière.

La sphère flotta devant Arlo. Puis elle fit une sorte de clin d'œil. Du moins elle cligna. Sa luminosité avait baissé juste une seconde. Arlo aurait juré qu'elle l'avait fait exprès. « Je te vois », disait-elle. Et elle n'avait pas peur.

Arlo sentit qu'il devait répondre.

– Salut.

Nouveau clignement.

– Qu'est-ce que tu es ? Quelqu'un t'a fait ap…

Avant qu'il ait achevé sa question, la sphère s'envola tout à coup pour rejoindre sa copine et avancer plus profondément dans la forêt. Arlo les suivit, cette fois sans discrétion. Il courut derrière elles.

Les lumières ralentirent avant de s'arrêter, attendant visiblement qu'Arlo les rattrape. Puis, peu à peu, elles montèrent toujours plus haut. Arlo accéléra l'allure pour ne pas les perdre quand tout à coup…

BAAAAAM !

Un énorme coup-de-tonnerre résonna dans la forêt. Arlo sursauta, le cœur affolé.

La voix d'un garçon cria :

– Stop !

Arlo scruta les arbres sombres. Un claque-lumière fusa : Connor se trouvait une trentaine de mètres en arrière. Il était sans manteau. Arlo savait pourquoi.

– Désolé ! s'écria-t-il. Je ne pensais pas que tu…

– Ne bouge pas !

Connor envoya deux autres claque-lumières et s'approcha lentement.

Arlo leva les yeux vers les deux boules lumineuses qu'il suivait. Elles se tournaient autour, observant la scène. Grâce aux illuminations de Connor, Arlo remarqua que ce n'étaient pas que des sphères. Des formes tourbillonnaient autour d'elles, comme des os faits de fumée.

– Qu'est-ce que c'est ? demanda-t-il.

– Des volutes. Elles essaient de te tuer.

Connor envoya un autre claque-lumière juste aux pieds d'Arlo, éclairant le bord d'un trou. Deux mètres plus bas se dressaient des pieux en bois à la pointe effilée, telles des lances. Un piège simple mais mortel, dans lequel Arlo avait failli se précipiter.

Un pas de plus, et Arlo Finch finissait embroché. Il recula prudemment.

Connor le rejoignit.

– Bouche-toi les oreilles.

Arlo obéit aussitôt. Connor frotta ses mains l'une contre l'autre, dans un geste spécifique, puis les frappa, produisant un autre coup-de-tonnerre fracassant.

Les volutes tourbillonnèrent. Arlo comprit qu'elles étaient en colère, ou désorientées. Leur plan pour le piéger avait presque abouti.

Les sphères s'agitèrent, puis s'éloignèrent entre les arbres avant de disparaître.

Arlo se retourna : il vit briller des lampes de poche et des claque-lumières. Les Rangers et les Gardiens, réveillés, vérifiaient l'origine des coups-de-tonnerre.

Connor envoya un claque-lumière pour que les autres les localisent.

Il cria :

– Tout va bien !

Puis il souffla à Arlo :

– Ne parle pas des volutes, sinon ils vont nous obliger à rentrer chez nous tout de suite.

Les Gardiens crurent à la version de Connor, qui leur dit qu'Arlo s'était perdu dans les bois, mais pas Indra. Sitôt les adultes partis, elle se faufila sous leur tente et exigea de savoir ce qui s'était réellement passé.

Avec la permission de Connor, Arlo leur raconta, à elle et à Wu, sa mésaventure.

– Comment se fait-il que des volutes se soient trouvées si loin des Longs Bois ? s'étonna Indra.

– Je n'en sais rien, répondit Connor.

– Peut-être qu'elles avaient faim, suggéra Wu. Dans le *Manuel du Ranger*, il est écrit qu'elles cherchent à piéger leurs proies pour dévorer leur âme.

– Dans ce cas, qui a fabriqué le piège ? demanda Arlo. Elles n'ont pas de mains. Quelqu'un l'a forcément mis en place.

– Ce piège n'était pas ancien, précisa Connor. On vient très souvent camper ici. On l'aurait déjà remarqué.

Indra était certaine d'avoir la réponse.

– Quelqu'un a préparé ce piège et envoyé les volutes pour t'attirer. Ce n'était ni un hasard ni une coïncidence. Tout était prémédité.

Arlo en eut le tournis.

– Tu veux dire que quelqu'un essaie de me tuer ?

– Bien sûr que non, répliqua Indra. C'est Connor qui était visé. Tu portais sa parka.

- 9 -
LA CASSEROLE D'OR

LA CASSEROLE D'OR était l'unique restaurant de Pine Mountain – sauf si on comptait la station-service qui vendait des hot-dogs.

De mémoire d'habitant, ce petit café-restaurant avait toujours été là. Sur les murs, des photographies encadrées montraient le bâtiment à différentes époques, comme l'indiquaient les voitures garées devant. Il y avait même des chevaux. Sur l'un des clichés, deux hommes munis de pelles creusaient un chemin à travers un énorme tas de neige, devant la porte d'entrée. Seule l'enseigne de toit *La Casserole d'or* était visible.

– Là, c'est ton grand-père, dit la mère d'Arlo en désignant l'un des deux hommes.

Arlo scruta la photo : il ne vit pas en détail le visage de l'homme. Le grain de l'image en noir et blanc était épais. En plus, une couche de poussière mêlée de graisse couvrait le verre.

– Grand-père travaillait ici ? s'enquit Jaycee en installant l'ordinateur portable dans le box qu'ils avaient choisi.

– Non, mais cette année-là, il avait tellement neigé que tout le monde a dû donner un coup de main. La ville est restée sans électricité pendant des semaines, jusqu'à ce qu'enfin le col soit dégagé.

L'ordinateur de Jaycee émit une série de bips familiers.

– On est en train de se connecter, déclara-t-elle.

Arlo se glissa à côté d'elle sur la banquette pour regarder l'écran, sur lequel défilait du charabia. À cause de leurs démêlés avec le FBI, ils devaient utiliser un logiciel spécial pour communiquer avec leur père, en Chine.

– Tu sens la sueur et le feu de bois, fit remarquer Jaycee.

Le garçon renifla sous sa manche : il ne sentit rien. Sa sœur avait sans doute raison. Arlo venait directement du camp.

Tout à coup, leur père apparut à l'écran.

– Salut, les enfants ! Comment va la vie dans les montagnes ?

La vidéo sauta un peu avant de devenir nette. Le père d'Arlo était un barbu maigrichon dont les lunettes de vue mangeaient le visage. Arlo constata avec soulagement que, malgré toutes les choses étranges qui s'étaient produites récemment, son père restait exactement le même.

Tout en se régalant de crêpes et de frites – c'était plus un déjeuner qu'un petit déjeuner –, Arlo et Jaycee racontèrent à leur père ce qui s'était passé depuis leur arrivée à Pine Mountain. Arlo omit quelques détails, comme avoir failli finir embroché sur des pieux à cause de volutes lumineuses en provenance des Longs Bois. Il laissa également de côté les coups-de-tonnerre, les claque-lumières, et Cooper le chien fantôme, qui montait la garde en silence à la maison.

Il parla essentiellement de l'école (« Ça va. ») et des Rangers (« C'est sympa. »).

De toute façon, c'était surtout Jaycee qui monopolisait la conversation : elle décrivit en long, en large et en travers ses cours, le contenu de son casier, mais aussi son projet d'arrêter la clarinette pour commencer le tambour dans la fanfare. Selon elle, l'une des caisses claires avait eu la mononucléose – un terme qui semblait tout droit sorti d'un film de super-héros, mais qui en réalité décrivait une maladie très banale. Du coup, une place s'était libérée pour un nouveau tambour. Arlo s'émerveillait à chaque fois de voir Jaycee aussi différente quand elle s'adressait à leur père. Dans la vie de tous les jours, elle bougonnait, maussade. Mais, avec leur père, elle riait et retrouvait le sourire.

Leur mère resta plutôt en retrait. Arlo savait que ses parents s'envoyaient des mails et se téléphonaient parfois, surtout pour parler d'argent et de l'avocat de son père, basé en Californie. L'homme essayait de faire en sorte que le père d'Arlo puisse rentrer aux États-Unis sans être inquiété. Les appels vidéo étaient réservés principalement à Arlo et à Jaycee, pour qu'ils se sentent un peu moins loin de leur père.

Au bout d'un quart d'heure, une fenêtre d'alerte s'ouvrit dans un coin de l'écran pour les prévenir qu'ils « perdaient le serveur proxy ». Autrement dit, il leur restait moins de dix secondes avant la fin de l'appel. Serrés l'un contre l'autre devant la webcam, les enfants lancèrent un rapide « Je t'aime » et « À bientôt », puis la connexion prit fin.

Arlo et Jaycee restèrent collés l'un à l'autre devant une image figée et pixélisée de leur père. Jaycee fit une capture d'écran et l'ajouta à un dossier.

Tandis qu'Arlo finissait ses crêpes, sa mère alla régler l'addition au comptoir.

Jaycee prit la parole à voix basse, ce qui n'était jamais bon signe :

– J'ai trouvé un boulot.

– Où ça ? voulut savoir Arlo.

– Ici, au café-restaurant. J'ai vu une pancarte sur la vitrine. Ils cherchent une serveuse à temps partiel.

– Tu n'as aucune expérience en tant que serveuse.

Arlo ne voyait pas du tout sa sœur porter des plateaux chargés de nourriture. Certes, elle était costaude, et même plus forte que la plupart des filles de son âge, mais elle était maladroite. Quand ils jouaient à chat dans le parc, elle passait son temps à trébucher. Elle disait que c'était la faute de ses chaussures. Arlo, lui, aurait juré que le lien entre son cerveau et ses pieds était défaillant.

– J'en suis capable, se défendit Jaycee. Cet argent ne sera pas de trop. Alors, si jamais on aborde le sujet dans la discussion, dis à Maman que tu n'as pas besoin de baby-sitter.

– J'en ai pas besoin ! s'écria-t-il.

– C'est ce que je dis.

Leur mère revint avec un sourire qu'Arlo ne lui avait pas vu depuis longtemps.

– Bonne nouvelle ! s'exclama-t-elle. Votre mère vient de se faire embaucher comme serveuse. Je commence demain.

Arlo évita de regarder sa sœur. C'était inutile : il imaginait très bien sa tête de Méduse.

De retour à la maison, Arlo lança une machine. Il veilla à ce que l'eau ne déborde pas du lave-linge pendant que celui-ci se remplissait. « Une fois sur vingt, ça coule sans arrêt, l'avait prévenu oncle Wade. Après, la moquette fait un bruit d'éponge pendant des semaines. »

L'eau monta à 1,5 cm sous le bord, mais l'appareil finit par émettre un cliquetis quand la valve se ferma. Arlo regarda le tambour osciller et le linge à l'intérieur être peu à peu immergé.

Le cerveau d'Arlo subissait le même traitement que son uniforme : il se balançait d'un côté puis de l'autre, sans cesse en mouvement. Trop de questions sollicitaient son attention. Qui avait érigé ce piège dans la forêt ? Était-ce Connor qui était réellement visé ? Quelqu'un avait-il envoyé les volutes ? Dans ce cas, qui ? Et pourquoi ? Quel rapport avec la fille qu'il avait vue dans le reflet ? S'agissait-il vraiment de la cousine disparue de Connor ? Et pourquoi avait-elle prévenu Arlo qu'il était en danger ?

Chaque fois qu'il tentait de se concentrer sur une seule question, une autre prenait sa place. Et toutes se mélangeaient.

Arlo imagina son père dans la même situation. « Chaque gros problème n'est que la somme d'une poignée de petits problèmes, dirait-il. Peu importe que ce soit préparer le dîner ou aller sur la lune. Il faut juste le résoudre étape par étape. »

Quand son père travaillait, il était entouré de tableaux blancs, de fiches cartonnées et de petits carnets noirs remplis de listes. Arlo ne savait que vaguement en quoi consistait l'activité de son père – en gros, comment savoir si quelqu'un écoutait une conversation privée –, mais il en comprenait le principe. Son père partait de choses compliquées puis trouvait le moyen de les rendre plus petites et plus faciles.

Peut-être qu'Arlo pouvait appliquer la même méthode.

N'ayant pas de tableau blanc sous la main, il écrivit avec son doigt sur la fenêtre poussiéreuse :

Volutes ?

Cousine ?

Puis la question finale :

Pourquoi moi ?

- 10 -
LE BESTIAIRE

ARLO DÉCIDA DE COMMENCER PAR LES VOLUTES.

Le *Manuel du Ranger* ne lui fut pas d'une grande utilité. Arlo n'y trouva que deux courtes phrases à leur sujet : *Vues de loin, les volutes sont souvent confondues avec des lanternes ou des lampes torches. Il arrive qu'elles cherchent à attirer les voyageurs peu méfiants dans un piège mortel.*

D'après son expérience, Arlo trouva cette définition exacte bien que superflue, un peu comme dire que les pierres sont lourdes et dangereuses si on vous en jette une sur la tête.

Le garçon voulait savoir si les volutes avaient agi consciemment lorsqu'elles l'avaient entraîné dans la forêt. Était-ce prémédité ? Avaient-elles été poussées par l'instinct ? Peut-être étaient-elles comme des araignées qui se précipitent dès qu'un insecte se prend dans leur toile. Ou étaient-elles douées d'intelligence, comme les lionnes qui traquent leur proie et attendent le bon moment pour attaquer ?

Si c'étaient juste des araignées volantes toutes bêtes, Arlo serait sûr qu'elles n'avaient pas tenté de le tuer lui en particulier. Il s'était simplement trouvé au mauvais endroit, au mauvais moment.

En revanche, si elles étaient comme les lionnes, voire plus intelligentes, alors peut-être qu'elles le traquaient encore. Cette fois, Arlo en savait assez pour ne plus se faire avoir. C'était quand même troublant de se dire que quelque chose dans les bois le surveillait. L'attendait.

Arlo laissa tomber son manuel pour se pencher sur les encyclopédies d'oncle Wade. Il découvrit que le volume de la lettre V servait de cale au canapé, dans le salon. Certaines pages au tranchant doré, très fines, étaient collées entre elles. Arlo feuilleta l'ouvrage jusqu'à la bonne page.

Hélas, l'entrée « volute » n'apparaissait pas. On passait directement de « voluptueux » à « volvaire ».

– Il faut qu'on cherche dans le bestiaire, souffla Indra en classe, le lendemain matin. S'il y a quelque chose sur les volutes, ce sera là-dedans.

Au tableau, Mme Mayes se racla exagérément la gorge. Les élèves étaient censés finir leurs exercices de maths.

– Excusez-moi, madame Mayes, dit Indra avec un sourire aimable.

Arlo essaya de se concentrer sur ses fractions, mais sa curiosité ne lui laissait aucun répit. Il regarda son professeur verser le reste de son café dans le pot de violettes africaines mal en point posé sur son bureau. Tandis que Mme Mayes rinçait son mug dans l'évier de la salle de classe, Arlo chuchota à l'intention d'Indra :

– C'est quoi, un bestiaire ?

– C'est un livre, répondirent de concert Indra et Wu.

Wu était assis juste devant Arlo.

Tous trois observèrent Mme Mayes, qui contemplait son mug, et semblait hésiter à reprendre du café. Après un bref coup d'œil à l'horloge, elle balaya du regard la classe silencieuse et se décida.

Elle sortit de la salle.

Aussitôt, Wu se retourna.

– On pourrait aller à la bibliothèque après le déjeuner, pendant que les CE1 y seront aussi.

Indra acquiesça :

– Parfait.

– Fitzrandolph sera distraite. On en profitera pour se glisser derrière le comptoir. Elle garde le bestiaire dans un tiroir fermé à clé. Je me suis entraîné à forcer les serrures, alors je devrais réussir à l'ouvrir. La question, c'est : est-ce qu'on prend le livre, ou est-ce qu'on se contente de photographier les pages qui nous intéressent avant de le remettre à sa place ? Dans un cas comme dans l'autre, l'un de nous devra faire le guet.

Arlo se porta tout de suite volontaire.

– Sinon, on pourrait tout simplement demander à consulter le livre, proposa Indra.

Wu réfléchit à cette suggestion. Enfin, il répliqua :

– Oui, je crois que ça marcherait aussi.

À son retour, Mme Mayes trouva Wu le dos tourné à son pupitre, en train de bavarder avec Arlo et Indra. De toute évidence, ils ne travaillaient pas sur leurs fractions.

À l'heure du déjeuner, ils mangèrent avec empressement puis, d'un pas rapide, ils se rendirent à la bibliothèque avec l'espoir d'y arriver avant que les élèves de CE1 envahissent les lieux.

Mme Fitzrandolph, la bibliothécaire de l'école, était une femme généreuse dont la garde-robe était composée d'une belle collection de pulls tricotés main et de jupes écossaises. Sur le comptoir, un humidificateur glougloutait à côté d'un terrier écossais en céramique jouant de la cornemuse.

– Finch ? demanda Mme Fitzrandolph. Tu dois être le fils de Céleste Bellman. (Arlo confirma d'un signe de tête.) Je gardais ta mère quand elle était petite – non qu'elle ait besoin d'être surveillée. Ton oncle, en revanche…

Elle n'acheva pas sa phrase et haussa les épaules.

Arlo n'avait pas parlé de son oncle ni à Indra ni à Wu. Il était resté délibérément vague sur la maison où il logeait, sur Green Pass Road.

– On voulait montrer le bestiaire à Arlo, intervint Indra. Il n'en a jamais vu.

– Le problème, c'est que les CE1 vont arriver.

– On se dépêchera, promit Indra. On voudrait juste montrer à Arlo ce qu'il verra pendant les excursions avec les Rangers.

– C'est plutôt une bonne idée, approuva la bibliothécaire.

Puis, regardant Arlo, elle ajouta :

– Je me souviens que ton oncle disait avoir eu quelques démêlés avec des scarafées. Et aussi des rasoirs empesteurs. Il avait une imagination débordante.

Elle passa en revue les clés de son trousseau avant de se baisser sous le comptoir pour ouvrir un tiroir hors de la vue des enfants. Elle en sortit un ouvrage qui, d'après son état, avait beaucoup servi.

Le *Bestiaire des créatures remarquables de Culman* ressemblait à un vieux manuel scolaire, pas très différent du livre de maths qu'ils utilisaient chaque jour.

– Je dois le garder ici. Si je le mettais en libre accès sur les étagères, les enfants ne liraient rien d'autre, se justifia Mme Fitzrandolph. Nous avons à notre disposition des siècles de littérature en tout genre, en provenance des quatre coins du monde, mais tout ce qu'ils réclament, c'est cet horrible catalogue !

Juste à cet instant, un troupeau de CE1 apparut. Arlo avait oublié à quel point ils étaient petits et agités.

– Je vous le laisse deux minutes, poursuivit la bibliothécaire en contournant le comptoir pour acheminer les CE1 vers les tables de lecture.

Indra feuilleta rapidement le livre. Elle fit défiler quantité de dessins fascinants, représentant toutes les facettes d'étranges créatures. À la lettre V, elle ralentit l'allure jusqu'à tomber sur « volute ».

Le cœur d'Arlo bondit dans sa poitrine quand ses yeux se posèrent sur l'illustration. Celle-ci, bien que simple, incluait tous les détails exacts : l'ombre du squelette, la lueur intérieure, la légère traînée de cendres rougeoyantes qu'elles laissaient derrière elles.

L'auteur de ce dessin avait vu une volute aussi clairement qu'Arlo.

À ce souvenir, le garçon sentit ses paumes devenir moites.

Wu lut le texte à voix haute tout en s'efforçant de ne pas parler trop fort :

– « Entités malveillantes d'origine incertaine, les volutes, également connues sous le nom de Flammes des fous, se nourrissent de l'essence des créatures mourantes, en général après avoir attiré leurs victimes dans des dangers naturels tels que les sables mouvants. »

– Ou des pièges, ajouta Indra. Comme celui dans lequel tu as failli tomber.

Wu reprit sa lecture :

– « Les périmètres de sécurité sont souvent efficaces mais inutiles, car les volutes n'attaquent pas directement. Elles sont parfois invoquées et contrôlées par d'occultes jeteurs de sorts. »

Arlo se surprit à hocher la tête avant d'avouer :

– Je ne comprends pas grand-chose.

L'index pointé sur les mots importants, Indra se lança dans des explications :

– « Entités », ça veut dire que les volutes sont comme des spectres.

– Elles ne sont pas vivantes, précisa Wu.

– En quelque sorte, si, mais pas comme les gens ou les animaux. (Indra s'interrompit pour être plus claire.) Tu sais ce que c'est, un spectre ?

– Oui, répondit Arlo, heureux de savoir au moins une chose. (Il conclut que les volutes devaient appartenir à la même catégorie que Cooper, le chien fantôme, qui existait en partie dans ce monde et en partie dans un autre.) D'après le bestiaire, les volutes se nourrissent de l'énergie de créatures mourantes. Alors, elles sont comme les vampires ?

– Les vampires n'existent pas, trancha Wu.

– Ah bon ?

– Non. Ce n'est que dans les histoires.

Il paraissait étrange que Pine Mountain ait des fantômes, mais pas de vampires. Arlo en fut quand même soulagé.

Indra revint au bestiaire.

– Un périmètre de sécurité, c'est une protection, expliqua-t-elle. Un cercle que les entités ne peuvent pas franchir. On apprend à les établir quand on est Chouette. On reçoit alors l'écusson « Périmètres de base ». Il y a aussi « Périmètres avancés » et « Renonciations », mais ils sont facultatifs.

– Alors on aurait dû établir un périmètre autour du camp, non ? demanda Arlo.

– On l'a fait, l'informa Wu. Rappelle-toi, quand on a monté les tentes, Connor est parti chercher des pierres qu'il a empilées. Il mettait en place un périmètre de sécurité.

Arlo s'en souvenait, en effet. Cependant, il ne l'avait pas interrogé à ce moment-là.

– Alors, pourquoi ça n'a pas marché ?

– Parce que tu en es sorti, répliqua Wu.

Arlo se sentit bête. Il comprit que rien de tout cela ne se serait produit s'il était resté près des tentes, s'il avait demandé à Connor pourquoi il empilait des pierres, ou d'une manière générale, s'il avait posé plus de questions. Il avait tellement peur de passer pour un idiot qu'il avait failli se faire tuer.

Indra revint sur la dernière phrase de la description.

– « Elles sont parfois invoquées et contrôlées par d'occultes jeteurs de sorts. » C'est ce que je disais, sous la tente. À mon avis, quelqu'un a construit ce piège avec des pieux et envoyé les volutes pour t'attirer.

– Tu veux dire pour attirer Connor, rectifia Wu.

– Je suppose. À moins que la cible ne soit Arlo. Quand on y pense, Connor a campé des dizaines de fois dans ces bois, et rien ni personne n'a jamais cherché à lui nuire. Tandis qu'Arlo, lui, venait pour la première fois. (Indra se tourna vers lui.) Y a-t-il quelqu'un qui voudrait te tuer ?

– Non, répondit Arlo. Je viens juste d'emménager.

Wu acquiesça.

– C'est forcément Connor qu'ils veulent. Ça doit avoir un rapport avec sa cousine.

Arlo se contenta de hocher la tête. Il n'était pas encore prêt à leur parler de la fille du reflet. Il n'aurait même pas su par où commencer.

Il montra les derniers mots du texte qu'il ne comprenait pas :

– « D'occultes jeteurs de sorts », qu'est-ce que ça veut dire ?

– « Occulte » signifie « surnaturel », répondit Indra. On appelle ceux qui peuplent les Longs Bois les occultes.

– Et un jeteur de sorts, c'est quelqu'un capable de créer des sortilèges, dit Wu. Une sorcière, par exemple.

– Les sorcières, ça existe ? s'étonna Arlo.

Indra chuchota, afin de ne pas être entendue des CE1 :

– Oui, mais il existe des choses bien pires que les sorcières.

À leur retour de la pause déjeuner, ils trouvèrent Mme Mayes, un plan de classe entre les mains. Elle indiqua à chaque élève sa nouvelle place.

Plein d'appréhension, Arlo sut d'avance ce qui en résulterait.

Indra rejoignit le premier rang, près du bureau de la professeur. Wu était désormais deux rangées derrière, sur la gauche, à côté des fenêtres.

Arlo dut s'asseoir à droite, près des meubles de rangement. Merilee Myers fut placée à côté de lui. Avec sa gomme rose, elle frottait des traces de crayon sur son nouveau pupitre. De temps à autre, elle portait la gomme à son nez.

– J'adore l'odeur. (Elle la proposa à Arlo, qui déclina.) Tout a une odeur, tu sais. Mais on ne le sent plus, parce qu'on est habitué.

Indra se retourna sur sa chaise pour jeter un regard désolé aux deux garçons. Certes, presque tous les élèves s'étaient vu attribuer une nouvelle place, mais il ne faisait aucun doute que Mme Mayes avait mis le plus de distance possible entre les trois camarades. Séparer des amis, quelle profonde injustice !

J'ai des amis, songea tout à coup Arlo. Cette prise de conscience apaisa sa douleur.

En quelques jours à peine depuis son arrivée à Pine Mountain, il avait rencontré des créatures fantastiques aux pouvoirs surnaturels. Il avait failli mourir.

Et surtout, sans même le remarquer, il s'était fait deux amis proches.

C'était peut-être ça le plus surprenant.

- 11 -
LE FENDEUR DE BOIS

CET APRÈS-MIDI-LÀ, DANS LA BUANDERIE, Arlo raya avec son doigt le mot *Volutes ?* qu'il avait tracé sur la vitre poussiéreuse. Ce sentiment de la tâche accomplie l'apaisa, même si les réponses qu'il avait obtenues soulevaient toujours plus de questions.

Le mot suivant sur sa liste était *Cousine* ?

Quand résonna le vrombissement familier d'un moteur, Arlo sut par où commencer.

– Oui, je me souviens de sa disparition, dit oncle Wade en plaçant une autre bûche dans le fendeur. Katie Cunningham. Sa famille est très riche. À elle seule, elle possède la moitié de la montagne.

Il actionna le levier. Dans un grincement, le fendeur se mit en marche. Le bras hydraulique poussa la bûche dans la cale, où elle fut coupée en deux aussi facilement que la proue d'un navire fend les eaux.

– La petite était partie camper avec sa famille à Haute-Croix, raconta Wade. Au cours de la soirée, deux des enfants ont disparu. Katie et son grand frère, je crois.

– Son cousin. Connor.

– Oui, c'est ça. (Wade fendait les bûches tout en poursuivant son récit.) J'ai participé à des battues pendant la première semaine. On nous avait répartis par équipes de quatre. Chacune avait une zone à explorer. Quand c'était possible, on avait aussi des chiens. Ils ont envoyé des avions et des hélicos. Mais comment un enfant aurait-il su signaler sa présence à un avion ? Au bout d'une semaine, j'avais la certitude qu'on ne les retrouverait pas vivants. Qu'un puma les avait eus. Quand le garçon a refait surface au Canada, ça m'a surpris. Mais finalement, pas tant que ça.

– Pourquoi ?

– Eh bien… Soit les enfants avaient été kidnappés, ce qui paraissait logique vu le patrimoine de cette famille, soit ils s'étaient aventurés en dehors de notre forêt.

– Dans les Longs Bois, enchaîna Arlo avec prudence, ne sachant pas comment son oncle réagirait.

– Tu es au courant ? (Arlo acquiesça. Wade haussa les épaules avant de charger une autre bûche.) Ni les shérifs ni les secouristes n'en ont jamais parlé, mais certains d'entre nous se doutaient que ça devait être ça, que les enfants avaient, d'une manière ou d'une autre, franchi la frontière des Longs Bois. Je sais de source sûre que les Cunningham ont dépensé de grosses sommes d'argent pour faire venir des chamans et autres personnages mystiques. Pour autant, ils n'ont jamais eu la preuve que ce soit ça.

Quand oncle Wade en eut fini avec les bûches, il éteignit la machine. Alors seulement, Arlo se rendit compte qu'il avait presque crié tout ce temps. À présent, le silence offrait un contraste saisissant.

– Tu es déjà allé dans les Longs Bois ? demanda Arlo.

Wade marqua une pause en ôtant ses gants de travail.

– Difficile à dire. C'est sûr que je me suis retrouvé dans des endroits surprenants. Mais je ne sais pas si c'étaient vraiment les Longs Bois. À ce qu'on dit, c'est un aller simple. Quand tu te retrouves là-bas, tu n'es pas censé en revenir.

Arlo aida son oncle à ranger les bûches fendues le long de la maison. La résine sur l'écorce lui poissa les mains. Leur tâche achevée, Wade demanda :

– Les petits Cunningham… Ils font partie des Rangers, eux aussi ?

– Connor est mon chef de patrouille. Christian, c'est le maréchal.

– Il faut faire attention avec les Cunningham, l'avertit son oncle. Je t'ai dit qu'ils étaient très riches, hein ?

Arlo acquiesça.

– Il n'y a pas de mal à être plein aux as, poursuivit Wade, mais on ne sait pas vraiment comment ils ont bâti leur fortune. Il y a une vingtaine d'années, les Cunningham étaient comme toi et moi, pas mieux, pas pire. Puis, tout à coup, ils ont eu de l'argent. Beaucoup d'argent. Ils ont acheté des terres, se sont fait construire une nouvelle maison... Personne n'a jamais su comment ils avaient pu se payer tout ça, ni pourquoi ils restaient vivre ici. Quand on a un compte en banque si bien garni, on peut déménager dans une ville plus sympa que Pine Mountain.

– Tout cet argent, d'où vient-il, selon toi ? s'enquit Arlo.

Oncle Wade s'appuya d'une main contre le mur.

– Tu sais qu'à l'origine, Pine Mountain était un camp minier, hein ? Il y avait des mines d'or partout, jusqu'à ce que le filon se tarisse. Certaines de ces anciennes mines se trouvent sur la propriété des Cunningham.

– Tu crois qu'ils ont trouvé de l'or ?

– C'est ce que pensent certains. Mais extraire de l'or, ce n'est pas une activité discrète. S'ils le faisaient, ça se saurait. Il y aurait des camions, du matériel, des résidus dans la rivière. Or pas le moindre signe de ce genre d'activité.

– Alors, qu'est-ce que tu penses de tout ça ?

Wade baissa la voix. Arlo réalisa que ce devait être la première fois que son oncle allait faire part de sa théorie à quelqu'un.

– Tu sais que les Longs Bois sont partout ? Eh bien, on dirait qu'ils sont aussi sous terre. Dans les mines. Il se pourrait bien que les Cunningham fassent affaire avec des créatures qui ne sont pas de notre monde.

– Les occultes, souffla Arlo, se remémorant le mot du bestiaire.

Wade regarda son neveu, à la fois étonné et impressionné :

– Tu comprends vite. (Arlo sourit.) Mettons que ce sont les occultes. Si cette famille traite avec eux, il n'est plus aussi surprenant que deux des petits Cunningham se soient retrouvés dans les Longs Bois.

– Tu penses qu'on les a enlevés.

Oncle Wade haussa les épaules.

– Ce ne sont que des hypothèses. Malgré tout, pour ta sécurité, je te conseille de te tenir éloigné des

Cunningham. Il vaut mieux ne pas te mêler de leurs affaires.

Arlo se lava les mains à l'évier de la cuisine pour éliminer la résine. Le savon normal n'était pas efficace. Arlo s'était habitué à celui que son oncle gardait sur le rebord de la fenêtre : un pain verdâtre et grumeleux qu'on aurait dit fait à base de grenouilles bouillies et de papier de verre. Il moussait à peine, mais il n'avait pas son pareil contre les matières poisseuses.

Arlo acheva son nettoyage en grattant les dernières traces avec ses ongles.

Ce fut à ce moment-là qu'il remarqua Jaycee, dehors. Elle s'éloignait de la maison et gravissait la pente en direction de la forêt.

Étrange, se dit Arlo. Sa sœur détestait aussi bien le sport que la nature. Après avoir séché ses mains d'une secousse, il décida de la suivre.

En cette fin d'après-midi, un vent froid s'était levé. Arlo l'entendait souffler dans les arbres. Les branches des pins oscillaient au-dessus de lui. Il resta à bonne distance de Jaycee, qu'il s'efforça de ne pas perdre de vue tandis qu'elle grimpait.

Apparemment, elle ne suivait pas un sentier en particulier. Elle semblait pourtant savoir où elle allait. Arlo se demanda s'il devait avancer en se cachant derrière les arbres et les blocs de roche, comme dans les films d'aventure, mais ça n'aurait servi à rien : Jaycee ne se doutait pas une seconde de sa présence.

Quelques minutes plus tard, elle s'arrêta. Arlo se figea, à la recherche d'une cachette. Heureusement, sa sœur ne regarda pas en arrière. Au lieu de quoi, elle se faufila avec précaution sous une clôture de fils barbelés et reprit sa marche.

Le cœur d'Arlo battait à toute allure, et pas seulement à cause de la montée. Jaycee traversait le terrain de quelqu'un d'autre. Elle se trouvait sur une propriété privée : elle enfreignait la loi.

Son premier réflexe fut de retourner au plus vite à la maison pour avertir sa mère ou oncle Wade. Jaycee aurait des ennuis, à coup sûr. Elle écoperait même sans doute d'une punition et serait fâchée contre Arlo pendant des semaines. Malgré tout… « Tu as bien fait de me prévenir », dirait sa mère. Il aurait protégé sa famille.

Le deuxième réflexe d'Arlo fut de continuer à suivre Jaycee. Quelle que soit sa destination, elle avait un but précis. Quelque chose d'intéressant l'attendait de l'autre côté de cette clôture. Pour Arlo, ce serait peut-être l'unique occasion de voir quoi. Même s'il se faisait prendre, Jaycee resterait la principale coupable : après tout, il se contentait juste de la suivre.

S'il se décidait à la suivre.

Il repensa aux propos de sa mère avant la première réunion des Rangers : les choses qu'elle regrettait surtout dans sa vie, c'étaient celles qu'elle n'avait pas faites, les occasions qu'elle n'avait pas saisies. Arlo se sentit un peu bizarre d'avoir recours au conseil de sa mère pour justifier une violation de propriété privée, mais tout depuis son arrivée à Pine Mountain était un peu bizarre.

Devant la clôture, il se glissa entre la deuxième et la troisième rangée de fils barbelés.

Lorsqu'il se redressa, il sentit qu'on le tirait en arrière. Quelque chose ou quelqu'un venait de le retenir et l'étouffait.

Pris de panique, il hoqueta. Il s'apprêtait à appeler à l'aide, dans l'espoir que Jaycee l'entendrait, quand il réalisa que c'était tout simplement sa capuche qui s'était prise dans les fils barbelés.

Il tenta de se libérer, dégageant le vêtement à tâtons. Hélas, les barbelés étaient comme un harpon profondément enfoncé dans le tissu. Plus Arlo gigotait, plus il aggravait son cas.

Le garçon s'obligea à marquer une pause pour réfléchir. En silence, il compta jusqu'à trois. Puis il sut quoi faire.

Il se glissa hors de son sweat, qui resta accroché à la clôture.

Une fois libéré, Arlo n'eut aucun mal à le récupérer. Il y avait quelques trous à déplorer, mais aucun dommage sérieux.

Il repéra Jaycee juste au moment où elle allait disparaître derrière la butte suivante. D'un pas maladroit, il s'élança après elle.

Une fois le sommet atteint, Arlo trouva sa sœur au bord d'un précipice, ses cheveux soulevés par le vent. Elle s'apprêtait à sauter.

- 12 -
LA ROCHE AU RÉSEAU

– JAYCEE, NON ! HURLA ARLO EN COURANT DANS LA CLAIRIÈRE.

Sa sœur se retourna, l'air surpris et agacé. Son téléphone à la main, elle écrivait un texto.

– Tu m'as suivie ? cria-t-elle à son tour. (Elle connaissait la réponse avant même d'avoir fini de poser la question.) Tu es de la police, ou quoi ?

Elle envoya le message qu'elle tapait. Son portable émit un bip.

Quand Arlo se rapprocha, il comprit que la « falaise » n'était en réalité qu'un gros bloc de roche enfoncé dans le flanc de la colline. À première vue, il semblait bien plus haut parce que la pente partait de là, révélant toute la vallée.

Après avoir grimpé aux côtés de sa sœur, Arlo vit toute la petite bourgade de Pine Mountain s'étaler en contrebas : le toit plat du groupe scolaire, le clocher de l'église, l'enseigne de la station-service. Les bâtiments paraissaient minuscules, comme le décor d'un train miniature.

– Il n'y a qu'ici que j'arrive à avoir du réseau, se justifia Jaycee, de nouveau concentrée sur son appareil.

Celui-ci sonna à la réception d'un nouveau message.

– À qui tu écris ? demanda Arlo. À des amis de Chicago ?

– Non. À des filles de la fanfare.

– Vous vous êtes vues il y a une heure.

– Oui, au lycée. Mais il se passe plein de choses entre 16 heures et minuit.

– Comme quoi ?

– J'en sais rien, des trucs ! Des blagues. Des projets. Il y a des discussions, et si tu n'y participes pas, après tu es le seul à ne pas savoir ce qui se passe.

Nouveau tintement. Arlo regarda par-dessus l'épaule de Jaycee tandis qu'elle répondait.

– C'est quoi le problème, avec la moutarde ? demanda-t-il, perplexe.

– Rien.

– Alors pourquoi tu dis « Il y a pire » ?

– C'est juste pour dire que je suis d'accord avec elle.

– Mais tu adores la moutarde.

Arlo avait déjà vu sa sœur en mettre sur des aliments qui n'en avaient vraiment pas besoin, des chips par exemple.

– Mais on s'en fiche, de la moutarde! Ce n'est pas sur un truc en particulier. Ce qu'il faut, c'est alimenter la discussion. Si tu ne réponds pas, elle meurt. (Le portable bipa et afficha une série d'émoticônes.) Tu captes rien parce que t'as douze ans et que t'es un garçon.

Arlo, lui, croyait comprendre, du moins jusqu'à un certain point. Il songea au feu de camp, au pré du Bélier. Une fois allumé, le feu n'avait plus besoin d'être surveillé. Il suffisait d'y ajouter un morceau de bois de temps à autre. Le plus compliqué, c'était de faire partir le feu. Il se souvint des gestes prudents de Wu lorsqu'il avait allumé l'amadou et ajouté des brindilles une à une à mesure que les flammes grandissaient. Wu avait fait preuve de patience et de méthode, sans jamais quitter le feu des yeux.

Les nouvelles amitiés de Jaycee étaient comme un feu de camp tout juste allumé : elles avaient besoin qu'on s'en occupe constamment, sinon elles s'éteindraient.

– On devrait appeler cet endroit la Roche au réseau, proposa Arlo.

Ça sonnait important et officiel.

– Si tu veux, répliqua sa sœur. Mais ne dis pas à Maman que je viens ici. Jamais.

– Compte sur moi. (Arlo était sincère. En fait, partager un secret avec sa sœur lui plaisait bien.) Cela dit, je crois qu'on est sur une propriété privée.

– C'est bon. J'ai dit où j'habitais à un garçon de la fanfare. Il a répondu que cette propriété leur appartient mais qu'ils n'y habitent pas. Sa famille possède à peu près la moitié de la vallée.

Soudain inquiet, Arlo demanda :

– Son nom de famille, c'est Cunningham ?

– Oui, répondit Jaycee, surprise. Christian. Il est premier trompette.

Arlo n'expliqua pas comment il connaissait ce nom. Il eut une idée :

– Tu me prêtes ton portable ? Je voudrais vérifier un truc.

Réticente, Jaycee lui jeta un regard en coin. Elle lui avait toujours interdit de toucher à son téléphone. Puis elle se radoucit, peut-être parce que Arlo devait garder le secret à propos de la Roche au réseau. Elle lui tendit l'appareil.

– Deux minutes. Et t'as pas intérêt à lire mes messages.

Arlo fit apparaître la barre de recherches et tapa *Katie Cunningham Pine Mountain.*

Il trouva plus de huit cents résultats. Il cliqua sur le premier lien : *Deux enfants de 4 et 6 ans portés disparus près de Haute-Croix*. Le texte s'afficha avant les photos. Arlo le lut aussi vite qu'il le put.

L'article tiré de *La Gazette de Pine Mountain* datait de huit ans. Toutes les informations concordaient avec ce qu'il avait appris au feu de camp et par son oncle : au cours d'un pique-nique, Connor et sa jeune cousine Katie avaient échappé à la vigilance des adultes. Des patrouilles de secours de Pine Moutain et de l'État avaient été mobilisées pour fouiller les bois.

Arlo cliqua sur un autre titre : *Le garçon disparu dans le Colorado retrouvé vivant au Canada.* Cet article du *Denver Post* racontait comment on avait retrouvé Connor dans les bois en Alberta un mois après sa disparition. On citait le père de Connor, qui parlait de « miracle » et disait qu'ils ne perdaient pas espoir de retrouver Katie.

Tandis qu'Arlo lisait, une image s'afficha : un portrait de Katie à l'âge de quatre ans. C'était une élève de maternelle aux joues rebondies, un ruban noué dans les cheveux. Arlo scruta la photo. Était-ce la même fille qu'il avait vue dans le reflet de sa fenêtre ? Elle avait une douzaine d'années – *soit l'âge que Katie Cunningham aurait aujourd'hui*, pensa-t-il.

– Qui c'est ? demanda Jaycee en regardant par-dessus l'épaule d'Arlo.

– La cousine de Connor. Et de Christian, répondit-il. Elle a disparu.

Soudain curieuse, Jaycee lui prit le portable. Elle lut l'article en diagonale puis revint à la page des résultats pour faire défiler les titres. Arlo aurait aimé poursuivre sa lecture, mais il savait qu'il ne devait pas pousser le bouchon trop loin.

Sa sœur plissa les yeux avant de laisser échapper un petit « Waouh ».

– Quoi ? s'enquit Arlo.

Jaycee lut un autre article à voix haute :

– « Les inspecteurs chargés d'enquêter sur la disparition de Connor et de Katie Cunningham ont arrêté Wade Bellman… »

– Oncle Wade ?

Elle acquiesça tout en continuant :

– « … de Pine Mountain, accusé d'avoir falsifié des preuves. »

– Qu'est-ce que ça veut dire ?

– Je ne sais pas trop.

– Qu'est-ce qu'il a falsifié, exactement ?

– L'article ne le dit pas. (Elle retourna à sa lecture.) « Selon les déclarations officielles, Bellman n'est plus considéré comme suspect dans la disparition des enfants. À ce jour, les cousins Cunningham n'ont pas été vus depuis leur pique-nique en famille, près de Haute-Croix il y a une semaine. »

– C'était donc avant qu'on retrouve Connor au Canada, déduisit Arlo.

– J'imagine. Mais ça n'explique pas ce qui s'est passé. Il arrive très souvent que des gens soient arrêtés par erreur. Ça ne veut pas dire qu'ils soient coupables de quoi que ce soit.

– Comme Papa.

– Exactement.

Arlo se retourna pour contempler le flanc de leur montagne, comme si la maison de Green Pass Road était visible.

– Tu crois que Maman est au courant ?

– Forcément ! C'est quand même son frère. (À son ton, Jaycee semblait vouloir se convaincre elle-même.) Maman ne nous aurait jamais traînés ici si elle savait que l'endroit n'était pas sûr.

Arlo savait qu'il ne l'était pas. D'étranges créatures et des pièges hérissés de pieux peuplaient les bois. Cependant, le moment lui paraissait mal choisi pour aborder le sujet.

– Qu'est-ce qu'on fait ? demanda-t-il.

– Je ne sais pas.

Arlo et Jaycee restèrent silencieux sur le bloc rocheux. Le soleil effleurait la cime des arbres. Bientôt, il ferait nuit.

Enfin, Jaycee prit la parole :

– Je pense qu'on ne devrait rien dire. Je ne sais pas ce qui s'est passé, mais c'était il y a des années. Il n'y a aucune raison de s'inquiéter aujourd'hui.

Arlo hocha la tête. Sa sœur avait raison.

À moins qu'elle ait tort.

– Je peux vérifier un dernier truc sur ton téléphone ? demanda le garçon. J'en ai pour trente secondes.

Elle le lui tendit.

Il retourna à l'article qui présentait la photo de Katie Cunningham. Il l'étudia en détail, essayant de la vieillir mentalement de huit ans, comme les portraits d'enfants disparus affichés sur certaines briques de lait.

Ce fut à ce moment-là qu'il remarqua un détail.

Il tourna le téléphone sur le côté et zooma sur la photo jusqu'à ce que les yeux de la fille emplissent l'écran.

Comme Arlo, la jeune Katie avait un œil vert et un œil marron. « C'est comme ça, disait toujours sa mère. Il y a des gens qui ont les yeux marron, d'autres les yeux verts. Toi, tu en as un de chaque. »

Comme Katie Cunningham.

Ça ne pouvait pas être une coïncidence.

Arlo connaissait beaucoup de choses impossibles.

Il connaissait les volutes et les chiens fantômes. Il en avait vu de ses propres yeux.

Il connaissait également les périmètres de sécurité, les sorcières et les choses-pires-que-les-sorcières qui vivaient dans les Longs Bois. Cependant, ce n'était pas tout à fait pareil. Ces connaissances-là étaient indirectes, rapportées. Il les connaissait seulement parce que Indra et Wu lui en avaient parlé. Il croyait en l'existence des protections et des sorcières parce qu'il avait confiance en ses amis, qui lui disaient la vérité. Malgré tout, ce n'était pas comme en être témoin personnellement.

Assis en tailleur sur le lave-linge, Arlo tria les faits dans sa tête. Il les rangea dans deux classeurs : un « Je l'ai vu » et un « On m'a dit ».

Le classeur « Je l'ai vu » contenait tous ses souvenirs d'enfance : la fois où il s'était cassé le poignet en faisant du roller ; l'incroyable tempête d'éclairs à Chicago ; le puzzle de mille pièces que sa mère et lui avaient terminé. Arlo y incluait ce qu'il avait découvert par lui-même, comme le mélange deux tiers de soda à l'orange et un tiers de sirop d'orgeat qui, contre toute attente, avait un goût délicieux. Il y ajouta la Roche au réseau, les claque-lumières et la matière gluante violette sur la figure de Wu. Il était certain de l'existence de toutes ces choses, car il les avait expérimentées lui-même.

Il pensa à la disparition du blouson de sa sœur, à sa mère lorsqu'elle avait perdu son travail, aux événements qui avaient contraint son père à fuir en Chine. Parmi ces trois choses-là, il n'y avait aucun moyen de savoir à coup sûr ce qui s'était réellement passé. Impossible de remonter le temps pour vérifier par lui-même. Les réponses, si réponses il y avait, ne seraient pas faciles à trouver.

Il regarda sa liste sur la vitre poussiéreuse. Quelques heures auparavant, il avait rayé le premier mot (*Volutes*?), mais avait-il pour autant répondu à la question ? Le *Bestiaire de Culman* répertoriait des faits se rapportant aux volutes, mais il ne pouvait pas expliquer pourquoi ces entités étaient venues le chercher lui.

La réponse à la deuxième question sur la liste (*Cousine*?) était encore plus lointaine. À présent, Arlo connaissait le nom de Katie Cunningham et savait à quoi elle ressemblait. Mais était-ce la même fille qu'il avait vue il y a une semaine ? Fallait-il prendre son avertissement (« Sois prudent, Arlo Finch ») comme un simple conseil, tel que « Ne mets pas tes doigts dans la prise » ? Ou s'agissait-il d'un message qui lui était spécialement destiné ? D'ailleurs, comment leur conversation avait-elle été possible ? Quel lien les unissait ? Pourquoi avait-elle les yeux de deux couleurs différentes, comme lui ?

En dernier sur la liste, il avait écrit : *Pourquoi moi* ?

C'était la question fondamentale.

Bien qu'il soit impatient d'en savoir plus sur les volutes, les sorcières et ce qui était réellement arrivé à Katie et à Connor lors de leur disparition, Arlo voulait surtout découvrir quel rapport tout cela avait avec lui.

Il s'était écoulé moins d'une semaine depuis son arrivée à Pine Mountain. Pourtant, Arlo avait l'intime conviction que les choses bougeaient. Il voulait savoir ce qui se passerait ensuite.

Arlo effaça les mots dans la poussière. Ce fut là qu'il la vit.

La neige.

Elle tombait en gros flocons délicats. Chacun d'entre eux virevoltait comme une plume. Le sol était déjà recouvert d'un manteau blanc.

Arlo s'appuya sur le rebord de la fenêtre pour contempler la danse des flocons dans le clair de lune. Pendant quelques minutes, les questions qui tourbillonnaient dans sa tête se turent. Arlo ne se soucia plus des volutes, des sorcières et des choses-pires-que-les-sorcières.

Il regarda juste l'hiver arriver à Pine Mountain.

- 13 -
BERTHA LA BLEUE

ARLO COURAIT AUSSI VITE QUE POSSIBLE malgré ses chaussures qui glissaient dans la neige boueuse.

Le sang battait dans ses oreilles. L'air froid brûlait ses poumons. Mais il ne devait pas s'arrêter. Il devait rester debout. Un faux pas, et il finirait piétiné. Écrasé.

Juste à côté de lui, Wu était dans le même état. Une corde en plastique jaune glissait entre ses mains gantées. Pire : son bonnet de laine tombait de plus en plus sur ses yeux. Il le repoussa de son bras.

– Continuez ! cria Connor sur leurs talons.

Plus grand et plus fort que les autres membres de la patrouille, des rouleaux de corde autour de chaque épaule, il tirait le chargement presque à lui tout seul.

Trois mètres derrière eux, Indra et les jumeaux essayaient de manœuvrer le gros traîneau bleu. Indra trébucha et s'étala à plat ventre dans la neige.

Essoufflé, Arlo leva les yeux, aveuglé par le soleil.

C'était leur premier entraînement pour la course annuelle de traîneaux : le derby. Les autres patrouilles, loin devant, avaient presque atteint le gazon enneigé de l'église. La patrouille Rouge fut la première à franchir le panneau marquant la moitié de la course. Les Rouges virèrent à droite pour le contourner.

Pendant ce temps, Wu perdit la bataille contre son bonnet, qui glissa sur ses yeux. Il n'y voyait plus rien. Arlo attrapa Wu par son blouson, pour le guider tant bien que mal.

Recrachant de la neige et de l'herbe, Indra s'élança pour rattraper le traîneau.

À la tête de la patrouille Rouge, Russell Stokes ressemblait à un bœuf roux plein de sueur, son souffle formant des nuages de vapeur. Ses camarades et lui avaient ôté leur manteau avant le début de la course et couraient en tee-shirt. Quelques membres étaient absents – c'était la saison des matchs de basket. Cependant, leur sous-effectif ne les ralentissait pas.

La patrouille Verte contourna largement le panneau. Ils compensaient par la technique ce qui leur manquait en puissance et ne gardaient qu'un seul Ranger à l'arrière du traîneau : une fille haute comme trois pommes, seule responsable de la manœuvre et de la clochette qui rythmait leur chant :

Qui sommes-nous ? La patrouille Verte !
Toujours vive, toujours alerte !
Qu'est-ce qu'elle dit, la patrouille Verte ?
Qu'en équipe, elle est experte !

À l'arrière du traîneau bleu, Indra cria à Julie :

– Ne te mets pas sur les glissières !

– Et toi, arrête de tomber ! hurla Julie.

– Ça suffit, les disputes ! brailla Jonas.

Russell Stokes beugla « Bande de nazes ! » tandis que l'équipe des Rouges filait, déjà prête à franchir la ligne d'arrivée.

Wu ralentit l'allure pour essayer de régler son problème de bonnet. Connor faillit lui marcher dessus. Énervé, il arracha le bonnet de Wu et le jeta.

– Continuez ! s'époumona-t-il.

Mû par la colère et l'adrénaline, Wu se découvrit un regain d'énergie. Comme il n'y avait pas de mou dans la corde, il tirait plus Arlo et Connor que le traîneau.

Les membres de la patrouille Verte s'éloignèrent en chantant, le sourire aux lèvres. Arlo fit la grimace. Commet faisaient-ils pour être si heureux ? Tirer ces traîneaux, c'était une vraie torture !

– Préparez-vous à tourner ! ordonna Connor.

Ils approchaient du panneau.

Arlo ignorait comment tourner. Devait-il accélérer ? Ralentir ? Il se trouvait à l'intérieur de la « piste » et donc plus près du panneau. Devait-il réduire l'amplitude de ses pas ?

En passant le panneau, Arlo, Wu et Connor virèrent à gauche, mais, emporté par son élan, le traîneau continua tout droit. À l'arrière, le trio ne savait pas du tout comment le diriger.

Soudain, Arlo fut projeté en avant : il atterrit la tête la première dans la neige mouillée, qui s'infiltra dans sa parka.

Prenant solidement appui sur leurs talons, Connor et Wu tirèrent de toutes leurs forces. L'imposant traîneau bleu bascula sur le côté avant de verser complètement. Indra et les jumeaux s'écartèrent juste à temps lorsque l'engin fit un tonneau et répandit sa cargaison de tous côtés.

Arlo se mit à genoux et essuya ses yeux pleins de neige.

– Il faut qu'on le guide de l'arrière ! brailla Indra.

– Alors vas-y ! rétorqua Connor en s'élançant vers le traîneau renversé. Aidez-moi à le redresser.

Arlo s'avança d'un pas chancelant tandis que la patrouille soulevait le traîneau géant. Ils le positionnèrent pour ne pas avoir à le faire tourner. Après quoi, ils récupérèrent le chargement : un baril à feu, une hachette, un kit de premiers secours, deux casseroles, trois boîtes de ragoût, quinze litres d'eau et quinze mètres de corde.

Le temps de tout recharger, la patrouille Rouge atteignait la ligne d'arrivée.

– C'est fichu. Ils ont gagné, se désola Wu.

– Il faut aller jusqu'au bout ! exigea Connor en attachant les derniers articles. Vous n'avez qu'à tous tirer. Moi, je vais pousser.

Les cinq plus jeunes membres se placèrent le long des cordes jaunes et se remirent en marche d'un pas lourd. Ils n'essayaient même plus de courir et n'avaient qu'une hâte : en finir.

Arlo regarda les Verts franchir à leur tour la ligne d'arrivée. Ils se rassemblèrent en un cercle compact pour scander une ultime fois leur chanson sous un tonnerre d'acclamations et d'applaudissements.

Ils se réjouissent d'avoir la deuxième place, songea Arlo. *Ils se réjouiraient sûrement tout autant s'ils étaient arrivés derniers.*

Quelques minutes plus tard, la patrouille Bleue franchit enfin la ligne d'arrivée, sans étreintes ni effusions. Chacun partit dans son coin, évitant tout contact oculaire. Wu rebroussa chemin pour récupérer son bonnet.

Christian nota leur temps de course sur un porte-bloc.

– Bon. Certaines patrouilles ont du pain sur la planche. Le derby a lieu dans huit semaines. Vous devez établir un programme d'entraînement pour être prêts le jour J.

Chaque hiver, le Derby des traîneaux réunissait toutes les patrouilles de la région qui, à cette occasion, s'affrontaient et faisaient la démonstration des compétences acquises chez les Rangers, de l'orientation à la reconnaissance des arbres, du sauvetage à la manipulation des cordes. Avec leur traîneau, les patrouilles faisaient la course pour rejoindre différents sites en pleine nature et y relever des défis.

L'année précédente, la troupe de Pine Mountain n'avait pas brillé : aucune patrouille ne figurait dans les cinq premières. Sur les vingt équipes, les Bleus avaient fini derniers, sans tenir compte de « cette patrouille du Wyoming tombée dans une rivière, dont deux de ses membres étaient en hypothermie, ce qui les avait ralentis, expliqua Connor. Mais pas autant qu'on l'aurait cru ».

Afin d'éviter un résultat aussi désastreux, la troupe avait commencé l'entraînement avec plusieurs semaines d'avance par rapport aux années précédentes.

Christian ordonna aux patrouilles de ranger leurs traîneaux dans le hangar à matériel. Quand Russell Stokes remonta la fermeture Éclair de son blouson, il siffla entre ses dents à l'intention d'Arlo :

– Ta patrouille est trop nulle.

– C'est toi qui es nul, rétorqua Arlo haut et fort.

Il ignorait pourquoi il avait dit ça. Ce n'était pas du tout son habitude. Mais il se sentait épuisé, et Russell était un crétin fini.

Christian arriva derrière lui. Il avait entendu leur échange.

– Récitez le serment du Ranger. Tout de suite.

Russell le connaissait bien. Le poing sur le cœur, il le débita comme s'il récitait l'alphabet, terminant par :

– … espritsdelaforêtentendezmoiprononcermonsermentduRanger.

Christian regarda Arlo pour lui signifier que c'était son tour. Arlo avait essayé de l'apprendre, mais les mots se mélangeaient sans cesse.

– Loyal, brave, gentil et gai…

– « Vrai », rectifia Christian.

Vrai. Un mot bien étrange dans ce contexte. On pouvait être loyal, brave ou gentil, mais comment pouvait-on être « vrai » ? Une réponse était vraie, au sens de « vrai ou faux ». Arlo se demanda s'il fallait le comprendre comme honnête, sincère. Peut-être qu'ils avaient choisi « vrai » pour que ça rime avec la suite.

Voyant l'air perplexe d'Arlo, Christian jugea bon d'ajouter :

– « Vrai » comme une flèche qui fend l'air en ligne droite. Et vrai envers soi-même.

– Pas « vrai » dans le sens de « sincère » ?

– Si, aussi. Dans tous les sens du terme, en gros. Il n'y a pas de mauvaise façon d'être vrai.

D'un signe de tête, Christian autorisa Russell à rejoindre sa patrouille pour l'aider à transporter le traîneau au hangar. Puis il resta seul avec Arlo.

– Tu connais bien le Serment ?

– Je le sais presque par cœur.

(Ce n'était pas tout à fait vrai.)

– L'important n'est pas de le savoir par cœur, mais de le connaître. D'en comprendre le sens. Le seul moyen d'y arriver, c'est de le vivre.

Dans un flash, Arlo pensa à ses deux classeurs de la connaissance. Christian lui faisait comprendre que le serment devait aller dans le classeur « Je l'ai vu » plutôt que dans celui « On m'a dit ».

– OK. Merci.

– Russell est un crétin, mais il essaie de s'améliorer. Toi aussi, tu dois faire un effort.

– Compte sur moi.

Arlo était sincère.

Christian s'éloigna. Les membres de la patrouille Bleue se rassemblèrent lentement autour du gros traîneau, surnommé dans la troupe Bertha la Bleue.

Personne ne savait exactement quel âge avait Bertha, mais elle appartenait à la troupe de Pine Mountain depuis des années, passant d'une patrouille à l'autre. Ses planches contreplaquées en 5 sur 10 étaient assemblées avec des clous, des vis, du fil de fer et du chatterton. Par endroits, la peinture bleue s'écaillait, dévoilant d'autres couleurs. Sur le côté, les bandes qui la décoraient commençaient à se décoller. Arlo réalisa alors seulement que c'était juste du ruban adhésif coloré.

– On ne gagnera jamais avec Bertha, se lamenta Wu. Elle est trop grosse et trop lourde.

– Elle est robuste, tempéra Connor.

Pour une fois, Indra était d'accord avec Wu :

– On n'a pas besoin que le traîneau soit robuste, mais rapide. Le traîneau des Rouges est en aluminium…

– Et celui des Verts en bois, répliqua Connor. Quatre-vingt-dix pour cent des traîneaux utilisés dans le derby sont en bois.

– Oui, mais avec moitié moins de matériaux, précisa Wu. Avec Bertha, c'est comme si on prenait un traîneau normal sur lequel on n'arrêterait pas de rajouter des couches et des couches, jusqu'à ce qu'il n'y ait plus un seul arbre au monde. En plus, ce n'est pas du bois de cagette ! Je ne sais pas ce qu'ils ont pris, mais ça pèse une tonne.

Jonas se rangea à l'avis de Connor :

– C'est pour ça qu'elle est super. Elle est indestructible.

– Les tanks aussi c'est indestructible. Pourtant, t'aurais pas envie de traverser la forêt en poussant un tank.

– Le problème, ce n'est pas le traîneau ! trancha Connor en criant presque. C'est nous. Il faut qu'on s'entraîne. Le traîneau des Verts est aussi vieux que le nôtre. La différence, c'est qu'ils avancent en rythme. Ils sont synchronisés.

– On pourrait être parfaitement synchro, on arriverait quand même derniers, s'entêta Indra. Parce qu'on doit tirer cet affreux traîneau.

Julie prit enfin la parole :

– Peut-être qu'en cirant les glissières…

– Ce n'est pas juste une histoire de glissières ! On doit construire un nouveau traîneau, décréta Wu. (Arlo remarqua que, tout en parlant, Wu regardait chacun de ses coéquipiers dans les yeux.) C'est une course, et dans une course, il faut avoir le véhicule le plus rapide. C'est la clé pour gagner.

Connor secoua la tête :

– La course ne vaut que dix points. Chaque défi en vaut tout autant…

Indra l'interrompit :

– Mais on a des points en plus selon l'ordre d'arrivée. Bertha est nulle en tout, pas seulement en course. On reste coincés sur les pistes. On perd du temps. En plus, on est crevés quand on arrive aux sites avec tous les efforts qu'on a faits pour la traîner.

Aucun argument ne convaincrait Connor :

– On n'a que huit semaines. On doit se concentrer sur nos compétences. On n'a pas de temps à perdre à se disputer à propos du traîneau.

Arlo resta silencieux. Il n'était pas sûr d'avoir un avis sur la question.

– Moi, je propose qu'on vote, déclara Wu. Qui est pour construire un nouveau traîneau ?

Wu et Indra levèrent la main. Tous deux regardèrent Arlo et lui firent signe de rejoindre leur camp. Il hésita.

Heureusement, Connor intervint :

– Je suis le chef de patrouille. C'est moi qui décide. On ne construit pas de nouveau traîneau.

Indra refusait de céder :

– Je suis le quartier-maître de la patrouille. Le quartier-maître est responsable du matériel, que ce soit pour se le procurer ou l'entretenir.

– Le traîneau n'est pas considéré comme du matériel. Son chargement, si.

– Je pense que tu as tort. On devrait vérifier dans le *Manuel du Ranger*.

Wu tenta une autre approche :

– Je propose qu'on vote pour savoir si on doit voter. Qui est pour voter ?

– Ça n'a aucun sens, protesta Connor. On ne peut pas voter pour un vote !

– Ah non ? Tu te prends pour le roi, maintenant ? s'offusqua Indra. On n'a plus le droit de voter pour rien ?

– On a voté pour savoir ce qu'on allait manger au dernier camp, souffla Julie en espérant se rendre utile. C'était du ragoût, même si je déteste le ragoût.

– On sait, Julie ! rétorqua sèchement Indra. Tu nous le rappelles chaque fois.

– Parce que chaque fois je déteste ça.

Connor recula d'un pas.

– Vous voulez voter ? Très bien. Votons. Qui est pour construire un nouveau traîneau ?

Indra et Wu levèrent aussitôt la main. Julie et Jonas secouèrent la tête. Ils votaient contre.

Tous les yeux se posèrent sur Arlo. Il sentait le poids de leur regard.

– L'un ou l'autre, moi, ça me va, dit-il.

– Il faut voter, insista Indra. Si tu t'abstiens, c'est comme si tu votais contre.

Arlo prit une profonde inspiration et expira lentement. Sa main se leva, à côté de celle d'Indra et de Wu.

– Qui est contre ? enchaîna Connor. (Julie, Jonas et Connor levèrent la main.) Ça fait trois contre trois. La demande est rejetée. On ne construit pas de nouveau traîneau. Je ne veux plus en entendre parler, compris ?

Wu et Indra échangèrent un regard à la fois frustré et résigné.

Vingt minutes plus tard, tandis qu'Arlo attendait que sa mère vienne le chercher, Wu et Indra le rejoignirent. Le trio était seul.

– Tu fais quoi, samedi ? demanda Wu.

– Je ne sais pas. Mes devoirs ?

– Viens chez moi. Ne le dis à personne.

– Pourquoi ?

Indra et Wu échangèrent un regard complice.

– On va construire un nouveau traîneau.

- 14 -
M. HENHAO

« **LOYAL** ». C'était le premier mot du serment du Ranger, le genre de terme plus facile à comprendre avec un exemple concret qu'avec une définition.

Les chiens sont loyaux. Arlo se souvint d'avoir lu une histoire sur un chien qui, au Japon, attendait à la gare tous les après-midi. Été comme hiver, qu'il pleuve ou que le soleil brille, le chien se tenait prêt à raccompagner chez lui son maître, un vieil homme qui travaillait en ville. Puis, un jour, le vieil homme mourut alors qu'il était au travail. Toute sa vie, le chien continua à se rendre à la gare et à attendre le retour de son maître. Le dernier train de la journée reparti, alors seulement le chien rentrait chez lui.

Même s'il avait quitté cette ville depuis très longtemps, le père d'Arlo était loyal envers les Red Sox, l'équipe de baseball de Boston reconnaissable à ses chaussettes rouges. Dans le métro de Chicago, les usagers faisaient parfois des commentaires grossiers sur la casquette de son père, disant que cette équipe était pathétique, ou qu'elle ne valait rien. « Peu importe qu'elle gagne ou perde, lui avait dit son père. Une fois que tu as choisi une équipe, tu la soutiens. C'est comme le mariage : pour le meilleur et pour le pire. » Lorsqu'il regardait un match très important, il envoyait Arlo chercher ses chaussettes rouges spéciales, celles qui portaient chance et qu'il gardait au fond de son tiroir sans les laver jusqu'à la fin de la saison.

C'était par loyauté qu'Arlo avait voté en faveur de la construction d'un nouveau traîneau.

Au fond, il n'avait pas d'opinion. Il aurait été content de s'en tenir à la décision de Connor. Mais Indra et Wu étaient ses meilleurs amis, et ils comptaient sur son vote, même si au final le résultat n'avait pas été pris en compte. Se ranger à l'avis de Connor et des jumeaux aurait été une trahison.

C'est peut-être ça, être loyal, songea Arlo. *Soutenir ses amis alors qu'il aurait été plus facile de dire non.* Comme ce chien japonais, ou son père dans le métro de Chicago, il endurait quelques contrariétés par obligation.

La loyauté n'est pas un serment qu'on prête devant témoin. Ce n'est pas cracher dans sa paume avant de serrer la main d'un partenaire pour conclure un marché. Ce n'est pas non plus un contrat. C'est là, tout simplement. La loyauté, c'est une promesse qu'on n'a pas besoin de formuler.

À présent, alors qu'il se tenait sous le porche enneigé de Wu, le doigt devant la sonnette, Arlo remettait en question sa propre loyauté.

Connor avait autorisé un vote et donné un avis négatif. Pourtant, Arlo était sur le point de construire un nouveau traîneau en secret, avec Indra et Wu. En faisant preuve de loyauté envers ses amis, Arlo se montrait déloyal envers sa patrouille. Il avait l'impression d'être un traître. Pourtant, les traîtres étaient parfois les vrais héros, pour avoir fait ce qui était juste tandis que les autres suivaient aveuglément…

– Arlo ? l'interpella Indra.

Il fut surpris de la trouver à côté de lui. La voiture de la mère d'Indra s'éloignait dans la rue.

– Alors, tu sonnes ou quoi ?

Arlo hésita.

– Je ne sais pas.

Indra passa devant lui et sonna.

– J'ai tellement hâte ! Ils vont être fous quand ils verront le résultat.

Wu avait conçu les plans du nouveau traîneau jusque dans les moindres détails.

– Ce support, c'est pour nos gourdes d'eau. (Il fit glisser son index le long d'un dessin au crayon. Il y en avait neuf étalés sur la table de la salle à manger.) Les gourdes ont un code couleur. J'ai fait un tableau, mais on peut changer les couleurs au besoin.

Il donna à Arlo la légende des couleurs avant de leur présenter un autre schéma du traîneau de profil.

– Ensuite, l'aérodynamique. On n'aura pas le temps de faire un test en soufflerie. Du coup, je suis parti sur la forme basique de la goutte d'eau, qui suffira. Ce petit ski à l'avant, c'est pour renforcer la maniabilité. On veut un rayon de braquage serré, mais avec une force de rotation poussée au maximum.

– C'est quoi, une force de rotation ? s'enquit Arlo.

– Un truc bien, répondit Wu. Il nous en faut. C'est comme la puissance. Passons au compartiment pour le chargement. Je me suis dit qu'on pouvait faire des nacelles détachables. Comme ça, quand par exemple on arrive au défi des premiers secours, on a juste à prendre la partie qui contient le kit médical. (Il désigna un trait le long du bord, à l'avant du traîneau.) Ça, en fait, ce sont des LED. Comme des phares, pour quand il fait sombre.

Arlo était impressionné.

Indra examina les dessins de plus près.

– Et le traîneau, il est fait en quoi ?

– D'après mes recherches, pour combiner résistance et légèreté, il faudra poser de la fibre de carbone sur un cadre en titane.

– Et où est-ce qu'on va se procurer ça ?

Wu fut désarçonné par la question. Il était tellement plongé dans la conception qu'il n'avait pas encore réfléchi à la réalisation.

– On en trouvera sûrement sur Internet. Ou peut-être à Denver. L'un de nos parents pourrait nous conduire à un magasin qui vend du titane et de la fibre de carbone.

– Denver est à six heures de route, fit remarquer Indra. Ça fait douze heures aller-retour. (Wu acquiesça, se mordant la lèvre.) Il faut que tout soit fini aujourd'hui. À 17 heures. C'est l'heure à laquelle ma mère vient me chercher.

– La mienne aussi, ajouta Arlo.

Wu contempla ses croquis dans l'espoir d'y trouver une réponse. Il les disposa autrement sur la table, puis les réarrangea, comme les pièces d'un puzzle. Enfin, il proposa :

– Peut-être qu'on pourrait ajuster un peu la conception en fonction de ce qu'on a.

– Et qu'est-ce qu'on a ? voulut savoir Arlo.

– Allons voir dans le garage.

À l'exception d'un petit espace près de l'établi, le garage de Wu était encombré du sol au plafond : il s'y entassait cartons, vélos, matériel de puériculture, deux motoneiges, trois tondeuses à gazon, un canoë et un tas de mannequins en mauvais état.

– On s'en est servi un Noël pour faire les rois mages, expliqua Wu. Mais un wapiti a mangé leurs mains.

Indra prit les devants.

– Chacun fouille une zone. On va bien trouver du matériel.

Arlo choisit la zone la plus proche de la porte du garage. Si l'amas de bric-à-brac s'écroulait brusquement, il éviterait l'écrasement en s'écartant d'un bond.

Ne sachant pas vraiment ce qu'il cherchait, il décida de se concentrer sur les matériaux à éliminer d'office pour la construction d'un traîneau. Il vit tout de suite que les trois piles de revues astronomiques, le flipper miniature, les boules de bowling et l'ours en peluche géant ne leur seraient d'aucune utilité.

Dans un carton, il trouva une moufette empaillée qui donnait l'impression de danser. Était-ce l'œuvre d'oncle Wade ? Le socle n'était pas signé.

Il délaissa une table cassée avant de se raviser. Les trois pieds restants étaient des poteaux de bois carrés et solides. Il les voyait bien sur le traîneau, même s'il ignorait à quoi ils pourraient servir. Avec soin, il les dévissa du plateau.

– Il ne faut pas leur faire ça, décréta une voix de fille.

Arlo se retourna. Merilee Myers se tenait dans l'allée. Elle avait à la main une flûte traversière, qu'elle pointait sur la table démontée.

– Quand on prend les pieds d'une table, c'est comme si on l'amputait.

– Il lui en manquait déjà un, se défendit Arlo.

– On avait un chien qui n'avait que trois pattes. Il était parfaitement heureux. Jamais on n'aurait eu l'idée de couper ses trois autres pattes. Ce serait inconcevable.

Arlo se rappela pourquoi, en classe, il adressait rarement la parole à Merilee.

– J'habite en face, poursuivit-elle en désignant une maison jaune. On n'a pas la télévision. Ma famille trouve que ça ne sert à rien. En revanche, on a un théâtre de marionnettes. Tous les étés, on organise une pièce. Parfois une comédie musicale.

– Vous invitez les voisins ?

– Non. C'est un spectacle privé. (Elle regarda Indra et Wu, derrière Arlo.) Qu'est-ce que vous faites ?

– On construit un nouveau traîneau pour les Rangers.

Arlo regretta aussitôt de l'avoir mise dans la confidence. Et si elle allait tout répéter à Connor, à Julie ou à Jonas ?

Merilee plissa les yeux.

– Je peux vous aider ?

Arlo marqua une pause, cherchant un motif de refus. Soudain inspiré, il répondit :

– On doit faire le travail nous-mêmes.

Arlo n'était pas sûr que ce soit une règle. Toutefois, cela paraissait plausible. Merilee hocha la tête.

– Je peux jouer de la flûte ?

Arlo avait épuisé tous ses non.

– Je suppose que oui.

Merilee rejeta ses longs cheveux en arrière et plaça l'embouchure de l'instrument sur le creux entre sa lèvre inférieure et son menton. Elle ferma les yeux. Puis elle se mit à jouer. C'était un air joyeux qu'Arlo n'avait jamais entendu, du moins pas qu'il s'en souvienne. À ses oreilles, les morceaux de musique classique se ressemblaient tous. À l'évidence, Merilee jouait très bien. Il l'imagina avoir sa place dans un orchestre.

Poussés par la curiosité, Wu et Indra les rejoignirent. Les trois amis se tinrent épaule contre épaule pour regarder Merilee jouer de la flûte dans l'allée. Du bout des doigts, elle appuyait sur les clés argentées. Son souffle formait de petits nuages dans l'air froid. Le morceau s'acheva sur un trille.

Les trois enfants applaudirent poliment. Arlo sentit qu'il devait dire quelque chose, mais quoi ?

– Vous pouvez continuer à travailler, dit Merilee. Moi, je vais jouer pour vous inspirer. Ce n'est pas contre le règlement, n'est-ce pas ?

Sur ces mots, elle entama une nouvelle mélodie, aussi charmante que la première. Arlo, Wu et Indra se regardèrent, haussèrent les épaules et se remirent au travail.

Wu trouva une paire de skis au fond du garage. Malgré leurs vingt ans d'âge, ils étaient en bon état. Wu était certain qu'ils ne manqueraient pas à son père.

Indra traîna vers elle un vieux fauteuil papasan, autrement dit un fauteuil en rotin en forme de bol garni d'un immense coussin. Le tissu déchiré avait pris l'humidité, mais « j'ai pensé qu'on pourrait utiliser la base », expliqua-t-elle. En effet, le socle semblait idéal, surtout une fois retourné : léger, robuste et d'une largeur suffisante.

– On pourrait nouer des cordes autour, ça retiendrait le sac de matériel.

Les pieds de la table d'Arlo étaient pile à la bonne taille pour être attachés aux skis de Wu. L'ensemble formerait les glissières du traîneau, surmontées de l'assise du fauteuil d'Indra.

Les enfants disposaient des matériaux. Désormais, il ne restait plus qu'à les assembler.

À l'aide de marteaux et de tournevis, ils firent sauter les attaches des skis. Pour y fixer les pieds de la table, ils hésitèrent entre des boulons en acier et un tube de colle de montage trouvé sur une étagère. Finalement, ils décidèrent d'utiliser les deux.

La glu était l'étape la plus simple. Ils pressèrent le tube pour en sortir d'épais rubans semblables à du dentifrice.

Ce fut moins facile pour les boulons. La perceuse fit un boucan épouvantable et projeta des gerbes d'étincelles en trouant les skis en acier et fibre de verre. Le bruit strident couvrit même la flûte de Merilee. Finalement, ils réussirent à percer deux petits trous.

Les lourds boulons qu'ils avaient prévu d'insérer étaient bien trop gros. Ils optèrent donc pour de simples vis. Après une lutte acharnée, les poignets douloureux, ils parvinrent à les faire entrer de force dans les trous.

Pour réunir le fauteuil papasan et les glissières, ils récupérèrent des pièces dans une vieille boîte de Meccano. Comme la fixation était cruciale, ils décidèrent d'enfoncer autant de clous que possible. Arlo se donna deux coups de marteau sur le pouce. Les seize clous en place, la fixation parut solide.

Indra ayant une idée précise du tressage, Arlo et Wu la laissèrent tisser et nouer l'épaisse corde rugueuse en chanvre autour du cadre. Lorsqu'elle eut fini, ils reculèrent pour admirer leur œuvre.

Le traîneau était étonnamment beau. Comparée aux volumes massifs de Bertha la Bleue, leur création était tout en lignes pures et arrondies. Même Merilee était impressionnée. Elle secoua sa flûte au-dessus du traîneau. Des gouttes de salive tombèrent dessus.

– Je te baptise Bouton-d'Or.

– On ne va pas l'appeler comme ça ! objecta immédiatement Wu.

– Hors de question, confirmèrent Indra et Arlo.

Il ne restait plus qu'à tester l'engin sur la neige. Ils le portèrent dans la rue – il était suffisamment léger pour être porté ! – et le tournèrent dans la bonne direction. Arlo et Wu prirent leur place entre les cordes de remorquage tandis qu'Indra gérait l'arrière.

Merilee souleva son bonnet très haut en l'air, comme un drapeau lors d'une course automobile.

– Trois ! Deux ! Un ! Partez !

À l'instant où elle abaissa le bonnet, les autres s'élancèrent. Derrière lui, Arlo entendit les skis fendre la neige ; pourtant, il sentait à peine le poids du traîneau. Même avec la moitié de leur effectif, ils allaient déjà deux fois plus vite. Courant en ligne droite, ils passèrent devant les boîtes aux lettres qui se succédèrent les unes après les autres.

Arrivés au bout de la rue, Arlo et Wu s'arrêtèrent. Le traîneau glissa doucement entre eux et s'immobilisa sans difficulté.

Hors d'haleine, le visage rouge, les trois enfants piaillèrent de joie. Pour fêter ça, Wu sauta dans un tas de neige. Indra rayonnait.

– Connor va devoir admettre qu'on avait raison !

Connor haussa les épaules.

– S'il va vite, c'est juste parce qu'il est vide.

Ils avaient appelé les autres membres de la patrouille pour les inviter à venir admirer leur création. Julie et Jonas étaient venus aussitôt : ils habitaient juste en bas de la rue. Mais il avait fallu presque une heure à Connor pour les rejoindre. Le soleil amorçait sa descente. Le vent se levait ; la température baissait. Même Merilee était rentrée chez elle.

– Une fois que vous aurez chargé tout le matériel, il n'ira pas plus vite que Bertha. Toutes ces cordes… (Connor tira sur le tressage d'Indra.) De toute façon, elles ne supporteront pas le poids. Je ne sais pas ce qui cassera en premier : la corde ou le bois.

Le grand-père de Wu, un homme costaud avec une touffe de poils blancs qui sortait de chaque oreille, assistait à la discussion depuis le bord de l'allée. Même s'il ne parlait pas anglais, il semblait saisir l'idée générale de la conversation. Il piochait dans un sachet de cookies aux noix de pécan qui faisaient beaucoup de miettes. Sa barbe en était parsemée.

– Pourquoi tu es si négatif ? demanda Indra. Un chef de patrouille est censé motiver son équipe !

– Un chef de patrouille est censé prendre des décisions. C'est ce que je fais. Je décide qu'on en reste au plan voté par la patrouille, c'est-à-dire prendre Bertha.

– Mais Bertha est terrible, objecta Wu.

– Bertha est fiable ! Elle ne va pas tomber en morceaux en pleine montagne. On a près de cinquante kilos de matériel à trimballer. Votre petit traîneau en bambou ne sera pas assez solide.

Lorsqu'il eut fini les cookies, le grand-père de Wu tendit à Arlo son sachet vide. Puis il alla s'asseoir dans le traîneau. Le tressage s'étira, mais tint bon. Il supportait son poids. Le vieil homme dit quelque chose en chinois. Wu traduisit :

– Il veut qu'on le tire.

Tout le monde regarda Connor. Résigné, celui-ci soupira :

– Bon, OK. Vous verrez.

Les membres de la patrouille se mirent en position, les quatre garçons aux cordes, les deux filles à l'arrière. Le grand-père de Wu agita la main et cria quelque chose en chinois qui voulait sûrement dire : « Allez-y ! »

Les garçons tirèrent. Les filles poussèrent. Le traîneau frissonna, puis partit légèrement en biais sur la droite. Toutefois, les enfants ne tardèrent pas à le redresser pour glisser en ligne droite. Avant même d'avoir atteint la boîte aux lettres suivante, Arlo comprit que Connor avait vu juste : leur engin leur avait paru rapide parce qu'il était vide. Cette fois, le garçon sentait le poids du grand-père de Wu derrière lui. Le tirer n'était pas si évident.

La lutte n'était tout de même pas aussi acharnée que pour manœuvrer Bertha, où chaque pas était un combat. Arlo s'imagina être un chien tirant sur sa laisse. C'était là l'effort maximal à fournir avec le nouveau traîneau – pas plus, pas moins. Il se sentait capable de faire ça toute la journée.

Il jeta un coup d'œil à Wu, puis à Connor et Jonas. Sans s'en rendre compte, ils s'étaient tous les quatre synchronisés à la perfection : gauche, droite, gauche, droite. Sur le traîneau, le grand-père de Wu frappait dans ses mains en rythme. « *Yi! Er! San! Si!* » criait-il, répétant invariablement ces mots.

Wu entonna à la même cadence :

– *Je ne sais pas, mais on m'a dit!*

Arlo écouta les autres répéter en écho :

– *Je ne sais pas, mais on m'a dit!*

– *Qu'en montagne les lacs sont glacés!*

– *Qu'en montagne les lacs sont glacés!*

Pendant ce temps, le grand-père de Wu continuait à battre la mesure en chinois :

– *Yi! Er! San! Si!*

Wu accéléra légèrement la cadence :

– *Si tu tombes, tu seras trempé!*

Cette fois, Arlo se joignit au reste de la patrouille :

– *Si tu tombes, tu seras trempé!*

– *Et tu s'ras en hypothermie!*

– *Et tu s'ras en hypothermie!*

Connor cria :

– Comptez !

Les autres braillèrent :

– Un, deux !

Tout le monde accélérait l'allure.

– Comptez !

Arlo aussi cria :

– Trois, quatre !

Toute la patrouille s'époumona en chœur :

– Un, deux… trois, quatre ! Un, deux… trois, quatre !

Ils approchaient du bout de la rue.

– Essayons de faire demi-tour ! proposa Connor. Tireurs, ralentissez. Pousseurs, gardez le poids sur le ski de gauche !

Le traîneau vira. Ils avaient parcouru la moitié du demi-cercle quand Arlo et Wu sortirent de la chaussée et se retrouvèrent enfoncés jusqu'à la taille dans une congère.

– C'est bon, les rassura Connor. Il n'y avait pas assez de place.

Arno et Wu se tortillèrent pour s'extraire de l'amas de neige. Ensemble, les quatre garçons tirèrent l'avant du traîneau tandis que les filles le maintenaient droit. Le grand-père de Wu ne bougea pas. Après tout, il jouait le rôle de la cargaison.

Au moment de revenir devant chez Wu, Arlo était à peine essoufflé.

Indra et Julie aidèrent le grand-père à descendre du traîneau. Le vieil homme tapota l'engin d'un air appréciateur en marmonnant quelque chose en chinois. Il hocha la tête, puis retourna à pas lents vers la maison.

– Ça veut dire quoi, *hen hao* ? s'enquit Arlo.

– « Pas mal », répondit Wu.

Les six membres de la patrouille Bleue firent cercle autour du traîneau. Personne ne voulait céder par rapport à la dispute qui les avait opposés quelques minutes auparavant. La tension restait palpable. Arlo sentit qu'à tout moment Indra et Connor recommenceraient à se prendre le bec.

Une fois de plus, il devrait décider à qui irait sa loyauté.

Connor fut le premier à prendre la parole :

– Je propose de baptiser ce traîneau monsieur Henhao. Et qu'on ne révèle jamais à personne ce que ça signifie. (Arlo regarda autour de lui, guettant les réactions. Il fut soulagé de ne voir que des sourires enthousiastes.) Qui est pour ?

Tous levèrent la main.

- 15 -
NEIGE ET GLACE

À PINE MOUNTAINE, l'hiver, il neigeait presque toutes les nuits. Il tombait en général entre trois et cinq centimètres de neige, parfois suffisamment pour que les chaussures d'Arlo soient recouvertes de poudre blanche.

Jaycee râlait quand elle devait gratter les vitres de la voiture avant de partir en cours, mais Arlo adorait ça. De temps à autre, il faisait semblant d'être un sculpteur travaillant un bloc de marbre, ou un paléontologue dégageant avec soin un fossile de *Stationyx automobilus*.

Son moment préféré, c'était quand les dégivreurs commençaient à faire fondre le givre sur le pare-brise. Alors, la lame en plastique du grattoir glissait dans les gouttes d'eau jusqu'à heurter une plaque encore glacée avant de la faire voler en éclats. Arlo avait vu des vidéos de navires sur l'océan Arctique dont la spécialité était de fendre la glace afin de créer un passage pour les autres bateaux. Arlo se sentait aussi puissant que ça.

Il arrivait que Jaycee le laisse démarrer la voiture. C'était son travail – elle était presque en âge de conduire –, mais Arlo le lui demandait tous les matins à voix basse, après le petit déjeuner, pendant que leur mère montait se préparer pour le travail. Il ne savait jamais à l'avance si sa sœur accepterait de lui confier la clé. Il n'y avait ni schéma préétabli ni avertissement. Quand Jaycee refusait, elle disait simplement non de la tête. Arlo ne savait pas si c'était par méchanceté, par sens des responsabilités ou par peur des remontrances. Quand elle acceptait, elle lui tendait la clé avec un haussement d'épaules qui marquait de l'indifférence plutôt que de l'amour fraternel.

Ce jour-là avait été un jour à haussement d'épaules. Après avoir pris la clé, Arlo s'était élancé vers la porte d'entrée.

L'atmosphère était glaciale dans la voiture, mais il n'y avait pas le moindre souffle d'air. La lumière filtrait à travers le pare-brise recouvert de neige. Arlo vit son souffle se matérialiser devant lui. À cause du froid, les bruits étaient amplifiés, du crissement de la clé qu'il inséra dans le contact aux frottements sur le tissu synthétique des sièges. Il avait l'impression d'être un astronaute en sortie dans l'espace.

La pédale d'embrayage enfoncée à fond, Arlo tourna la clé. Le moteur toussa et gémit. Arlo compta à voix haute : « Un, deux, trois, quatre. » Tout à coup, le break s'anima. Le garçon soupira, soulagé, puis tourna tous les boutons du chauffage au maximum.

Le temps que sa mère arrive, dans son uniforme de serveuse sous son long manteau, il faisait bien chaud dans l'habitacle, et il n'y avait plus aucune trace de neige sur la voiture.

– Merci les enfants, dit-elle quand ils montèrent, même si Jaycee n'avait rien fait.

Ils déposèrent sa sœur au coin de Wirt Road, où quatre autres lycéens attendaient déjà le bus scolaire qui les emmènerait à Havlick. Les garçons en blouson de baseball, le cou dans les épaules pour se protéger du froid, donnaient des coups de pied dans la neige. Arlo était sûr qu'une des filles fumait. Elle se détourna à la vue du break, mais, lorsque la voiture s'éloigna, Arlo surveilla la fille dans le rétroviseur extérieur. Bingo : elle remettait une cigarette entre ses lèvres.

– Oui, moi aussi, j'ai vu, déclara sa mère en jetant un coup d'œil dans le rétroviseur intérieur. Tu sais qu'il ne faut pas fumer, hein ? (Arlo acquiesça.) Et tu sais pourquoi ?

– Parce que c'est mauvais pour la santé et c'est illégal ?

La fille rapetissait dans le miroir.

– Je ne pense pas que ce soit illégal. Peut-être que si. Au magasin, les panneaux disent toujours que la vente de tabac aux mineurs est « illicite ». J'ai toujours trouvé ça bizarre. Pourquoi « illicite » ? On n'utilise pas tellement ce mot dans ce contexte.

– Peut-être qu'on pourrait avertir ses parents. Jaycee doit connaître son nom.

– On ne sait pas comment sont ses parents. Si ça se trouve, ils sont déjà au courant.

– Alors ce sont de mauvais parents, non ?

Sa mère inclina la tête et fit une petite grimace.

– Peut-être qu'ils font de leur mieux. Être parent, ce n'est pas facile. Il n'y a pas de guide, comme chez les Rangers.

– C'est un manuel. (Aussitôt, il regretta cette rectification, ainsi que le ton qu'il avait employé.) Excuse-moi.

Sa mère lui avait déjà pardonné.

– Et sinon, comment ça va ? L'épisode du traîneau, c'en est où ?

Arlo sourit, étonné d'entendre sa mère employer cette expression. Il lui avait raconté le dernier entraînement en date avec M. Henhao, cette fois avec son vrai chargement plutôt que le grand-père de Wu.

– Il s'avère que l'eau est ce qu'il y a de plus lourd. Il faut donc la garder tout au fond du traîneau. Ce n'est pas facile non plus de caler le baril à feu. Il faut qu'on trouve comment…

Sa mère plaqua sa main sur le torse d'Arlo.

– Attention !

Elle avait le pied sur le frein, mais ils bougeaient toujours. Ils glissaient. Ils tournaient. Arlo entendit les pneus crisser sur la neige. Le temps parut s'écouler au ralenti. Arlo retint son souffle en voyant le capot de la voiture se diriger vers le bord de la route.

D'un geste délicat, sa mère tourna le volant. *Placer les roues dans le sens du dérapage*. Arlo se souvint d'avoir entendu ce conseil, que sa mère s'efforçait d'appliquer. Mais ils continuaient à glisser. Doucement, sa mère enfonça la pédale de frein. Ils glissaient toujours. Chaque seconde, chaque battement de cœur les rapprochait un peu plus du bord de la route, vers l'à-pic…

La chaussée avait disparu. Arlo ne voyait plus que le ciel et les arbres.

– Maman !

Il s'agrippa à l'accoudoir.

– Accroche-toi !

Sa mère avait beau tourner le volant, appuyer sur la pédale de frein, ça ne changeait rien. Ils allaient inexorablement tout droit, vers le bord. Arlo ferma les yeux. Tout était silencieux.

Jusqu'à ce bruit fracassant.

Le break s'écrasa dans un bruit de ferraille et de neige. Arlo entendit quelque chose craquer sous la voiture. Celle-ci bougeait toujours, mais dans une autre direction. Arlo sentait son poids peser contre la portière. Il avait la joue plaquée contre la vitre.

– Arlo !

Il ouvrit les yeux. Sa mère flottait au-dessus de lui. Toujours dans son siège, retenue par sa ceinture de sécurité.

Le break avait atterri sur la portière côté passager, comme un domino posé sur la tranche. Arlo était en bas. Sa mère en haut criait :

– Arlo !

– Je vais bien.

Il avait répondu par réflexe, mais il était certain d'avoir dit la vérité. Il voyait ses mains et ses pieds. Il n'avait mal nulle part. Il ne saignait pas. Même le break paraissait intact : pas de vitre brisée. La neige avait amorti l'impact. Simplement, tout paraissait bizarre, car les voitures n'étaient pas censées se trouver sur le côté. *C'est comme être dans l'espace*, pensa Arlo en se remémorant ses impressions lorsque, ce matin-là, il avait dégivré la voiture. Les vitres étaient de nouveau couvertes de neige.

– Tu ne t'es pas cogné la tête ? Tu n'as rien de cassé ? s'inquiéta sa mère.

– Non, je crois que ça va.

Il essaya de regarder autour de lui et n'eut conscience qu'à cet instant de l'embarras de la situation : comment allaient-ils sortir de là ? Le sol bloquait sa portière, et celle du côté conducteur était à la place du plafond.

Sa mère baissa sa vitre. Elle tenta de passer la tête au travers, mais dans cet angle, ce fut impossible.

– Donne un coup de klaxon, suggéra Arlo.

– Il y a très peu de passage sur cette route. Je crois qu'on va être obligés de se débrouiller tout seuls.

– Essaie quand même. S'il te plaît.

Sa mère se força à sourire. Arlo voyait bien qu'elle était au bord des larmes, mais elle se retenait.

– OK. On va essayer.

Elle appuya sur l'avertisseur. Le son fut étouffé par la neige qui entourait le capot. Cependant, Arlo était persuadé que quelqu'un l'entendrait.

– Par séries de trois, avec un intervalle entre deux. C'est le signal universel pour les appels de détresse.

Il se rappela les illustrations dans le *Manuel du Ranger* sur la page qui traitait des signaux. Trois flashs, trois coups de sifflet, trois n'importe quoi : c'était le signe qu'on avait besoin d'aide.

Sa mère suivit ses consignes : elle appuya trois fois sur le klaxon. Arlo imagina le son transporté dans la vallée, arrivant au bureau du shérif de Pine Mountain. Sa mère répéta la manœuvre.

Tout à coup, le break se remit en branle. Il glissa un peu plus le long du flanc montagneux. Arlo hurla. Ils avaient avancé de quelques centimètres à peine, mais c'était terrifiant.

Ils n'avaient plus le temps d'attendre du secours.

– Tu crois que tu pourrais grimper ? demanda sa mère. (Arlo acquiesça.) OK. Il faudra que tu passes le premier.

Puis, anticipant sa question, elle ajouta :

– Si je détache ma ceinture de sécurité, je vais tomber sur toi. Tu dois y aller le premier. Tu peux y arriver. Je vais t'aider.

Loyal, brave, gentil et vrai… Arlo entendit le Serment résonner en lui. Il devait se montrer brave.

Il se contorsionna pour trouver un moyen de grimper.

– Ne mets pas tes pieds sur la vitre, conseilla sa mère. Appuie-toi sur la carrosserie.

Ça, ce n'était pas compliqué. Le plus dur était de trouver le premier appui.

– Tu vois l'endroit où nos sièges se rejoignent ? (Elle désigna une pièce d'acier.) Peut-être que tu peux l'utiliser. Et t'accrocher au levier de vitesse.

Arlo fit basculer son poids sur la portière, craignant qu'à chaque mouvement un peu brusque, le break recommence à glisser.

– C'est super, l'encouragea sa mère. Maintenant, grimpe au-dessus de moi.

Elle se pencha pour attraper un passant de la ceinture de son jean et le hisser. Arlo empoigna à tâtons le volant, qui tourna quand il tira dessus. Un craquement. Les roues pivotaient.

– Ne t'en fais pas. Continue.

Il cala un pied entre les deux sièges et s'accrocha au cadre de la portière. Lorsqu'il tira sur ses bras, il sentit la poussée de sa mère sur ses fesses.

La tête sortie par la vitre baissée, il balaya les alentours du regard, tel un chien de prairie émergeant de son terrier.

La route n'était pas si loin, environ un mètre plus haut. Arlo repéra les traces dans la neige à l'endroit où le break avait quitté la chaussée.

– Tu penses pouvoir sortir ? s'enquit sa mère.

– Oui, je crois.

Du pied droit, il prit appui sur le volant et se faufila au-dehors par la vitre baissée. Il posa le genou gauche sur la carrosserie. Il n'y avait pas de neige sur la portière côté conducteur. Arlo n'eut donc pas de mal à passer dessus pour se rapprocher de la route. Le métal craqua par endroits. Arlo eut peur de le cabosser.

Sa mère ne le voyait plus, de cet angle.

– Ça va ? s'enquit-elle.

– Oui. Je vais sauter.

– C'est sans danger ?

Arlo s'efforça de prendre un ton confiant.

– Oui, c'est facile.

Ça ne l'était pas. Avant de se décourager, il compta rapidement jusqu'à trois et sauta en direction de la route.

Trop court.

Il atterrit la tête la première dans soixante centimètres de poudreuse. La neige lui rentra dans les narines et se colla dans ses cils. Il la sentit fondre sur sa nuque.

Mais il allait bien. Et il était près du but. Il rampa sur quelques dizaines de centimètres jusqu'à retrouver la fermeté de la chaussée. Il se leva sur un tas de neige tassée et s'épousseta. Il avait le visage rouge. Son cœur battait à tout rompre.

– Arlo ?

La voix de sa mère semblait venir de très loin.

– Tout va bien ! lança-t-il. Tu peux sortir, maintenant !

De là où Arlo se trouvait, le break était à peine visible. De la route, un autre conducteur ne l'aurait probablement jamais remarqué. Arlo et sa mère auraient pu rester coincés là jusqu'à la fonte des neiges, au printemps.

– OK, j'arrive !

Arlo ne pouvait rien faire à part attendre. Toutes sortes de bruits montèrent du véhicule : sans doute sa mère qui ôtait sa ceinture de sécurité et se remettait dans la bonne position. Puis il vit son sac à dos voler par la vitre baissée et atterrir sur la portière. La tête de sa mère apparut juste après. Arlo n'avait jamais été aussi content de la voir.

– Attrape ton sac.

Elle le lui jeta avant de continuer à s'extraire du break. Assise sur la portière, elle marqua une pause pour reprendre son souffle. Ses jambes pendaient dans l'habitacle, comme si elle était assise au bord d'une piscine.

– Maman ? (Sa mère le regarda.) Qu'est-ce qui s'est passé ?

Elle haussa les épaules.

– Parfois, il y a du verglas. Et nos pneus ne sont pas géniaux. La voiture entière n'est pas géniale, à vrai dire. Je suis surprise qu'elle ait tenu le coup aussi longtemps.

– On pourra la réparer ?

– Il faut voir. Je ne sais pas si on aura de quoi payer le garage. Mais on trouvera bien une solution.

– Ce qui compte, c'est qu'on soit indemnes, dit Arlo.

– Exactement.

Sa mère essuya le coin de ses yeux. Tout à coup, elle sembla avoir une idée. Elle tâtonna sa parka et trouva son téléphone.

– Tiens, attrape.

Elle lança le portable à Arlo, qui le réceptionna, le pressant contre son torse.

– Tu veux que j'appelle qui ?

– Personne. Prends une photo.

– Pourquoi ?

– Ça nous fera un souvenir, répondit-elle. En plus, si on ne prend pas de photo, qui nous croira ?

Arlo ôta ses gants. Il déverrouilla l'appareil et le mit en mode photo. Il se prépara à cadrer, attendant que sa mère ait fini de se recoiffer.

– OK, je suis prête.

Elle afficha un grand sourire, regardant Arlo droit dans les yeux.

Il prit la photo.

Sa mère avait raison. Cela l'aida à se souvenir de ce moment. Et surtout de ce qui se passa ensuite.

- 16 -
LA ROUTE

LA MÈRE D'ARLO FINISSAIT SON COUP DE FIL.

– Oui, c'est ça. À mi-chemin entre Wirt Road et Main Street. OK. Merci beaucoup, Mitch. (Elle raccrocha.) La remorqueuse sera là dans une demi-heure, trois quarts d'heure peut-être.

Arlo regarda le break en contrebas. On aurait dit un jouet abandonné.

– Comment ils vont faire pour sortir la voiture de là ?

– Je ne sais pas. Mais ils y arriveront. Les sorties de route sont fréquentes ici. (Elle vérifia sa montre.) Tu crois que tu pourrais finir la route à pied ? Il y a juste un kilomètre et demi à parcourir jusqu'à l'école. C'est tout droit, puis dans Main Street tu tournes à gauche. Tu connais le chemin.

Arlo hocha la tête. Il connaissait effectivement le chemin, mais il n'était pas certain que ce soit une bonne idée. Il pouvait se passer beaucoup de choses, sur un kilomètre et demi.

– Tu as un contrôle de maths, il me semble. Il ne faudrait pas que tu le manques.

En fait, louper l'évaluation l'aurait plutôt arrangé. Mais ce n'était pas pour cette raison qu'il s'attardait. Il ne voulait pas laisser sa mère seule ici. Et si la remorqueuse ne venait jamais ? Et si son portable n'avait plus de batterie ? Et si un ours surgissait des bois ? Sa mère n'avait pas lu le *Manuel du Ranger*. Elle ne ferait pas la différence entre un ours noir et un grizzly ; elle ne saurait pas s'il fallait reculer lentement et en silence, ou au contraire faire du bruit. Si Arlo partait, ce serait l'abandonner à sa…

– Vas-y. Tout va bien se passer. Tu sais, avant, j'allais à l'école à pied.

– En plein hiver ?

– Non. Mais on a déjà parcouru la moitié du chemin. Ça équilibre les choses. (Elle attira Arlo pour le serrer contre elle avant de planter un baiser sur son bonnet.) Vas-y. Je t'aime.

– Moi aussi.

Arlo hissa son sac sur ses épaules.

– Et si jamais on doute de ta parole, n'oublie pas, ajouta sa mère en brandissant son téléphone. On a une preuve !

Arlo s'obligea à sourire.

La route était silencieuse. Arlo n'entendait que la neige crisser sous ses chaussures.

Ce jour-là, au moins une voiture avait emprunté cet itinéraire. Arlo marcha entre les traces de pneus, sur lesquelles il remarqua des dessins en forme de losange. Çà et là, un petit tas de neige sale recouvrait l'empreinte. Il conclut que ce devait être des paquets qui s'accumulaient sous les roues jusqu'à devenir trop gros et se décoller.

Il marchait depuis quelques minutes seulement quand il commença à neiger. Les fins flocons, presque cristallins, n'adhéraient pas à ses gants ni à sa parka. En revanche, ils se faufilaient sous son col. Pour se protéger, Arlo releva sa capuche.

Scroutch, scroutch, scroutch, scroutch. Il poursuivit son chemin.

Main Street ne devait plus être très loin, peut-être au prochain virage.

Fait étrange : Arlo ne paraissait pas se rapprocher du virage en question. Il marchait dans sa direction; pourtant, la courbe semblait s'éloigner au rythme de ses pas, comme si la portion de route entre Arlo et elle s'étirait.

Le garçon s'arrêta. Il constata, perplexe, que le virage était exactement là où il devait être.

Puis il entendit un chuchotement, si faible que cela aurait pu être le vent. On aurait dit qu'on l'appelait : « Glo-bille ! »

Le garçon scruta la forêt pour en trouver l'origine. Il repéra des corneilles dans les arbres. Les oiseaux semblaient l'observer. Arlo aurait-il pris leurs cris pour un appel ?

– Glo-bille !

C'était une voix de vieille femme, grave et rauque. On aurait dit qu'elle provenait des bois sombres, sur sa gauche.

Arlo se remit en marche. Subtilement, le virage continua à s'éloigner de lui.

– Glo-bille !

Plus fort. Plus proche. Il entendait même un sourire percer dans l'appel de la femme.

Il accéléra l'allure puis se mit à courir, son sac se balançant dans son dos. Plus de doute : il avançait bel et bien. Ce n'était pas comme s'il se trouvait sur un tapis de course, car les arbres défilaient de chaque côté. Toutefois, peu importait la vitesse à laquelle Arlo courait : le virage restait toujours aussi éloigné.

Le garçon s'arrêta. Il avait mal aux poumons. Son sang battait dans ses oreilles.

Il remarqua alors une autre chose étrange. Il s'était tellement concentré sur ce qui se trouvait devant lui qu'il n'avait plus regardé ses pieds : les traces de pneus avaient disparu.

Cette route ne comptait pas la moindre intersection. Quelle direction avait bien pu prendre la voiture ?

Arlo se retourna pour regarder en arrière. Ce fut à cet instant qu'il la vit.

Une fille de son âge se tenait sur la chaussée, à quelques mètres de lui. Elle lui tournait le dos. Ses cheveux étaient coiffés en tresses élaborées, ornées de minuscules fleurs et de pierres précieuses scintillantes. Elle portait une robe aux motifs complexes rouge et or, mais pas de chaussures. Elle était pieds nus dans la neige.

Arlo ne voyait pas son visage. Malgré tout, il sut qui c'était.

– Bonjour. (La fille inclina la tête, comme si elle ne comprenait pas d'où venait ce son.) Est-ce que ça va ? demanda Arlo.

Sans répondre, elle leva la main gauche sur le côté pour tâter l'air. Elle portait des bagues en or.

Arlo fit quelques pas vers elle. Elle ne réagit pas, à croire que le bruit de ses pas était imperceptible pour elle. Il finit par se poster juste derrière elle, si près qu'il aurait pu la toucher.

Elle baissa la main. Enfin, elle parla :

– C'est toi ? Arlo Finch ?

– Oui.

Sa voix semblait provenir de toutes les directions à la fois. Cependant, c'était bien une voix de fille, et non le murmure rauque qu'il avait entendu plus tôt dans la forêt.

Arlo voulut la contourner. Qu'il le fasse d'un côté ou de l'autre, la fille lui tournait toujours le dos. C'était comme une illusion d'optique. Il s'arrêta. Il avait un peu le tournis.

– Tu es Katie Cunningham ?

La fille parut agacée par cette question.

– Ça fait longtemps que je ne m'appelle plus comme ça.

– Alors comment tu t'appelles, maintenant ?

– Rielle.

Une petite musique s'éleva lorsqu'elle prononça ce nom, comme s'il était constitué non de lettres mais de notes, jouées sur des cordes et de minuscules clochettes.

– Je connais ton cousin, Connor, dit Arlo. On est ensemble chez les Rangers. C'est mon chef de patrouille. (Elle ne répondit pas.) Tu te souviens de lui ?

– Oui.

– Tu t'es fait kidnapper ?

Une autre pause. Elle secoua la tête.

– Non. Je n'appartiens pas à votre monde. Ma place est dans le Royaume.

– C'est quoi, le Royaume ?

– Les terres des occultes. L'autre côté des Longs Bois.

Arlo était désorienté. Il pensait que les Longs Bois étaient l'autre monde. Disait-elle qu'il en existait un troisième ? Et s'il s'appelait le Royaume…

– Alors c'est quoi, les Longs Bois ?

– La frontière entre les deux mondes.

À la manière dont elle bougeait les bras, Arlo comprit qu'elle essayait de figurer avec ses mains la rencontre des deux mondes.

– Est-ce qu'on y est, en ce moment ? Dans les Longs Bois ?

– Je ne crois pas, répliqua-t-elle. C'est différent.

– Je suis sur une route, dans la forêt. À Pine Mountain. Il neige, ici.

C'était bizarre de lui donner ces précisions, vu qu'elle était pieds nus dans la neige.

– Ici, c'est l'automne, déclara-t-elle. C'est toujours l'automne.

Arlo tenta de comprendre ce qu'elle voulait dire. On disait que c'était toujours l'été à Phoenix ou à Mexico, car il y faisait toujours chaud et n'y neigeait jamais. Mais comment était-ce possible que ce soit constamment l'automne ?

La fille reprit :

– Je marchais dans le jardin, et le sentier n'arrêtait pas de changer. Puis j'ai entendu une voix. Celle d'une vieille femme.

– Moi aussi, je l'ai entendue !

– Elle est dangereuse. Tu ne dois pas t'approcher d'elle.

– Pourquoi ? Qu'est-ce qu'elle veut ?

– Toi.

Arlo fut de nouveau pris de vertiges. Le monde tournait autour de lui. Rielle marchait ; il se retrouva à la suivre. Il accéléra le pas pour la rattraper, mais chacun de ses pas pesait lourd.

– Attends ! Pourquoi est-ce qu'elle me veut, moi ?

La fille s'arrêta. Lorsqu'elle se retourna, elle fut tout à coup derrière Arlo. D'une poigne ferme, elle lui tint le bras puis lui souffla à l'oreille :

– Parce que toi non plus, tu n'appartiens pas à ce monde.

Quand Arlo pivota pour la regarder, elle avait disparu.

Arlo Finch était seul sur la route, la vraie route, entre deux traces de pneus dans la neige. Les seules empreintes de pas visibles étaient les siennes.

- 17 -
À 9 H 45...

... ARLO DÉCIDA DE TOUT RACONTER À WU ET À INDRA.

Pendant la récréation du matin, le trio se regroupa près du toboggan enneigé. Indra lui prêta une oreille attentive et sembla prendre des notes mentalement tandis que Wu faisait les cent pas en cassant des stalactites. Lui aussi écoutait avec attention, mais il ne pouvait pas se concentrer sans avoir les mains occupées.

Arlo commença par évoquer sa brève conversation avec le reflet de la fille dans la fenêtre, et l'avertissement qu'elle lui avait lancé.

Indra l'interrompit :

– Tu penses que les volutes en avaient après toi, et pas après Connor ?

– Je suppose. Mais il est visé aussi, c'est certain. Je suis sûr que cette fille est sa cousine, celle qui a disparu quand ils étaient petits.

Wu laissa échapper un « waouh » discret. Il n'en revenait pas. Arlo expliqua qu'il avait cherché des photos de la jeune Katie Cunningham sur le téléphone de sa sœur. Il n'aurait pas pu jurer que c'était la même fille, mais elle avait les yeux vairons, comme lui.

Indra l'interrompit encore, comme si elle seule était capable d'assembler les pièces du puzzle.

– Donc, le petit Connor et la petite Katie disparaissent. Ils se retrouvent dans les Longs Bois. Connor parvient à s'en sortir on ne sait comment, mais Katie, elle, reste. Et elle y est depuis tout ce temps.

Wu brandit une stalactite, telle une épée.

– On doit aller la sauver !

– Non, objecta Arlo. Elle n'est pas dans les Longs Bois. Elle est dans le Royaume.

– C'est quoi, le Royaume ?

– Je vais vous le dire, à condition que vous me laissiez parler.

Indra souffla :

– OK, c'est bon. Mais explique plus vite.

Arlo leur raconta ce qui s'était passé ce matin-là, à commencer par l'accident. Les circonstances étaient encore si fraîches dans sa tête qu'il aurait voulu s'y attarder – après tout, il aurait pu mourir ! –, mais au final, ce n'était pas aussi important que les événements qui avaient suivi, sur la route. Il parla de la neige cristalline, de la voix dans les bois, de la disparition des traces de pneus, et du virage qui ne cessait de s'éloigner.

– C'est comme ça que ça se passe, l'interrompit Indra, une fois de plus. J'ai lu des histoires là-dessus, sur des gens qui franchissent par hasard la frontière et finissent dans les Longs Bois…

– Il a dit que ce n'étaient pas les Longs Bois, rectifia Wu.

Arlo tenta de clarifier son propos :

– Peu importe où on était, elle aussi s'est retrouvée là par hasard. Elle habite dans le Royaume.

– Tu n'as toujours pas précisé ce que c'était.

– Parce que tu n'arrêtes pas de me couper.

– Eh bien, empêche-moi de le faire !

Agacée, Indra croisa les bras.

Arlo poursuivit son récit. Il décrivit les vertiges qui l'avaient saisi quand il avait essayé de s'approcher de la fille, sur la route. Il ne se souvenait pas exactement de leur échange, mais il le résuma du mieux possible. Indra réprima son envie de clarifier chaque point, ce qui à l'évidence lui coûtait.

– Je lui ai demandé si elle était Katie Cunningham. Elle a répondu qu'elle ne s'appelait plus comme ça. Maintenant, c'est Rielle.

– Comment ça s'écr…

Wu fit taire Indra d'un regard. Elle grimaça, réservant sa question pour plus tard.

Enfin, Arlo leur expliqua ce qu'était le Royaume – du moins d'après ce qu'il avait compris.

– Je pense qu'ici, c'est notre monde, dit-il en tendant la main gauche. Et là, c'est le Royaume. (Il plaça sa main droite à côté.) À l'endroit où ils se touchent, c'est les Longs Bois. Comme une frontière entre les deux univers.

La sonnerie marqua la fin de la récréation et le retour en classe.

– Alors, qu'est-ce qu'on fait ? demanda Wu. On doit en parler à Connor, hein ?

Arlo n'en était pas si sûr.

– Elle n'a pas vraiment réagi quand j'ai mentionné son nom. C'était comme si elle savait qui c'était, sans pour autant s'inquiéter à son sujet.

– Oui, parce que Connor va bien, affirma Wu. C'est elle qui a des ennuis.

Indra secoua la tête.

– Elle aurait pu demander à Arlo de passer un message. De dire qu'elle est en vie, par exemple. C'est bizarre qu'elle ne l'ait pas fait.

– Si ça se trouve, elle ne le pouvait pas ! s'exclama Wu. Peut-être qu'elle ne voulait pas mettre Connor en danger. Ils ont été kidnappés tous les deux, après tout.

Indra leva un doigt pour le corriger.

– Elle a dit qu'elle n'avait pas été kidnappée.

– Comme si elle en savait quelque chose ! Ce n'était qu'une gamine naïve, à l'époque. Cette fille, Katie – ou Rielle, peu importe –, elle est piégée dans ce monde parallèle, le Royaume. Il faut que quelqu'un aille la sauver.

– Qui ? Nous ?

– Peut-être.

– Et comment ?

– Je n'en sais rien ! On trouvera bien.

– Typique, soupira Indra. C'est comme pour le traîneau. Des plans complètement fous qui en réalité ne reposent sur rien.

– Au final, on a un super-traîneau ! se défendit Wu.

– Oui, parce que quelqu'un – moi ! – a réfléchi au côté pratique.

Arlo se rendit compte qu'il se taisait depuis un moment. Il observait juste ses amis se disputer, comme on regarde passivement un match de tennis à la télévision.

– Je ne crois pas que Rielle veuille être sauvée, intervint-il. Elle me prévenait surtout de ne pas m'approcher.

– Exactement ! s'écria Wu. Parce que c'est dangereux. Elle est en danger. Et quand quelqu'un est en danger, on le sauve. C'est le devoir de base du Ranger !

– Ce n'est pas pareil, objecta Indra. Mettons que quelqu'un passe à travers la glace sur un lac gelé…

– Tu vas le sauver !

– Mais on ne peut pas se contenter de courir sur la glace, car si elle se brise, tu pourrais tomber dans l'eau, toi aussi. Il faut avancer prudemment. Ramper sur la glace un centimètre après l'autre, puis jeter une corde à la personne en détresse. Ou mieux : faire glisser lentement une échelle sur la glace.

Wu était exaspéré.

– Rappelle-moi de ne jamais pêcher sur la glace avec toi ! J'aurais tout le temps de me noyer pendant que tu feuilletterais ton *Manuel du Ranger* jusqu'à trouver la bonne page.

– C'est la page 148 !

Arlo balaya la cour du regard. Tous les élèves étaient rentrés. S'ils s'attardaient une minute de plus, Mme Mayes les mettrait en retenue.

– Je vais en parler à Connor, décréta-t-il. Ce soir, après la réunion des Rangers. (Wu et Indra le regardèrent, étonnés qu'il ait pris cette décision sans eux.) Je ne sais pas si c'est le bon choix, mais Connor a le droit de savoir.

– 18 –
LES NŒUDS

– **LE LAPIN SORT DE SON TERRIER,** tourne autour de l'arbre, et retourne dans son terrier.

Connor tira fermement sur la corde, achevant ainsi la démonstration du nœud de chaise. Le résultat ressemblait en tout point à l'illustration qui figurait dans le *Manuel du Ranger*.

Arlo suivit les consignes de Connor. Il fit une boucle pour former un « arbre » et un « terrier », puis il enroula le bout de corde qui représentait le « lapin » et le repassa à l'intérieur. Il tira dessus. Résultat : tout s'emmêla.

– L'arbre doit sortir du sol, expliqua Connor en lui montrant quel côté de la boucle devait se trouver au-dessus.

Arlo fit une nouvelle tentative, cette fois réussie. Le nœud était solide.

Ils s'entraînaient pour le relais des nœuds, une course entre patrouilles pour voir qui serait la première à terminer les dix nœuds des Rangers. Les nœuds faisaient toujours partie des compétences exigées dans les défis du Derby des traîneaux. La troupe passa donc beaucoup de temps à s'assurer que chaque Ranger les connaissait.

Grand débutant en la matière, Arlo savait qu'il ralentissait la patrouille Bleue. Il allait plus lentement que ses camarades et avait davantage tendance à rater ses nœuds.

De plus, il n'en connaissait que huit sur les dix.

Il était sûr de lui pour le nœud plat, le nœud de fouet, le nœud de cabestan, le nœud d'écoute, le nœud de bois, et la demi-clé (qui, malgré son nom, était un nœud entier). Il espérait réussir à se rappeler le nœud de chaise et le nœud de sang. Mais…

– S'il tombe sur un nœud de jambe de chien ou un nœud de zeppelin, on est fichus, dit Indra.

Chaque patrouille était regroupée dans son coin respectif, dans le sous-sol de l'église. Quelques Rangers étiraient leurs jambes en vue de la course. Arlo était si inquiet pour la partie nœuds qu'il n'avait même pas songé à la partie course. Imitant les autres, il s'étira à son tour, même s'il ne savait pas trop quels muscles il voulait assouplir.

– N'oublie pas : le nœud de fouet passe deux fois dans la boucle, une fois en dehors, précisa Wu. Et

– Elle a eu le nœud de fouet, l'informa Wu.

– Ça veut dire qu'il reste le nœud de sang, le nœud plat, le nœud de jambe de chien et le nœud de zeppelin, déduisit Indra.

Arlo ne connaissait que les deux premiers.

– Et si je n'y arrive pas ?

– On est morts, répondit Wu.

Connor prit Arlo par les épaules.

– On est en tête. Essaie juste de nouer le nœud correctement du premier coup, même si tu dois aller lentement.

Julie eut droit à son pouce levé et défit son nœud. Plein d'appréhension, Arlo sentit son pouls s'accélérer. Julie revenait vers eux en courant. Une fois qu'Arlo eut la corde dans la main, ses pieds prirent le relais. Il se retrouva devant le juge, à retourner la carte suivante.

Mais il n'y avait aucun mot écrit dessus. Juste une série de gribouillis.

Arlo cligna des yeux pour tenter d'y voir plus clair. Hélas, les lignes sur la carte ne formaient pas de lettres, du moins pas dans un alphabet de sa connaissance. Tandis qu'il scrutait la carte, Russell Stokes arrivait devant son propre juge, à côté de lui. La patrouille Rouge les avait rattrapés.

Arlo retourna la carte pour la montrer au juge.

– *Gajn herodut*, dit ce dernier.

Les mots étaient totalement étrangers aux oreilles d'Arlo, qui eut l'impression qu'on les avait chantés plutôt que prononcés.

Encore plus décontenancé, Arlo examina de nouveau la carte. Les gribouillis étaient toujours des gribouillis.

Le nœud qu'il connaissait le mieux était le nœud plat. Il s'exécuta donc. Il prit les deux extrémités, noua le bout droit sur le gauche, et le gauche sur le droit. Il tira dessus pour le serrer et le montra au juge.

Pouce levé. Arlo défit le nœud et retourna en courant auprès de son équipe, tendant la corde à Connor pour son deuxième passage. Il avait battu Russell d'au moins deux secondes.

Wu et Indra tapèrent dans la main d'Arlo lorsqu'il reprit sa place dans le rang. Russell lui jeta un regard noir.

– *Emmn sarup, Isthinu talabritic* ?

Arlo sut au ton qu'il avait employé que c'était une insulte, mais il n'avait aucune idée de ce que ces mots signifiaient.

– *Baru sledith*, rétorqua-t-il.

C'était comme si son cerveau avait modifié sa langue par hasard – comme sur l'ordinateur de son père, quand la langue était en chinois et non en anglais. En quelque sorte, les « préférences » dans le cerveau d'Arlo avaient été perturbées.

À la fois perplexe et émerveillé, il regarda autour de lui et remarqua tous les petits détails qui avaient changé. La porte était surmontée d'un panneau vert lumineux. Mais au lieu d'y lire *SORTIE*, il avisa une suite de symboles sans queue ni tête. Sur le mur du fond était accroché un grand poster du serment du Ranger, sauf que les lettres étaient devenues méconnaissables.

Pourtant, elles étaient quand même familières. Arlo les avait déjà vues, sans se rappeler où. De plus, il avait l'impression que, pour comprendre cette écriture, il lui faudrait juste fournir un petit effort de concentration. Il essaya de faire abstraction des acclamations de ses camarades. Il commença à identifier des symboles qui se répétaient, et formaient des mots. Il se sentait à deux doigts de les décrypter quand…

Wu et Indra l'attrapèrent, poussant des hourras.

Jonas venait de revenir avec la corde. La patrouille Bleue avait remporté la course, devançant de quelques secondes la patrouille Rouge. Les Verts arrivaient en troisième position, loin derrière.

– Je suis bien content que tu aies eu le nœud plat ! se félicita Wu.

– Moi aussi.

Arlo regarda une fois de plus le serment du Ranger sur le mur. Le texte était de nouveau en anglais.

Il a toujours été en anglais, songea Arlo, perplexe. Ce n'était pas le poster qui avait changé, mais son cerveau. Pendant un instant, Arlo avait complètement oublié l'anglais. Il se demanda si cela expliquait pourquoi il avait parfois des difficultés en lecture. Son cerveau se trompait-il de langue ?

Ce qui soulevait une autre question : quelle langue cherchait-il à utiliser ? Serait-ce celle des occultes ? Mais était-ce seulement une langue ?

– Qu'est-ce qui se passe ? C'est à propos du traîneau ? Ne me dites pas que vous en avez construit un autre !

Arlo, Indra et Wu avaient demandé à Connor de rester après la réunion. La salle du sous-sol était presque déserte. Seuls quelques membres de la patrouille des Seniors s'occupaient de l'inventaire du placard du quartier-maître.

– Arlo a quelque chose à te dire, l'informa Indra.

Maintenant qu'il devait le faire, Arlo ne savait plus par où commencer. Devait-il aborder le sujet en douceur ? *Eh, tu te souviens quand tu étais petit et que tu as disparu dans les bois* ? Devait-il aller droit au but ? *Ta cousine est vivante, dans un monde parallèle, mais elle a changé de nom, et on dirait qu'elle se fiche que tu le saches ou non.* Il opta pour un mélange des deux.

– J'ai vu ta cousine, Katie. Ce matin, avant l'école. Et une autre fois, il y a quelques jours.

Arlo guetta une réaction. Connor baissa les yeux, comme si une image se formait dans sa tête. Il remua les lèvres, sur le point de dire quelque chose. Puis il redressa les épaules et inclina la tête.

– Où ça ? demanda-t-il.

– La première fois, c'était un reflet, dans ma chambre. La deuxième, c'était sur la route qui mène en ville, sauf que ce n'était pas vraiment la route. C'étaient peut-être les Longs Bois.

Connor jeta un regard aux autres Rangers pour s'assurer qu'ils n'entendaient pas cette conversation. Son frère Christian était parmi eux.

– Comment tu as fait pour y aller ?

– Je ne sais pas trop.

– Comment tu as fait pour en revenir ?

– Ça non plus, je ne sais pas.

– Tu es sûr que c'était elle ?

– Oui. Je lui ai parlé.

Connor acquiesça, l'air songeur.

– Comment elle a dit qu'elle s'appelait, maintenant ?

Arlo hésita. Connor le testait. Il connaissait la réponse et semblait vouloir vérifier qu'Arlo disait la vérité.

Indra intervint, un doigt pointé sur Connor.

– Tu savais qu'elle était toujours vivante ?

Connor fit mine de ne pas l'entendre.

– Comment elle s'appelle, maintenant ? répéta-t-il.

– Rielle, répliqua Arlo.

Connor soupira avant de repousser une mèche de cheveux en arrière. Wu, Indra et Arlo échangèrent un regard, ne sachant pas si c'était bon signe.

Connor regarda Arlo droit dans les yeux.

– Qu'est-ce qu'elle a dit, exactement ?

– Pas grand-chose. On a surtout discuté du fait qu'on pouvait se parler. Je crois qu'elle était aussi surprise que moi.

Connor secoua la tête.

– N'en sois pas si sûr. Elle n'est pas forcément digne de confiance.

– Une minute, intervint Wu. Comment tu sais qu'elle est vivante et qu'elle a changé de nom ?

– Elle revient voir ses parents deux fois par an. Une fois à Noël, et une fois au milieu de l'été. C'est l'accord qu'ils ont passé.

– Avec qui ? demanda Wu.

– Ceux avec qui elle habite désormais. Les occultes.

Il fallut quelques secondes à Arlo pour assimiler ces informations. La fille qu'il pensait disparue ne l'était en fait pas du tout. Sa famille savait exactement où elle se trouvait.

– Elle a dit qu'elle habitait dans le Royaume.

– Je ne sais pas comment ça s'appelle, mais oui, c'est l'endroit qui se trouve au-delà des Longs Bois.

Indra s'en mêla :

– Donc quand vous étiez petits, et que vous vous êtes tous les deux perdus à Haute-Croix…

– Je ne les intéressais pas, alors ils m'ont laissé partir. Je ne me souviens de rien, vraiment. C'est comme s'ils avaient effacé ma mémoire.

Arlo était enclin à le croire. Connor semblait à la fois désorienté par ce qu'il avait vécu et résigné à ne jamais connaître le fin mot de l'histoire.

– Pourquoi est-ce que personne n'a tenté de la sauver ? s'enquit Wu.

– Certains ont essayé, au début. (Connor regarda Arlo.) Ton oncle, par exemple.

– Oncle Wade a fait ça ?

– Tu as un oncle ? s'étonna Wu.

Tout à coup, Indra comprit :

– Le type qui empaille des animaux… C'est lui, ton oncle, pas vrai ?

Arlo confirma d'un signe de tête, mais il ne voulait pas qu'on s'éloigne du sujet.

– J'ai lu qu'on l'avait arrêté pour avoir falsifié des preuves.

– Lui et un autre gars nous ont cherchés, expliqua Connor. Mais, à ce stade de l'enquête, ma famille était déjà en pourparlers avec les occultes. Ils ont conclu un marché : Katie resterait, et moi je rentrerais. Une partie de cet accord spécifiait que tout devait rester secret.

– C'est pour ça que tu n'en as jamais parlé, comprit Indra.

– Et c'est aussi pour ça que vous ne devez le dire à personne. Ni à vos parents, ni à Jonas et Julie. Si jamais quelqu'un l'apprend…

Il n'acheva pas sa phrase. Arlo se dit que Connor ne connaissait pas les détails de l'accord, et qu'il n'avait pas spécialement envie de les connaître.

– Attends, je ne suis pas d'accord. (Wu avança d'un pas.) Ta famille a donné ta cousine à un groupe de tordus qui vit dans une autre dimension, et nous on doit la fermer et faire comme si de rien n'était ?

– Elle est mieux là-bas, je vous assure, répliqua Connor. C'est comme avoir un loup et le garder enfermé dans une cage. Il survivrait probablement, mais ce n'est pas sa place. Sa place est à l'extérieur, dans les bois. Katie a toujours été bizarre, même à quatre ans. Elle entendait des voix. Elle parlait une autre langue, elle écrivait dans un alphabet différent.

Celui des occultes ! pensa immédiatement Arlo.

Connor poursuivit :

– À l'époque, tout le monde pensait qu'elle avait un problème, mais…

– Elle était comme eux, conclut Indra.

– Non, pas vraiment. Le truc, c'est qu'elle n'est pas non plus comme eux. Ils ont besoin d'elle pour quelque chose. Elle est spéciale à leurs yeux. J'ignore en quoi.

– Arlo aussi doit être spécial, fit remarquer Wu.

Indra approuva :

– Ça expliquerait la présence des volutes quand on campait. Celui ou celle qui les a envoyées en avait après Arlo.

Celui-ci sentit son ventre se nouer. Il se retrouvait de nouveau face à la question qu'il avait écrite sur la fenêtre de la buanderie. *Pourquoi moi* ?

– Si je suis si spécial, alors pourquoi vouloir me tuer ?

– Je ne sais pas, répondit Connor. Peut-être qu'ils te voient comme une menace.

- 19 -
DEUX DÎNERS ET UN GOÛTER

ARLO PASSA LES QUELQUES SEMAINES SUIVANTES à attendre qu'un événement terrible se produise. Il savait qu'il devait rester sur ses gardes, car quelqu'un, quelque part, souhaitait sa mort.

Tous les matins, il ouvrait les yeux avant la sonnerie de son réveil et contemplait le plafond, réfléchissant à la manière dont cela pourrait arriver.

Il était certain qu'ils n'enverraient plus de volutes. Indra avait dressé la liste des autres créatures fantastiques qui, selon elle, pouvaient avoir pour mission d'éliminer Arlo, allant des loups volants aux araignées d'oreille, en passant par les serpents ombreux. Après avoir jeté un coup d'œil au *Bestiaire de Culman*, Arlo avait pris l'habitude de dormir les oreilles bourrées de coton, par précaution. Il n'était pas sûr que ça empêche une horde d'araignées d'oreille affamées d'atteindre son cerveau, mais ça ralentirait peut-être leur progression.

Grâce aux nœuds qu'il avait appris à faire, Arlo avait fabriqué une corde suffisamment longue pour relier sa fenêtre au sol. Il la rangeait dans le dernier tiroir de sa commode et s'entraînait à la nouer au radiateur aussi vite que possible. En cas d'urgence, il serait dehors en moins de vingt secondes.

Mais un matin, alors qu'Arlo avait les yeux rivés au plafond, une idée l'effleura : il était très peu probable qu'une créature soit envoyée pour l'assassiner chez lui. Comme la disparition de Connor et de Katie, une mort mystérieuse attirerait trop l'attention. On en parlerait aux informations.

Indra était d'accord avec cette théorie.

– La personne qui essaie de te tuer tient à le faire discrètement. C'est pour cette raison qu'elle a envoyé les volutes, la première fois. Ça aurait ressemblé à un accident. Comme si tu étais tombé dans un vieux piège de chasseur.

Ils passèrent en revue les différentes possibilités autour d'un feu de camp, assis sur des bancs de neige tassée. Jonas et Julie étant partis à l'enterrement de leur grand-père à Tucson, les quatre autres membres de la patrouille Bleue pouvaient s'exprimer librement sur le sujet.

C'était le dernier camp avant le Derby des traîneaux. Connor avait pris un soin tout particulier à établir le périmètre de sécurité autour du site occupé par les Bleus. Wu et Indra avaient juré solennellement de ne jamais laisser Arlo seul dans les bois, où il risquait de se faire enlever ou dévorer – même si, selon eux, les probabilités pour que ça arrive étaient infimes.

– Si moi, j'essayais de te tuer, je le ferais de l'intérieur, dit Wu. Je demanderais à un de tes amis ou à quelqu'un de ta famille de s'en charger.

– À l'aide d'un sortilège, peut-être, suggéra Connor. Ce serait à la portée de n'importe quelle sorcière. Il existe aussi des crapauds capables de contrôler l'esprit.

– Si on part là-dedans, pourquoi ne pas avoir recours à un sans-visage, tout simplement ? demanda Indra. (D'après ses explications, un sans-visage était un être capable de changer de forme et de prendre l'apparence de n'importe qui.) D'ailleurs, l'un d'entre nous pourrait en être un, en train d'attendre gentiment que tu t'endormes pour t'étouffer dans ton sommeil.

Voyant la tête d'Arlo, elle s'empressa d'ajouter :

– Mais on n'en est pas, évidemment. On est avec toi.

– Carrément, renchérit Wu.

– À cent pour cent.

Arlo les croyait. En plus, il avait une petite idée de qui pouvait être le sans-visage.

Jaycee avait un comportement très étrange ces derniers temps. Arlo l'avait vue sourire sans raison pendant qu'elle faisait la vaisselle, l'air rêveur. Elle avait dit merci à oncle Wade quand il lui avait passé les macaronis au fromage, alors même que leur mère, dans une autre pièce, ne pouvait pas l'entendre. Elle restait longtemps sous la douche, se rasait les jambes et enroulait une serviette autour de sa tête, comme dans les films.

Un jour, Arlo aurait juré l'avoir entendue fredonner.

Ce n'était pas sa sœur. Arlo était prêt à parier que c'était un sans-visage qui tentait de se faire passer pour une ado ordinaire, sans réaliser que la vraie Jaycee était froide, extrêmement lunatique, si grincheuse qu'elle se fichait des arcs-en-ciel, allant jusqu'à leur tourner le dos.

Au minimum, soit Jaycee avait été victime d'un enchantement, soit son esprit était contrôlé par un crapaud surnaturel.

Quelques jours après le camp, Arlo trouva sa sœur au téléphone – l'appareil à l'ancienne, dans la cuisine. Certes, la couche de neige au-dehors était trop épaisse pour qu'elle marche jusqu'à la Roche au réseau, mais il paraissait hautement improbable que Jaycee consente à utiliser le téléphone bizarre d'oncle Wade, avec son cordon torsadé et son odeur de plastique brûlé. Pourtant, elle était là, assise sur le plan de travail, à entortiller le cordon autour de son doigt.

Arlo essaya de l'écouter en douce pendant qu'il se coupait une tranche de fromage. Mais Jaycee ne parlait pas vraiment. Elle prononçait une série de « ouais », de « mmh mmh » et de « non, arrête ! », entrecoupés de gloussements, le tout en souriant.

Aucun doute : ce n'était pas sa sœur.

Arlo aurait voulu faire part de ses soupçons à sa mère, mais elle aussi agissait de manière étrange. Depuis l'accident de voiture, elle était visiblement plus joyeuse. Ce qui était curieux, vu qu'ils étaient dans la panade.

Pour réparer le break, il leur en coûterait quelques milliers de dollars – une somme qu'ils n'avaient pas. Par chance, Mitch, le garagiste, était un ancien camarade de lycée de la mère d'Arlo. Il avait accepté de faire le travail en échange d'un coup de main pour sa comptabilité.

– Tu n'imagines pas à quel point c'est le bazar dans ses factures ! s'exclama sa mère.

Arlo n'y connaissait rien en factures, contrairement à sa mère qui était comptable à Chicago avant de perdre la boule et de jeter une chaise à travers une fenêtre. Ou sur une fenêtre. Les détails étaient encore flous. En gros, la comptabilité revenait à prendre le pire dans le domaine des maths et à le combiner avec la reconstitution des paires de chaussettes les jours de lessive. Sa mère ne semblait pas avoir conscience du caractère aussi éprouvant qu'ennuyeux de cette activité.

– Oh, ce n'est pas si terrible. Les chiffres, ça me plaît. En plus, c'est agréable de pouvoir aider, tempéra sa mère en posant sur la table de la salle à manger une liasse de documents en provenance du garage. Quand on était au lycée, je vérifiais les exercices d'algèbre de Mitch. Il a toujours été doué avec les machines, mais il est resté fâché avec les chiffres.

– Papa aussi est doué avec les machines, répliqua Arlo. Les ordis, par exemple.

– Absolument. (Sa mère chercha sur la table la pile où mettre le papier qu'elle tenait.) En revanche, les ordinateurs, ce n'est pas le même genre de machines. D'ailleurs, c'est plutôt des maths que de la mécanique. Cela dit, je confirme, ton père est très intelligent. C'est même un génie, en fait. Tu le sais, n'est-ce pas ? Dans son domaine, la cryptographie, c'est un des spécialistes les plus brillants de la planète.

Arlo acquiesça d'un signe de tête :

– Tu te souviens, quand il voulait monter le bureau Ikea, qu'il y avait toutes ces pièces et qu'il n'arrivait pas à comprendre comment les assembler ?

– Oui. Ça lui a pris un certain temps ! Même après, le bureau est toujours resté un peu branlant. (Elle trouva la bonne pile.) On ne peut pas être bon partout, et c'est mieux ainsi. Ça nous donne une bonne raison de demander de l'aide.

Arlo profita de l'occasion pour lui confier ses soupçons.

– Je crois que Jaycee a un problème. Elle se comporte vraiment bizarrement en ce moment.

– Tu as remarqué, toi aussi ? (Sa mère baissa la voix, alors même que Jaycee, dans la cuisine, ne pouvait pas les entendre.) Je n'en ai pas encore eu la confirmation, mais je sais ce qui se passe. (S'attendant au pire, Arlo hocha la tête.) Je crois que ta sœur a un petit ami.

Arlo savait que c'était impossible. Pour que Jaycee ait un petit ami, il aurait fallu qu'elle soit la petite amie de quelqu'un, et aucun garçon n'accepterait de sortir avec elle. Elle était revêche et soupe au lait. Elle détestait les robes, les films et les fleurs. Il n'y avait qu'une explication pour que quelqu'un accepte de s'infliger une chose pareille.

– Il ne l’a pas encore vue en vrai, c’est ça ? C’est une de ces rencontres sur Internet, où le type va essayer de lui voler son argent ?

Arlo avait presque pitié de lui, car il n’y avait pas d’argent à voler. En plus, il devait se farcir des conversations avec Jaycee et faire semblant de l’apprécier.

Sa mère sourit.

– Il s’appelle Benjy. Je crois qu’il joue des cymbales dans la fanfare.

– Alors c’est sérieux ?

– Je pense que oui. Je ne veux pas mettre la pression à ta sœur, mais je lui demanderai s’il veut venir dîner à la maison, un de ces soirs.

Cinq jours plus tard, Arlo était assis en face de Benjy Weeks. De l’âge de Jaycee, il mesurait trois centimètres de moins qu’elle et ses cheveux lui tombaient tout le temps dans les yeux. Rien chez lui ne paraissait profondément anormal. Il était poli et attentif, même quand oncle Wade partit dans une longue tirade sur le système bancaire américain.

L’oncle d’Arlo venait de recevoir une importante commande de taxidermie pour une station de ski à Jackson Hole. Le paiement allait rester plusieurs jours en attente à la banque avant que l'argent soit crédité sur son compte.

– « Oh, monsieur, pour de telles sommes, il vaut mieux privilégier les virements plutôt que les chèques. » Non mais tu y crois, Benjy ?

Le garçon ne savait pas trop ce que Wade attendait de lui.

– Euh… non ?

– Eh bien, c'est pourtant ce qu'ils m'ont dit ! Ils préfèrent avoir un paquet de chiffres dématérialisés qu'un bon vieux chèque. Si tu veux mon avis, c'est la faute des jeux vidéo. La plupart d'entre eux ne sont même plus sur cartouches. Comment savoir ce qu'on a, si on n'a rien à poser sur l'étagère ? (Ce devait être encore une question qui n'attendait pas de réponse.) Et ne me lancez pas sur les films !

Tout le monde prit soin de ne pas le lancer sur les films.

À un moment, après le plat principal et avant le dessert, Arlo aurait juré que Jaycee et Benjy se tenaient la main sous la table.

– Pourquoi ils font ça ? demanda Arlo à Wu pendant qu'ils mangeaient des cookies chez Indra, le lendemain. Qu'est-ce que les mains ont de si génial ? C'est moite et dégoûtant.

– Tout le monde n'a pas les mains moites, fit remarquer Indra en éloignant les cookies d'Arlo. Tu dois avoir un problème.

Le père d'Indra, le docteur Srinivasaraghavan-Jones, sortit une autre fournée de cookies du four.

– Ça s'appelle l'hyperhidrose, expliqua-t-il. C'est tout à fait courant. Les glandes sudoripares sont très concentrées dans les mains. Dans un climat sec comme celui du Colorado, ça peut même devenir un avantage.

– Vous voyez ? J'ai évolué en super-humain.

– Avec des mains moites de mutant.

Arlo réalisa que le père d'Indra serait peut-être en mesure de l'aider.

– Docteur, pour savoir si quelqu'un est humain ou pas, comment feriez-vous ?

Le docteur Srinivasaraghavan-Jones prit la question d'Arlo au sérieux : il resta immobile avec sa spatule pendant au moins dix secondes.

Puis il prit la parole :

– J'imagine que je testerais ses réflexes. Il est extrêmement difficile de contrôler des réactions automatiques. Par exemple, la surprise.

Même si le comportement étrange de Jaycee paraissait trouver son origine dans ses amours adolescentes, Arlo voulait en avoir le cœur net. Aussi, ce soir-là, tapi dans le couloir près de la porte de la chambre de sa sœur, il s'efforça de ne pas faire grincer le plancher. Il s'appuya contre le mur, caché dans l'ombre, respirant en silence. Il jeta un coup d'œil à sa montre : 18h27. Plus que trois minutes à peine avant le dîner. D'un instant à l'autre, sa mère les appellerait pour mettre la table.

Pourtant, 18h30 arriva sans que rien se produise. Arlo décida de patienter encore.

À 18h45, il avait mal aux jambes. Elles tremblaient. Il se demanda comment les lionnes tenaient le coup pour traquer leur proie en silence pendant des heures, dans la savane. Il s'apprêtait à abandonner quand, enfin, il entendit sa mère crier en bas de l'escalier :

– Arlo ! Jaycee ! La table !

Il écouta les pas de sa sœur marteler le sol, derrière la porte. Ils se rapprochaient. De plus en plus.

La poignée tourna. Arlo attendit.

La porte s'entrouvrit. Arlo attendit.

Jaycee sortit de sa chambre. Arlo bondit avec un rugissement sonore.

Sa sœur poussa un hurlement de terreur qui se transforma vite en cri de rage.

– Imbécile ! (Elle le repoussa.) Je vais te tuer ! Tu n'es qu'un gamin immature !

Elle s'éloigna d'un pas furieux et descendit les marches.

Étendu par terre, Arlo fut soulagé que sa sœur n'ait pas été victime d'un sort, que son esprit ne soit pas contrôlé, et qu'elle ne soit pas secrètement un sans-visage. Elle voulait le voir mort, comme toutes les grandes sœurs avec leurs petits frères.

Une fois en bas, Arlo pensait trouver Jaycee en train de se plaindre à leur mère de sa blague puérile. Au lieu de quoi, il tomba sur un inconnu dans la salle à manger. Il portait un jean et de grosses chaussures montantes. Dans le dos de son blouson sans manches, on lisait *Garage de Pine Mountain*, avec le dessin d'un pick-up aux pneus démesurés.

Jaycee observait cet homme avec le même regard pétrifiant que celui qu'elle avait eu pour oncle Wade, le jour où il avait annoncé qu'il n'y avait pas de connexion Internet. Quand son attention se reporta sur Arlo, l'homme se retourna pour lui faire face.

– Tu dois être Arlo. Je m'appelle Mitch. Je suis un ami de ta mère.

Si Superman avait eu un cousin motard, il aurait ressemblé à Mitch. Non seulement il était plus grand que le père d'Arlo, mais aussi plus large, à la fois des épaules et du ventre. Il n'avait pas de barbe, pourtant on aurait dit que les poils se battaient sur ses joues pour pousser. Un bandana était noué autour de son poignet gauche.

La mère d'Arlo sortit de la cuisine, un plat de haricots verts et de pommes de terre entre les mains.

– J'ai invité Mitch à dîner avec nous.

– Le pain de viande de votre mère a toujours été le meilleur ! dit Mitch à Arlo et Jaycee.

– Le meilleur était celui de ma mère, rectifia-t-elle. Oignons surgelés et deux boîtes de fricassée de tomates. J'ai trouvé la recette de celui de ce soir dans un magazine.

– En tout cas, ça sent divinement bon.

Mitch prit la place du milieu, celle que Benjy avait occupée une semaine auparavant.

Alors qu'ils s'installaient, Arlo et Jaycee échangèrent un regard perplexe. Qu'est-ce que ce type faisait ici ? Pourquoi leur mère l'avait-elle invité ?

Oncle Wade arriva juste au moment où on passait le plat. Il avait le don d'apparaître une fois toutes les corvées du dîner terminées. D'un signe de tête, il salua leur invité.

– Mitch.

– Salut, Wade. (Mitch se servit des pommes de terre.) Il paraît que tu as reçu une grosse commande. Félicitations.

Oncle Wade ne leva pas les yeux de son assiette.

– Je n'aime pas qu'on mette le nez dans mes affaires.

Mitch acquiesça. Ça ne lui posait pas de problème.

– Alors, Arlo ? Ta mère m'a beaucoup parlé de toi. Tu es chez les Rangers ?

– Oui.

– Moi aussi. J'étais dans ta troupe, à l'époque.

– Jusqu'où tu es allé ?

– J'ai arrêté après Chouette. J'étais trop pris par le baseball. Je jouais en équipe, on se déplaçait souvent et je loupais toutes les réunions. Mais j'adorais les camps. Il n'y a rien de mieux que les sorties en plein air avec ses meilleurs copains.

– Tu étais dans la patrouille Rouge ?

– En effet ! Tu as deviné. (Arlo n'avait pas eu trop de mal : les garçons du genre sportif et populaire allaient toujours chez les Rouges.) Il faut encore faire partie d'une des quatre couleurs, pas vrai ?

– Oui, mais il n'y en a que trois : rouge, vert et bleu. La patrouille des Seniors ne porte pas de foulard.

Mitch s'apprêtait à répliquer, mais il resta silencieux. Wade et lui échangèrent un bref coup d'œil, trop bref pour qu'Arlo comprenne de quoi il s'agissait.

– Ah oui, je me suis trompé, déclara Mitch. Ça remonte à loin.

Arlo ne posa pas d'autres questions pendant le reste du dîner, du moins à voix haute. Beaucoup tournaient en rond dans sa tête.

Oncle Wade et Mitch étaient-ils ensemble chez les Rangers? Ils avaient à peu près le même âge. Arlo aurait pu le lui demander à table, mais c'était prendre le risque qu'oncle Wade se lance dans une autre tirade sur quelque chose qui lui déplaisait.

Pourquoi oncle Wade et Mitch se sont-ils regardés? Apparemment, ils ne s'appréciaient pas, mais à cet instant précis, on aurait dit qu'ils avaient passé un accord tacite.

Et s'il y avait eu une quatrième couleur parmi les patrouilles? Pas actuellement, mais à l'époque de Mitch et d'oncle Wade. Arlo repensa à sa toute première réunion. Ce soir-là, il avait porté l'uniforme de Wade, le foulard de son oncle en boule au fond de sa poche. De quelle couleur était-il ? Jaune ?

Il ne l'avait pas revu depuis le soir de la réunion. Wade l'avait-il récupéré ?

Au dessert, il y avait du crumble aux pommes avec de la glace. Arlo s'empressa de finir sa part et demanda à sortir de table. Après s'être assuré que personne ne le regardait, il ouvrit tout doucement la porte qui menait au sous-sol pour éviter de faire grincer les gonds.

Il appuya sur l'interrupteur. L'ampoule solitaire au pied de l'escalier s'alluma.

La malle dans laquelle oncle Wade avait gardé son uniforme était enterrée sous plusieurs cartons. Arlo parvint tant bien que mal à y accéder. Elle n'avait pas été refermée à clé depuis la dernière fois. À l'intérieur, il trouva les mêmes souvenirs que la première fois : fanions, cahiers, cristaux et housses isothermes pour canettes.

Mais pas de foulard.

Tout au fond de la malle, il découvrit un petit étui en cuir. Il était lourd pour sa taille, avec un clapet pour le maintenir fermé et une boucle pour l'accrocher à la ceinture, comme un holster. Le cuir, vieux et friable, était particulièrement usé autour des parties métalliques. Arlo l'ouvrit avec soin pour ne pas l'abîmer.

L'étui contenait un appareil de la taille d'un paquet de cartes, mais plus rond. Le laiton terni était froid dans sa main. Même si Arlo n'en avait encore jamais vu, il sut tout de suite ce que c'était.

Une boussole de Ranger.

Indra et Wu lui avaient montré la leur, toute neuve, en plastique, avec une aiguille phosphorescente. Ce modèle-ci était bien plus ancien. Le clapet ouvert, Arlo découvrit une aiguille fuselée qui oscillait sous la vitre. Lorsque le garçon tourna sur lui-même, l'aiguille sur pivot pointait toujours dans la même direction. Vers le nord.

Juste à ce moment-là, Arlo entendit les gonds grincer. Il se retourna : oncle Wade était en haut de l'escalier. Ils n'échangèrent pas un mot tandis que Wade descendait les marches avec lenteur. Il dut se baisser pour passer sous l'ampoule.

Enfin, il déclara :

– Je ne me souviens pas t'avoir autorisé à fouiller dans mes affaires.

– Pardon.

Wade désigna la boussole.

– Tu sais ce que c'est ?

– Une boussole de Ranger.

– Ma boussole de Ranger, pour être exact.

– Pardon, répéta Arlo.

– Tu sais comment ça marche ?

Arlo la tendit pour tenter une démonstration.

– Je sais qu'il faut décider de la direction dans laquelle on veut aller. Ensuite, c'est censé vibrer quand la flèche s'aligne sur le nord. Mais je ne vois pas où on met les piles.

– Il n'y a pas de piles. C'est mécanique. Il faut te servir de la clé pour la remonter.

Wade prit l'étui en cuir. Dans une poche sous le rabat, il récupéra une minuscule clé en laiton. Arlo ne l'aurait jamais trouvée seul.

Wade s'empara de la boussole et montra à Arlo un tout petit trou à l'arrière.

– Il faut veiller à ce que l'eau n'y entre pas, sinon ça rouillera et la boussole sera fichue. (Il inséra la clé et la tourna.) Toujours dans le sens des aiguilles d'une montre. Jamais plus de douze tours.

Il la remit sur l'endroit et la testa, la tournant à gauche puis à droite. Il hocha la tête d'un air satisfait. Toutefois, Arlo décela autre chose dans son expression. Une douceur qu'il n'avait encore jamais vue, comme si des souvenirs lui revenaient sans qu'il en soit ni tout à fait heureux ni tout à fait triste.

Puis l'instant passa. Wade rangea l'objet dans son étui.

– J'ai besoin d'une boussole de Ranger, l'informa Arlo. Pour passer Écureuil.

Wade glissa la clé dans sa petite poche spéciale.

– Je ne voulais pas demander à Maman d'en acheter une, parce que ça coûte assez cher, poursuivit Arlo.

D'un claquement, Wade referma l'étui.

– Alors, est-ce que je pourrai me servir de la tienne ? J'en prendrai soin, je te le promets.

Après un long silence, oncle Wade fronça les sourcils :

– Beaucoup de gens confondent l'outil avec l'usage qu'on en a. Avec un marteau, on ne peut pas construire une maison. C'est juste fait pour enfoncer des clous. De même, une boussole t'indiquera seulement où est le nord. Pas le chemin que tu dois emprunter. (Il tendit la boussole à Arlo.) Je te conseille de ne jamais oublier ça, sinon tu te perdras. Tu te perdras complètement.

- 20 -
LA BOUSSOLE

LE SAMEDI MATIN, Arlo trouva un mot de sa mère à côté de la boîte de céréales. Devant enchaîner deux services au café-restaurant, elle ne rentrerait pas avant le dîner.

Une heure plus tard, Jaycee descendit l'escalier d'un pas lourd puis déclara qu'elle sortait avec des amis. Arlo vit au bout de l'allée une Toyota boueuse qui venait la chercher. Benjy était seul au volant.

Arlo ne connaissait pas la réglementation du Colorado pour les apprentis conducteurs. En revanche, il était certain que Benjy n'avait pas le droit d'avoir une adolescente pour unique passager. Ce n'était pas raisonnable, et leur mère n'approuverait sans doute pas. Il songea à lui téléphoner, ou à avertir oncle Wade dans son atelier. Mais il ne devait appeler le café-restaurant qu'en cas de véritable urgence, ce qui ne semblait pas être le cas. De même, Arlo n'avait pas vraiment de raison de prendre le risque de déranger Wade. Par conséquent, il décida de ne rien dire.

De plus, ça lui laissait toute la journée pour s'entraîner à utiliser la boussole du Ranger.

Pour obtenir le grade d'Écureuil, Arlo devrait réussir la Marche noire : le test de la maîtrise de la boussole, les yeux bandés. Wu lui avait fourni les consignes de base : on commençait par aligner la flèche sur le curseur magnétique. Ainsi, on se plaçait face au nord. Chaque fois que le curseur mordait sur la ligne de la flèche, la boussole vibrait. On savait donc où était le nord sans avoir à regarder l'objet.

Sur la boussole à piles de Wu, moderne, les vibrations étaient assez fortes pour qu'on les sente même à travers des gants. Celle d'oncle Wade, une antiquité, ne marchait pas de la même façon. Déjà, la mécanique interne émettait en permanence un léger bourdonnement. Quand le curseur rencontrait la flèche, la vibration était presque imperceptible, comme si une plume de duvet atterrissait dans votre paume.

Même sans ses gants, Arlo la percevait à peine. Frustré, il faillit renoncer.

Puis il pensa aux héros des films qui, dans certaines scènes, devaient s'accrocher et échouer des centaines de fois avant de réussir enfin. Peu importait l'objectif, que ce soit la maîtrise du karaté, de la danse ou des sabres laser, le scénario ne variait pas. En général, un professeur grincheux soulignait les défauts du héros, avec une musique entraînante en fond sonore.

Arlo n'avait ni professeur ni bande-son, mais il avait toute la journée devant lui, et rien d'autre à faire.

Il continua donc à s'exercer. Les yeux fermés, il tournait sur lui-même et essayait de « sentir » le nord. Lorsqu'il pensait que c'était bon, il rouvrait les yeux pour vérifier que la flèche était bien dans l'alignement du curseur.

Les vingt premières fois, il se trompa.

Les vingt fois suivantes, il se trompa aussi. Pour couronner le tout, il commençait à avoir le tournis. Il décida d'alterner un coup à gauche, un coup à droite.

Les vingt fois d'après, il se trompa encore. Cependant, lors d'une tentative, il fut près du but. Arlo décida d'essayer vingt fois supplémentaires.

À la deuxième tentative, il réussit. Puis il en rata quatre d'affilée. Après quoi, il réussit deux fois coup sur coup. Il commença à s'inquiéter, pensant qu'il trichait peut-être malgré lui, que la lumière du soleil traversait ses paupières closes et l'aidait à se repérer. (Il avait lu que des insectes s'orientaient à partir de l'angle des rayons lumineux, ce qui expliquait pourquoi les papillons de nuit s'évertuaient à virevolter autour des lanternes, sous les porches.) Pour éviter toute interférence entomologique, Arlo décida donc de prendre son foulard de Ranger pour se bander les yeux.

Après vingt autres tentatives dans le noir complet, il atteignait son but une fois sur deux. Et surtout, il comprit peu à peu pourquoi il lui arrivait de se tromper. La boussole ne vibrait pas seulement en pointant le nord. Elle répondait aussi à deux autres points du cercle en vibrant très faiblement, comme un écho. Quand Arlo se concentrait profondément, il percevait la différence entre la vibration indiquant le nord et les autres.

Enfin, il en réussit dix successivement. Se déclarant victorieux, il rentra dans la maison. Pour fêter ça, il se prépara un sandwich beurre de cacahuète-chips-confiture.

Trouver le nord n'était que la première étape. Pour réussir l'épreuve de la Marche noire, Arlo devrait être capable de suivre une trajectoire spécifique avec les yeux bandés.

« Le plus dur, c'est de garder la même amplitude dans tes pas, lui avait expliqué Wu. Une fois que tu commences à y penser, tu as toujours tendance à les rallonger ou les raccourcir. Il faut donc les compter sans trop te concentrer dessus. C'est plus difficile qu'il n'y paraît. »

Arlo commença par tracer une ligne dans la neige avec son talon. Puis il remonta l'allée sur dix pas. Il fit demi-tour et rebroussa chemin. Peut-être à cause de la pente, il revint à la ligne de départ en neuf pas seulement.

Il fit une nouvelle tentative. Puis une autre. Parfois, dix pas le menaient trop loin. D'autres fois, il se rapprochait de son objectif.

La clé, comprit-il, c'était de ne pas regarder ses pieds, mais de se concentrer sur l'angle de ses jambes. Arlo imagina que c'était une paire de ciseaux qu'il devait ouvrir chaque fois avec le même écart.

Après avoir atteint quelques fois de suite la ligne de départ en dix pas exactement, il essaya les yeux bandés. En un sens, c'était plus facile, car il n'y avait rien d'autre à faire que se concentrer sur l'angle de ses jambes. Il réussit du premier coup : son talon gauche se posa exactement sur la ligne de départ.

Il s'accorda une autre pause. Cette fois, il se récompensa en accompagnant son sandwich au beurre de cacahuète d'une canette de soda. Il n'était pas loin de 15 heures. Cela faisait presque cinq heures qu'il arpentait la même zone dans l'allée.

Le moment était venu de combiner ses compétences fraîchement acquises.

Il commença par le triangle. D'après Wu, c'était le plus facile. Pour le réussir, il devrait décrire deux virages très serrés et se retrouver exactement à son point de départ.

Après avoir d'abord aligné la flèche de la boussole avec le curseur, Arlo se banda les yeux. Puis il avança de dix pas. Il quitta rapidement la partie plane de l'allée et se retrouva avec de la neige jusqu'aux genoux. Malgré le terrain changeant, il pensait s'en sortir plutôt bien et continua à marcher.

À présent venait la difficulté : le virage. Former un triangle exigeait de pivoter à 120 degrés. Pour ce faire, le garçon tint la boussole dans sa paume et tourna la molette. À chaque tour, un cliquetis résonna. Selon Wu, il devait en entendre douze sur la droite. Arlo compta avec soin, retenant son souffle. Il avait l'impression d'être un cambrioleur en train d'essayer de deviner la combinaison d'un coffre-fort invisible.

Une fois certain d'avoir entendu douze cliquetis, il se tourna lentement, sentant les infimes vibrations de la boussole qui indiquaient le nord. C'était le secret : le nord ne changeait jamais, donc une fois remis dans son alignement, on savait qu'on était face à la bonne direction.

Il fallut presque une minute à Arlo pour sentir qu'il avait aligné la boussole. Il avança de dix pas supplémentaires. Le soulagement l'envahit quand il sentit sous son pied la neige tassée de l'allée. Au moins, il avait pris la bonne direction. Sur le point de faire un onzième pas, il se retint juste à temps.

Une fois de plus, il fit tourner la molette à douze reprises sur la droite, puis tenta de trouver le nord. Mais, cette fois, quelque chose avait changé.

Le nord n'était pas là où il aurait dû être.

Croyant avoir tourné dans le mauvais sens, Arlo pivota lentement pour décrire un cercle complet, attendant de sentir la faible vibration.

Puis la boussole se mit à bourdonner. Il la sentit trembler dans sa main, comme une brosse à dents électrique – beaucoup plus fort qu'avant.

Ça ne ressemblait pas au nord. C'était quelque chose de totalement nouveau.

Arlo faillit ôter le foulard de ses yeux puis se ravisa, décidé à poursuivre sa tentative. Il se tourna légèrement sur la gauche, puis sur la droite. Le bourdonnement ne venait que d'une seule et même direction. Arlo essayait de comprendre où il se trouvait. Vu l'endroit d'où il était parti, il devait tourner le dos à la maison, orienté face à la route.

Il entendit alors un chien aboyer. Des aboiements frénétiques. Féroces.

Arlo retira son foulard et plissa les yeux dans la lumière. En effet, il faisait face à la route. Cooper aboyait en direction de la forêt, où le garçon ne remarqua rien de spécial. *Sauf que je ne devrais pas l'entendre*, songea-t-il. Pourtant, les aboiements du chien fantôme résonnaient clairement dans l'air froid.

Arlo referma le clapet de la boussole et avança de quelques pas. Le chien le regarda avant de reprendre ses aboiements vers la forêt. Sa queue était baissée, son poil hérissé le long de sa colonne.

– Qu'est-ce qui se passe ? demanda Arlo.

L'animal ne pouvait pas répondre. De toute façon, c'était inutile.

Quelque chose émergeait des bois : une silhouette noire qui se déplaçait rapidement entre les arbres. Arlo l'identifia par sa démarche, avant qu'elle atteigne la lumière du jour.

C'était un immense cheval noir.

Mais pas un cheval ordinaire. Les chevaux ordinaires n'ont pas de cornes comme les béliers, ni les yeux rouges et luisants, ni encore moins de flammes qui s'échappent des naseaux. Celui-là avait tout ça à la fois, et il fonçait droit sur Arlo.

Ce dernier savait qu'il devait fuir. Hélas, ses pieds ne réagissaient pas. Il était pétrifié de peur. Tout ce qu'il pouvait faire, c'était regarder fixement devant lui.

Il entendit les sabots marteler la neige.

La créature ouvrit la gueule, dévoilant une double rangée de crocs affûtés. Puis sa gueule s'ouvrit encore plus. Deux gigantesques fentes apparurent à la commissure de ses lèvres et coururent le long de sa mâchoire. Arlo se demanda si la bête serait capable de l'avaler d'un seul coup.

Le cheval était presque sur lui quand soudain il chuta, renversé sur le flanc dans la neige. Cooper avait bondi sur la bête pour l'égorger. Les deux créatures fantastiques se livraient une bataille sauvage. Arlo aurait voulu assister au combat, mais il savait qu'il devait prendre la fuite.

Enfin, ses pieds se mirent en action.

Arlo se rua vers la porte d'entrée. Il dérapa quelques fois en chemin. Il venait d'atteindre le porche quand il entendit un glapissement plaintif. Il comprit que Cooper venait de perdre.

Arlo eut du mal à ouvrir la porte. Enfin, il y parvint. Il franchit le seuil et claqua le battant derrière lui. Après avoir tourné le verrou, il recula.

Deux secondes plus tard, un poids énorme s'abattit contre la porte. Les gonds, mis à rude épreuve, ne cédèrent pas. Le poids s'abattit encore. Et encore. La bête utilisait ses cornes pour défoncer le bois, comme un bélier, l'engin de guerre des châteaux forts. Toutefois, ses tentatives restèrent vaines.

Les coups cessèrent. Les sabots martelèrent le plancher du porche. Que faisait le cheval ? Des allées et venues, peut-être ? Arlo monta l'escalier à reculons, d'un pas lent.

Tout à coup, la porte d'entrée s'ouvrit avec fracas, les gonds arrachés. Le cheval l'avait ouverte d'une ruade.

La bête repéra aussitôt sa proie.

Arlo grimpa maladroitement l'escalier pour se réfugier dans sa chambre. Il entendait le cheval qui le suivait, mais le monstre était en difficulté : il était trop grand pour l'escalier. Chaque marche était un obstacle ; ses sabots glissaient à chaque foulée.

Après avoir claqué la porte de sa chambre, Arlo repoussa le loquet. Il savait que ce dispositif servait plutôt à empêcher quelqu'un d'entrer par accident que repousser une bête surnaturelle. *Jaycee a une porte avec un vrai verrou, et qui pourrait…*

Le raffut dans l'escalier avait cessé. Le cheval avait atteint le palier. Arlo entendait le bruit de ses sabots étouffé par le tapis. *Poum, poum, poum, poum.* Sa fourrure frottait le mur. Du verre se brisa. Arlo supposa que ce devait être une lampe au plafond.

Puis les sabots s'arrêtèrent. La créature se tenait juste devant la chambre d'Arlo. Le garçon l'entendait respirer. Et il la sentait, aussi : elle dégageait une odeur de feux d'artifice et d'œuf pourri.

Elle semblait savoir qu'Arlo se trouvait à l'intérieur. Peut-être qu'elle aussi avait repéré son odeur.

Arlo se tourna vers la fenêtre à guillotine et voulut l'ouvrir. Le froid l'avait bloquée. Du bas de la paume, il frappa le cadre pour qu'elle cède.

Le cheval abattit tout son poids sur la porte. L'impact n'était pas aussi bruyant et puissant qu'au rez-de-chaussée. *Il ne peut pas l'enfoncer*, comprit Arlo. *Il n'a pas la place pour se retourner.* Tout ce qu'il pouvait faire, c'était frapper la porte avec le côté de ses cornes. Arlo avait un peu de temps devant lui.

Enfin, il parvint à relever le cadre vitré. Le courant d'air froid qui s'engouffra par la fenêtre revigora le garçon, qui transpirait sous sa parka.

Le cheval abandonna l'idée d'enfoncer la porte. Mais il était toujours là. Arlo l'entendait respirer et remuer. La bête mettait au point un autre plan. Que pouvait-elle faire, au juste ? Impossible pour elle de se retourner ; même reculer dans le couloir lui serait difficile.

Puis Arlo remarqua de la lumière qui filtrait sous sa porte.

Ce ne fut d'abord qu'une faible lueur. Peu à peu, elle s'intensifia, comme si on tournait le bouton d'un variateur de lumière. Tout à coup, un éclair d'un blanc aveuglant explosa à travers le trou de la serrure. La lumière s'insinua également sur tout le pourtour de la porte.

Arlo ignorait ce qui se passait dans le couloir. En tout cas, la lumière était désormais beaucoup plus puissante que celle du soleil.

Il récupéra sa corde dans le tiroir du bas de sa commode. Alors qu'il l'attachait au radiateur avec un nœud demi-clé, il remarqua sur le mur des ombres qui bougeaient. Lentement, elles grimpèrent le long du papier peint pour atteindre le plafond, où elles se rassemblèrent. Arlo regarda la forme d'un noir d'encre onduler, comme une mare à l'envers. Ça n'annonçait rien de bon.

Après avoir vérifié la solidité de son nœud, le garçon lança la corde par la fenêtre. Il s'apprêtait à passer au-dehors quand tout à coup…

Le cheval descendit la tête la première de la surface noire au plafond et, sa robe luisante trempée, s'écrasa sur le lit d'Arlo. Lorsque la créature vit le garçon, elle ouvrit la gueule, dévoilant de nouveau ses crocs pointus.

Arlo se jeta par la fenêtre, sautant et tombant en même temps. Agrippant la corde, il se rattrapa, mais, entraîné par son poids, il faillit se déboîter les épaules. Son visage se plaqua sur le mur de la maison. Ses jambes battirent dans le vide, à la recherche de la corde.

Arlo leva les yeux. La bête passa la tête par la fenêtre en poussant un cri guttural. Son long cou tendu, elle essaya de le mordre.

En proie à la panique, Arlo lâcha la corde et tomba.

Sa chute fut amortie par le buisson épineux. Recouvert de neige, le végétal écrasé avait absorbé l'impact et la parka avait protégé Arlo des épines.

Allongé sur le dos, le garçon cligna des yeux, étonné de n'avoir rien de cassé, puis jeta un œil vers la fenêtre : le cheval essayait toujours de l'atteindre, en vain. Il hurlait de frustration, bien trop gros pour passer par l'ouverture.

Arlo se redressa gauchement. Un autre coup d'œil vers la fenêtre lui apprit que la créature n'y était plus, remplacée par une lumière intense.

Arlo savait qu'il ne devait pas rester là. Mais où se réfugier ?

S'il partait sur la route, la maison voisine se trouvait à près d'un kilomètre, et le cheval était plus rapide que lui.

La forêt était plus proche. Peut-être qu'Arlo pourrait grimper en haut d'un arbre. Sauf que la neige était profonde, elle le ralentirait. Sans compter que la créature venait des bois.

Arlo se dit que sa meilleure chance était de se cacher dans la maison, peut-être au sous-sol. À moins que…

L'atelier. Arlo n'avait pas croisé son oncle de la journée. Mais il ne l'avait pas vu partir non plus. Son pick-up était toujours garé dans l'allée, le pare-brise enneigé. Wade devait sûrement travailler sur la grosse commande pour Jackson Hole.

Et si jamais il n'y était pas ? Pour rejoindre l'atelier, Arlo devrait contourner la maison. Arrivé là-bas, s'il constatait que c'était fermé à clé, il n'aurait nulle part où se cacher.

Une fois de plus, il regarda la fenêtre. La lumière avait disparu. La bête n'était plus coincée dans sa chambre. Où donc se trouvait-elle ? Sans comprendre les étranges pouvoirs dont elle disposait, Arlo était certain qu'elle était tapie quelque part. Et qu'elle approchait. Il fallait prendre une décision.

Il choisit l'atelier.

Il s'élança. Près de l'allée, il trébucha et tomba. Ce fut plus surprenant que douloureux. Il se releva et reprit sa course.

Après avoir contourné l'angle de la maison, il vit ce qu'il redoutait le plus : la porte de l'atelier fermée. Avec un cadenas.

Il s'arrêta net, à la recherche d'un plan B. D'habitude, on fermait la porte de la buanderie à clé, sans quoi elle restait ouverte. Le tas de bûches ne lui offrirait aucune réelle protection. Enfin, même s'il parvenait à rejoindre le pick-up de Wade, il n'avait pas la clé pour le démarrer.

Il entendit alors quelque chose voler en éclats, dans un fracas épouvantable, au premier étage. Lorsque Arlo leva les yeux vers la partie en travaux de la maison, il perçut du mouvement sous la bâche bleue.

Soudain, la bête sauta à travers le plastique. Arlo la vit retomber au ralenti, volant dans les airs. Elle atterrit dans un galop, décrivit un large cercle puis se dirigea droit sur lui.

N'ayant pas le choix, Arlo continua à courir vers l'atelier. À mesure qu'il approchait, il vit qu'en réalité le cadenas était ouvert : il pendait dans le loquet. *Ce n'est pas fermé !* Même si oncle Wade n'y était pas, Arlo pouvait s'y réfugier.

Il tira d'un coup sec sur la porte coulissante. Elle pesait bien plus lourd qu'il ne le pensait, ne s'écartant que de quelques centimètres. Cependant, il ne lui en fallut pas davantage : il se faufila dans l'interstice. Une fois à l'intérieur, il repoussa péniblement la porte. Il entendit les sabots du cheval puis la créature hurler de fureur.

La porte se referma avec un bruit mat satisfaisant. Arlo avait réussi.

Il recula et reprit son souffle.

Alors que sa vue s'accoutumait à la pénombre, Arlo Finch se demanda s'il n'aurait pas mieux fait de rester dehors.

- 21 -
L'ATELIER

•

LES NOMS SONT DE DRÔLES DE CHOSES. Ils font naître une idée sur la nature d'un objet qui, parfois, n'a aucun rapport avec l'objet lui-même.

Par exemple, le premier vélo d'Arlo était un Zephyr Boule de Feu Maxx. Après l'avoir acheté au magasin avec son père, il avait insisté pour le garder dans sa chambre et pas au garage. Le vélo aux lignes épurées était conçu pour la vitesse. Cet été-là, Arlo avait passé tous ses après-midi à faire la course dans l'impasse derrière leur maison, à Philadelphie. Il s'imaginait remporter le Tour de France.

À la rentrée de septembre, il avait vu un vélo identique attaché à côté du sien, dans la cour de l'école. Il avait les mêmes roues, le même cadre. Tout était pareil, sauf le nom : le Montagnard. C'était un vélo assez lent, mais solide, conçu pour rouler sur les pistes pleines de cailloux et les pentes abruptes.

Pourtant, c'était exactement le même modèle. Seul le nom était différent.

Oncle Wade avait appelé le bâtiment à l'arrière de la maison son « atelier ». Pour Arlo, ce nom évoquait l'atelier du père Noël, ou cette émission de télé dans laquelle un homme en salopette expliquait comment fabriquer des tiroirs. Dans son esprit, Arlo imaginait son oncle travaillant sur des tables tout en longueur, au milieu d'animaux plus ou moins empaillés : ici un aigle à moitié rembourré, là un lapin encollé. Il voyait un atelier encombré, mais confortable, voire douillet, comme la maison.

Il se trompait. Le terme « atelier » l'avait induit en erreur.

Si Arlo avait dû nommer cet endroit, il l'aurait baptisé « l'abri sombre et effrayant de la terreur ». Car c'était bien plus approprié.

Sur sa gauche, des lames rouillées de toutes les formes et toutes les tailles imaginables étaient accrochées au mur. Certaines semblaient avoir été récupérées sur diverses machines : broyeuse, charrue, tondeuse à gazon… D'autres paraissaient n'avoir aucune utilité, hormis être terrifiantes. Les lames étaient suspendues à des crochets en rangées parfaites, jusqu'au plafond, où d'autres outils pendaient à des fils de fer.

À sa droite, une vitrine de travers renfermait des centaines de poupées disloquées, dont les pièces détachées étaient comme classées par catégories : têtes, jambes, torses, bras. Des visages de poupée crasseux regardaient fixement Arlo.

Droit devant lui, il vit qu'une faible lumière perçait à travers la bâche en plastique sale qui paraissait masquer un accès à l'arrière de l'atelier.

Tout dans ce lieu était si perturbant qu'Arlo en avait presque oublié le monstre qui voulait le tuer. Presque.

– Oncle Wade ? Tu es là ?

Il vit son souffle se matérialiser grâce à la faible lumière qui filtrait à travers la « porte » en plastique.

Pas de réponse.

Si son oncle était là, il se trouvait forcément de l'autre côté. Prenant son courage à deux mains, Arlo écarta doucement le rideau plastifié et découvrit derrière une salle plus grande. Une vague d'air chaud le frappa au visage.

Son oncle lui tournait le dos, assis sur un tabouret, un énorme casque audio sur les oreilles. Il était occupé à travailler, prenant et reposant des outils et des brosses. Une volute de fumée s'élevait d'un fer à souder. Un chauffage électrique rougeoyait à ses pieds.

– Oncle Wade ?

Toujours pas de réponse. Arlo entendit la musique qui sortait du casque : du heavy metal à fond, tout en batterie déchaînée et guitares déformées.

Il remarqua aussi un autre son, qui lui rappela le xylophone en bois du cours de musique de CE2. Il leva les yeux vers une poutre, à laquelle était accroché une sorte de carillon, composé de cinq petites planches de bois ornées d'idéogrammes chinois. Au centre, un marteau circulaire frappait les planches, chacune d'elles émettant un son différent. Sauf qu'il n'y avait pas de vent. Arlo ne comprit pas comment le marteau faisait pour osciller aussi furieusement.

– Oncle Wade !

Cette fois, il n'avait pas hésité à crier. Toujours pas de réaction. La musique dans le casque de son oncle était simplement trop forte. Ne voyant pas d'autre option, Arlo finit par lui tapoter le bras.

Oncle Wade fut si surpris qu'il tomba de son tabouret directement dans une pile de cartons. Il finit par atterrir sur le dos, à côté d'un castor empaillé qui tenait une brosse à dents.

– Je suis désolé !

Arlo tendit une main pour l'aider à se relever. Oncle Wade la dédaigna. Il se mit péniblement à genoux.

– Tu sais que tu n'as pas le droit de venir ici, bougonna-t-il. C'est la seule règle à respecter.

– Je sais, mais…

– Il n'y a pas de « mais ». Aucune exception. (Wade se leva et défit le cordon de son casque emmêlé autour de lui.) Ici, c'est mon sanctuaire. Ici, j'exerce mon art !

– Oui, je sais ! C'est juste que…

Wade le fit taire d'un « tss-tss » puis tendit l'oreille. L'air soudain inquiet, il leva les yeux vers les planchettes de bois suspendues au-dessus de lui.

– Depuis combien de temps ça s'agite ?

– Je ne sais pas, répondit Arlo. Qu'est-ce que c'est ?

– Une alarme. Il y a quelque chose ici qui ne devrait pas y être.

Il écarta Arlo pour se diriger vers la première salle.

– Justement ! C'est pour ça que…

Wade était déjà de l'autre côté de la bâche en plastique. Arlo n'avait pas envie de le suivre, mais il ne voulait pas non plus rester seul. Il rattrapa son oncle juste au moment où celui-ci commençait à ouvrir la porte coulissante.

– Non, non ! Ne fais pas ça ! Il est là, dehors ! (Arlo bloqua la poignée pour que Wade n'aille pas plus loin.) C'est un monstre ! Il vient du bois.

Son oncle n'insista pas, laissant Arlo poursuivre :

– J'étais dehors, je m'entraînais avec la boussole. Ta boussole. Tout à coup, elle s'est mise à vibrer.

– Oui, ça c'est normal. C'est pour indiquer le nord.

– Sauf que ce n'était pas le nord. C'était autre chose. Et puis cette créature, qui ressemble à un cheval, a surgi de la forêt et s'est précipitée vers moi. Cooper a essayé de l'arrêter, mais… (Tout à coup, Arlo se rendit compte qu'il n'avait plus entendu les aboiements du chien depuis ce moment-là.) Je crois que la chose l'a tué.

– Cooper est déjà mort. Tu le sais. C'est un chien fantôme.

– Mais il s'est battu contre le monstre, je l'ai vu !

L'air sceptique, oncle Wade fronça les sourcils, mais hocha la tête.

– Bon. Allons voir ça.

En guise d'arme, il s'empara d'une pelle et fit coulisser la porte avant qu'Arlo puisse l'en empêcher.

Dans le rai de lumière, Wade plissa les yeux. L'air froid s'engouffra dans l'atelier. Arlo se prépara à l'impact.

Mais celui-ci ne vint jamais.

– Il n'y a rien, dehors.

Wade ouvrit la porte plus largement pour qu'Arlo puisse le constater par lui-même.

À l'évidence, oncle Wade devenait aveugle : à quelques mètres de lui, le cheval allait et venait, comme un lion en cage.

– Vraiment, tu ne le vois pas ? Il est juste là ! s'écria Arlo, l'index tendu.

Wade haussa les épaules.

– Je ne vois strictement rien. Pour autant, ça ne veut pas dire qu'il n'est pas là. La plupart des créatures occultes sont invisibles. C'est pour ça qu'il n'y a pas de photos d'elles.

– Alors pourquoi je peux la voir, moi ?

– Pour la même raison que tu vois Cooper, je suppose. Grâce à tes yeux étranges, peut-être ou parce que tu es un Ranger. (Arlo savait que ce n'était pas une insulte.) Qu'est-ce qu'elle fait ?

– Elle marche de long en large, c'est tout. Pourquoi est-ce qu'elle n'essaie pas d'entrer ?

– J'ai placé un périmètre de sécurité autour de ce bâtiment. Pas seulement l'alarme. De vrais totems sont aussi incrustés dans les murs. Ça m'a coûté cher, mais ça tient les mauvaises choses à distance.

– Alors on ne craint rien ici ? On peut tout simplement attendre que la créature parte ?

Wade le détrompa :

– Attendre ne nous mènera nulle part. Que se passera-t-il au retour de ta mère ? Ou de ta sœur ? Ce n'est pas parce qu'elles ne la verront pas que la créature ne sera pas là. Il va falloir régler le problème.

– Tu veux dire la tuer ?

Wade ricana :

– Bonne chance si tu veux essayer !

Il retourna à l'intérieur. Arlo le suivit, inquiet de voir la porte de l'abri restée ouverte.

Il trouva son oncle en train de fouiller un tas de bric-à-brac particulièrement dense sur l'une des dessertes, à la recherche de quelque chose. Il n'avait pas l'air aussi paniqué qu'Arlo l'aurait pensé.

– Notre meilleur espoir, c'est de la faire abjurer, c'est-à-dire la renvoyer d'où elle vient.

– Tu sais faire ça ?

– En théorie.

Wade sortit un livre. Ce n'était pas le bon. Il le jeta sur le côté.

– Et dans la pratique ? insista Arlo.

– D'abord, il faut savoir à quelle créature on a affaire, continua Wade, ignorant sa question.

Enfin, il trouva ce qu'il cherchait. C'était un vieux livre tout gondolé, abîmé par l'humidité. Aussitôt, Arlo reconnut la couverture : le *Bestiaire de Culman*. Oncle Wade en avait un exemplaire !

– Alors, d'après toi, c'est un cheval ?

– Ça ressemble à un cheval. Mais avec des cornes.

Oncle Wade lut en diagonale l'index à la fin du livre.

– Quel genre de cornes ? Élan ? Rhinocéros ? Licorne ?

– Ça existe, les licornes ?

– Parce que tu crois que les gens les ont juste inventées ?

– Je n'en sais rien. Je veux dire… Quelles autres créatures fantastiques sont réelles aussi ? Les dragons ? Les géants ?

Oncle Wade clipsa ses lunettes-loupes sur sa monture.

– Concentrons-nous sur celle qui essaie de te tuer, hein ?

– Elle a des cornes arrondies, qui s'enroulent sur elles-mêmes. (Arlo les dessina dans les airs.) Elle a une gueule immense, méga ouverte.

– Ça ressemble à un cauchemar, commenta Wade en feuilletant le livre.

Arlo acquiesça :

– Tu peux le dire.

– Non, je parle de l'espèce à laquelle la créature appartient. « Coche-marre », en deux mots. Ça s'écrit comme « coche », une grande voiture tirée par des chevaux, et « marre » comme dans « en avoir marre ».

Arlo hocha la tête. Il trouvait que le nom était plutôt bien choisi.

Wade eut du mal à trouver la page qu'il cherchait. Puis il comprit que plusieurs d'entre elles étaient collées. D'un geste délicat, il les sépara, mais le papier se déchira quand même par endroits. Il tourna le livre vers Arlo pour lui montrer l'illustration.

– C'est ça ?

Ce n'était qu'un dessin à l'encre, mais pas de doute : c'était bien la même créature.

– Oui. C'est ce truc-là qui est dehors.

Oncle Wade lut le texte pour lui-même dans un marmonnement inintelligible. Arlo reporta son attention sur l'établi, où se trouvait l'ouvrage de son oncle. Ça n'avait rien à voir avec les animaux empaillés dans la salle à manger. Ce travail-là était bien plus élaboré : il mettait en scène un blaireau portant une couronne, affalé dans un trône fabriqué avec des bras de poupée. Trois écureuils habillés comme des bouffons jonglaient pour amuser le roi Blaireau tandis qu'un pigeon armé d'une épée montait la garde. Même si ce n'était pas terminé, l'ensemble était extraordinaire, à la fois drôle, beau et effrayant.

Arlo le montra du doigt.

– C'est super cool.

– Oh. Merci. J'explore de nouvelles pistes. (Puis Wade retourna au livre.) Il nous faut du sel.

Wade continua d'expliquer que d'après le *Bestiaire de Culman*, les créatures de l'ombre comme les coches-marres venaient dans notre monde uniquement en traversant les lacs baignés par le clair de lune qui se trouvaient au fin fond des Longs Bois. L'eau magique s'accrochait à leur pelage et les protégeait le temps du voyage. *Ça explique pourquoi sa robe est toute luisante*, songea Arlo.

Wade lut le texte à voix haute :

– « Quand l'eau est sèche, ou contaminée par du sel, la créature est immédiatement chassée. »

– Il suffit juste de lui jeter du sel, alors.

– Exactement.

– Tu en as ?

– Pas ici, non. Le seul sel que tu trouveras est dans la cuisine, près de la gazinière.

Il fallait donc quitter l'abri sombre et effrayant de la terreur. Arlo attendit que son oncle se porte volontaire pour courir dans la maison. Ni l'un ni l'autre ne parla pendant un moment. Puis Wade hocha la tête.

– De mon point de vue, déclara-t-il, c'est toi le plus qualifié pour cette mission. Tu peux le voir, tandis que moi, non. En plus, tu es plus petit et tu cours vite.

– Pas plus vite qu'un cheval.

– Oui. Ça, c'est vrai. (Wade parut réfléchir à un plan.) Voyons si on peut te donner une longueur d'avance.

Avant qu'Arlo ait le temps de réagir, Wade arracha la bâche. À présent, Arlo voyait directement ce qui se trouvait dehors, par la porte ouverte. Le cheval faisait toujours des allées et venues. Il les attendait.

Mais son oncle était incapable de le voir.

– Il est toujours là ? (Arlo confirma d'un signe de tête.) Dans ce cas, on va te faire passer par derrière.

Wade tira une table pour dégager le mur puis écarta des cartons, dévoilant un panneau de bois. Il brancha une scie circulaire sur une grosse rallonge orange avec enrouleur. La lame tourna dans un vrombissement sonore.

– Tu vas découper un trou ? s'étonna Arlo.

– Un petit. Tu n'es pas très grand.

Il s'agenouilla et se mit à l'ouvrage.

– Mais ça ne risque pas d'endommager tes protections ?

– Euh… Peut-être. Je n'ai jamais trop su comment marchent ces trucs surnaturels. Je pense que tu pourras courir jusqu'à…

Arlo l'interrompit :

– C'est bon. Vas-y, coupe.

Il regarda son oncle scier le mur. Si les protections n'étaient plus efficaces, le cheval ne semblait pas s'en rendre compte : il continuait à arpenter l'allée enneigée.

Deux traits de scie plus tard, Wade avait ménagé une ouverture un peu plus grande qu'une chatière. De l'autre côté, il y avait une épaisse couche de neige fraîche, mais on apercevait quand même la lumière du soleil sur quelques centimètres, en haut.

– Ça devrait marcher. Bon, il va falloir que tu fasses le tour pour rejoindre le patio à l'arrière de la maison, parce que…

– La buanderie est fermée à clé.

– Exact. Je sais que la baie vitrée coulissante est ouverte : c'est par là que je suis sorti ce matin. (Oncle Wade ne fermait jamais la maison à clé, uniquement son atelier.) Une fois à l'intérieur, ne t'arrête pas tant que tu n'as pas le chlorure de sodium dans la main. C'est le nom scientifique du sel.

– Et je m'en sers comment ?

– Ce n'est pas marqué dans le livre. Je suppose qu'il suffit d'en jeter sur le cheval. Si ça marche, tu le verras tout de suite, sinon, tu seras mort.

La logique d'oncle Wade était imparable. Arlo regretta toutefois qu'il n'y mette pas un peu plus les formes.

À plat ventre, le garçon se tint prêt à se faufiler par le trou. Craignant que sa parka ne le coince, il la retira. Mourir de froid était le cadet de ses soucis.

– Pense comme un écureuil, conseilla Wade. Ils vont chercher leur noisette et repartent aussi sec.

Un écureuil, songea Arlo sur une expiration. *Sois un brave écureuil.*

– Tu veux que je te pousse ? proposa Wade. (Arlo acquiesça. Ça pourrait l'aider.) OK. Trois, deux, un !

Oncle Wade le poussa. Les bras plantés dans la neige, Arlo tenta d'avancer comme s'il nageait. En trois secondes à peine, il se retrouva dehors, dans la lumière aveuglante du soleil. Il se redressa et s'élança aussi vite que possible.

Il ne regarda pas derrière lui. C'était inutile : à sa vue, le cheval hurla.

Arlo longea en courant l'arrière de la maison et passa devant la buanderie. Le patio était en vue. Le garçon faillit déraper en atteignant la baie vitrée coulissante. D'un coup sec, il tira sur la poignée.

Celle-ci ne bougea pas. Fermée à clé. *Jaycee*, pensa Arlo. Sa sœur détestait que Wade laisse tout ouvert derrière lui. (« N'importe qui peut entrer ! ») Elle avait dû verrouiller la baie avant de partir avec Benjy.

La créature des bois se précipitait droit sur lui. Arlo n'eut d'autre choix que courir. Il contourna l'angle de la maison. Les sabots du cheval martelaient le sol. Il était tout près.

Après avoir contourné un deuxième angle, Arlo se retrouva devant la maison. Le porche n'était qu'à quelques pas. Du coin de l'œil, il vit que le monstre gagnait du terrain. Arlo grimpa les marches quatre à quatre et franchit la porte d'entrée défoncée.

Le bruit des sabots sur le plancher. Un autre cri. Arlo sentit le souffle de la bête sur lui. Elle était juste dans son dos.

Il vira sur la droite, traversa à toute allure la salle à manger et se rua sur la porte de la cuisine. Une fois à l'intérieur, le cheval se déplaçait plus lentement. Plus gauchement. Sa taille le gênait considérablement.

Arlo arriva dans la cuisine. Il savait ce qu'il cherchait : une boîte bleue avec un couvercle métallique. D'après Wade, elle était à côté de la gazinière. Mais, à cet endroit, Arlo ne vit rien.

Il se retourna pour examiner le plan de travail. Juste à ce moment-là, le cheval se rua sur les portes battantes de la cuisine. Arlo recula. Il restait toujours la salle de bains. Peut-être parviendrait-il à s'y faufiler pour ensuite s'échapper par la fenêtre.

Puis il la repéra : la salière. Sur la table de la cuisine, à côté de la poivrière. Ce n'était pas la boîte qu'il cherchait, mais c'était du sel. Il espéra que ça suffirait.

Hélas, un monstre se dressait entre l'objet et lui. L'immense créature forçait le passage entre les portes battantes.

Que ferait un écureuil? se demanda Arlo. Les écureuils devaient toujours affronter des prédateurs plus gros qu'eux. Le plus souvent, ils prenaient la fuite. Mais que faisaient-ils une fois acculés ?

Ils tiraient parti de leur petite taille.

Le cheval se trouvait désormais entièrement dans la cuisine. Alors qu'il ouvrait la gueule pour mordre, Arlo saisit sa chance. Il se jeta entre les jambes de la bête et se traîna à quatre pattes sous la table de la cuisine, ses mains manquant de finir écrabouillées sous les sabots des jambes postérieures.

La bête fit volte-face et renversa les chaises. La table trembla. Arlo vit la poivrière tomber et son contenu se répandre par terre. Mais la salière était toujours sur la table.

À tâtons, Arlo explora le plateau. Il toucha les serviettes puis le bol à sucres. Quand le cheval se retourna, la table fut de nouveau ébranlée. Tout à coup, Arlo le sentit : un parallélépipède de verre surmonté d'un couvercle en métal. Il empoigna la salière.

Soulagé, il sourit.

Le monstre s'assit sur son arrière-train pour tenter d'atteindre sa proie. Une matière poisseuse dégoulinait de ses crocs pointus.

Arlo retourna à quatre pattes vers la salle à manger. Il se précipita ensuite sur la porte d'entrée et enleva le bouchon de la salière.

Il sauta les marches du perron puis courut dans la neige. Oncle Wade se tenait dans l'allée, sa pelle brandie comme un gourdin.

– Tu l'as ?

– Oui, c'est bon !

Arlo s'arrêta et se retourna pour regarder la maison. Le cheval chargea par la porte d'entrée. Depuis le porche, il bondit dans la neige.

Arlo versa le sel dans sa paume et lâcha la salière. Il devait attendre que la créature soit suffisamment proche. Lancé trop tôt, le sel ne l'atteindrait pas.

Le monstre abaissa ses cornes pour donner l'assaut. Il allait foncer sur Arlo. Terrorisé, le garçon sentit son cœur s'affoler. Un peu de sel s'écoulait entre ses doigts. En aurait-il assez ?

Le cheval n'était qu'à une douzaine de mètres. Dix.

L'air résolu, Arlo resta en position.

Cinq mètres. Trois.

Arlo jeta le sel. Celui-ci se déploya dans l'air, comme le sable d'un sablier.

La créature bondit. On aurait dit un poing gigantesque prêt à frapper Arlo.

Le garçon ne broncha pas.

La bête entra en contact avec le sel projeté et explosa dans un craquement fumant. Après la déflagration, on entendit un *pop* suivi de crépitements. Un instant, des vapeurs couleur d'encre continuèrent à dessiner la forme du cheval en suspens. Puis elles se déposèrent, retombant en cendres noires sur la neige blanche.

La bête avait disparu. Arlo l'avait chassée.

Les oreilles encore bourdonnantes, il regarda son oncle.

– Bon sang, j'ai tout vu ! s'écria Wade. Plaf ! Boum ! C'était génial.

- 22 -
RÉPARATIONS

ONCLE WADE S'APPUYA SUR SA PELLE.

– On devrait peut-être faire un peu de rangement avant que ta mère et ta sœur rentrent.

Arlo était d'accord.

Le plus ennuyeux, c'était la porte d'entrée qui, arrachée de ses gonds, gisait à l'intérieur. À l'aide d'une résine, son oncle recolla le chambranle. Ça sentait le plastique fondu et les chips au vinaigre. Arlo l'aida à remettre en place le battant puis à enfoncer les charnières à coups de marteau.

Tandis que Wade s'affairait à réparer le verrou, Arlo suivit la trace de la bête dans la maison.

À chaque pas, la créature avait laissé une empreinte de cendres. Les marches de l'escalier furent faciles à balayer, mais le tapis à longs poils, à l'étage, avait besoin d'être aspiré. Arlo passa et repassa la brosse du vieil aspirateur, sans savoir vraiment s'il aspirait la cendre ou seulement des miettes d'origine incertaine. Quoi qu'il en soit, le tapis finit par retrouver une teinte uniforme.

Ranger la cuisine fut simple. Pour réparer la poivrière, Wade utilisa une autre colle – non toxique, avait-il juré à Arlo. Il fallait vraiment avoir l'œil dessus pour remarquer les fissures.

Cependant, l'ampoule dans le couloir était définitivement cassée. Ils l'échangèrent avec celle qui éclairait le placard à linge. Elle ne ressemblait pas du tout à la première, mais d'après Wade c'était sans importance.

– Personne ne déambule dans la maison pour repérer un éventuel changement. Chacun est trop absorbé par ses petites affaires.

Arlo ne tarda pas à se rendre compte qu'il disait vrai : de retour à la maison, Jaycee alla directement dans sa chambre sans faire aucun commentaire sur la lumière du couloir, le tapis sale, ni les éraflures de la porte d'entrée. Tant que ses habitudes n'étaient pas modifiées, la maison aurait pu être ravagée par un incendie, elle s'en serait moquée.

Au moment où son oncle finissait les derniers réglages de la poignée de la porte d'entrée, Arlo vit le faisceau des phares de la voiture de sa mère tourner dans l'allée.

– Qu'est-ce qu'on fait si un autre monstre apparaît ? demanda le garçon.

Wade referma sa boîte à outils d'un coup sec.

– J'ai un copain qui saura établir un vrai périmètre de sécurité autour de la maison. Cela dit, je crois que tu ferais bien de garder cette salière à portée de main, juste au cas où.

La mère d'Arlo gara la voiture et coupa le moteur. Oncle Wade retourna dans son atelier. À cet instant, Arlo se rendit compte qu'en réalité, sa mère et son oncle s'adressaient à peine la parole. Leur relation évoquait plus celle de colocataires forcés que d'un frère et d'une sœur. Ils évitaient de se croiser.

Alors que sa mère remontait l'allée, elle s'arrêta puis regarda Arlo.

– Tu as quelque chose à me dire ?

Quoi ? Que savait-elle ?

Elle désigna la corde qu'Arlo avait utilisée pour fuir sa chambre. Il avait oublié de la ranger.

– Je m'entraînais à faire des nœuds.

Techniquement, ce n'était pas tout à fait un mensonge. Ce nœud demi-clé lui avait sauvé la vie.

Sa mère secoua la tête, plus lasse que fâchée.

– S'il te plaît, sois prudent. Il y a une sacrée hauteur. Je ne voudrais pas que tu te blesses. (Arlo hocha la tête.) Qu'as-tu fait d'autre aujourd'hui ?

Il repensa à sa journée, réalisant soudain à quel point elle avait été remplie avant même que le monstre essaie de le tuer.

– J'ai appris à me servir de la boussole du Ranger. C'est très difficile, mais je crois que j'ai compris, maintenant.

Alors qu'il fermait ses rideaux avant de se mettre au lit, Arlo crut apercevoir un mouvement sur la route.

Son premier réflexe fut de prévenir oncle Wade, puis il se rappela avoir entendu le pick-up s'éloigner après le dîner. Wade avait dû partir chez son ami pour lui demander d'installer des protections sur la maison.

Autrement dit, si quelque chose rôdait dans les parages, Arlo devrait se débrouiller tout seul. Il s'empara de sa lampe de poche et de la salière – il en avait trouvé une autre dans un placard de la cuisine – et, discrètement, descendit au rez-de-chaussée.

Comme il était déjà en pyjama, il enfila sa parka et ses chaussures. La porte d'entrée s'ouvrit sans un bruit. Elle marchait mieux qu'avant.

Arlo promena le faisceau de sa lampe de poche sur les ombres. Rien que des arbres.

Il rejoignit la route et avança de quelques mètres. Ce qu'il avait vu n'y était plus. Ce devait être son imagination.

Au moment de faire demi-tour pour rentrer, il la vit. Une forme courait vers lui, assez près du sol. La lumière la traversa de part en part.

C'était Cooper.

Le chien fantôme boitait légèrement, mais à part ça, il semblait sain et sauf, aussi actif que jamais. Arlo tendit la main, mais Cooper l'ignora. Il avait repris sa routine habituelle.

Arlo sourit.

– Bon chien.

- 23 -
LE FEU DE JOIE

AU COURS DES SEMAINES SUIVANTES, rien ni personne ne tenta d'assassiner Arlo Finch. Ce qui était frustrant, car il s'était préparé à fond.

Pendant les vacances de Noël, il avait dressé la liste des seize créatures qui, selon le *Bestiaire de Culman*, pouvaient être chassées avec le sel qu'il gardait constamment dans sa poche. Il avait accroché un mousqueton à sa corde d'évasion, réduisant de sept secondes le temps qu'il lui fallait pour sortir par la fenêtre. Il avait même pris l'initiative de faire des pompes tous les soirs, au cas où il aurait fallu en venir aux mains.

Au lieu de quoi, la seule fois où la mort l'avait effleuré, c'était lorsqu'il avait attrapé le rhume que tous les cinquièmes s'étaient passé comme on se refile le cochon d'Inde de la classe le week-end. Il ne rata qu'une journée d'école, et aucun contrôle. Sa température avait à peine atteint un petit 38 °C.

Arlo ne l'avouerait jamais, mais les forces qui conspiraient en vue de le tuer commençaient à le décevoir un peu. Il le voyait également à la tête de ses amis. Tous les matins, ceux-ci se réjouissaient de le retrouver, mais s'en étonnaient aussi.

– Toujours rien ? demanda Wu.

– J'ai failli me faire renverser par une voiture, mais c'était ma faute. Je n'ai pas regardé.

Indra affichait son habituel optimisme :

– Les accidents sont la première cause de mortalité chez les jeunes. Peut-être qu'ils voudraient faire passer ça pour un événement ordinaire.

– C'était tout à l'heure. Mme Mayes roulait dans le parking. S'ils voulaient que je me fasse tuer par ma prof, ils lui auraient demandé de me donner un autre exposé sur le Croissant fertile.

Cependant, le troisième vendredi du mois de janvier, Arlo se demanda si, enfin, le jour J était venu.

C'était le week-end du Derby des traîneaux, la seule sortie de l'année où l'on campait les nuits du vendredi et du samedi. Puisque les trois amis allaient directement de l'école à la montagne, ils avaient passé la journée en classe dans leur uniforme. Indra et Wu avaient enduré les questions incessantes de Merilee Myers sur chacun de leurs écussons, ainsi que la signification de leur forme pentagonale.

– Parfois, je rêve du chiffre cinq, confia Merilee. Et, à mon réveil, mon poisson rouge me regarde fixement.

À la récréation, Arlo s'entraîna à faire des nœuds et à utiliser sa boussole avec Indra et Wu. Après la pause déjeuner, ils coururent à la bibliothèque jeter un dernier coup d'œil au *Bestiaire de Culman*. Mme Fitzrandolph s'était tellement habituée à ce qu'ils le lui demandent qu'elle ne fermait plus le tiroir à clé, à condition que chacun promette d'emprunter un vrai livre ne contenant aucun monstre. Arlo choisit *Ma montagne*, de Jean Gorge. Il avait toujours rêvé d'avoir un faucon apprivoisé, comme le héros du livre qui part mener la vie sauvage.

Quand la sonnerie marqua la fin des cours à 15h05, ils se rendirent directement sur le parking de l'église avec leurs sacs à dos. Une heure plus tard, ils marchaient jusqu'au site du camp, où ils montèrent leurs tentes. Connor vérifia le périmètre de sécurité à trois reprises. Si étrange que cela puisse paraître, Arlo se sentait totalement en sécurité, même sans les protections.

Contrairement aux camps habituels, ce week-end-là, trente patrouilles issues de huit troupes différentes se trouvaient dans la montagne. Partout où il posait les yeux, Arlo voyait des Rangers et des Gardiens cuisiner à la lueur des lanternes. Il vit des claque-lumières, des batailles de boules de neige et des Chamallows grillés, piqués sur des bâtons. Si quelque chose voulait l'attaquer, impossible qu'Arlo se laisse surprendre par une arrivée en catimini. En plus, il faudrait d'abord que plein de gens innocents y passent avant lui.

Certes, il fallait reconnaître que l'idée était lugubre, mais elle le réconfortait.

Un jet de flammes rugissantes s'éleva à une quinzaine de mètres au-dessus du sol, si brûlant qu'Arlo vérifia que ses sourcils étaient toujours là. Puis la colonne de feu se divisa en trois mèches brillantes avant d'onduler et de s'entrelacer pour former une tresse.

Les trois cents Rangers réunis poussèrent des acclamations enthousiastes. Le feu de joie marquant la soirée d'ouverture était une tradition du Derby des traîneaux, mais ce soir-là, le spectacle était sans précédent.

Arlo regarda les trois Gardiens en bordure du feu. Les flammes, malléables comme du verre fondu, suivaient le mouvement de leurs mains. Le Gardien le plus proche d'Arlo était un barbu en salopette. Il semblait être le chef : d'un signe de tête, il donnait les consignes aux deux autres.

– Comment ils font ? s'émerveilla Arlo.

– Ce sont des magifeux, expliqua Indra. Ça fait partie de la magie des éléments. D'un niveau super avancé, et super dangereux.

Wu intervint :

– Il paraît qu'ils étaient tous Ours à l'époque où ils étaient eux-mêmes Rangers. C'est ce qu'on enseigne au camp secret.

Arlo n'avait pas songé au fait que bien des Gardiens devaient être d'anciens Rangers. Il croyait que c'étaient juste des parents ordinaires.

Une fois la tresse achevée, le Gardien barbu referma le poing. Les trois mèches de feu fusionnèrent à leur sommet.

– OK ! s'exclama-t-il. On a fait notre part. Maintenant, à votre tour. Rangers, claque-lumières ! À trois. (Tout autour d'Arlo, les Rangers levèrent les mains, y compris Wu et Indra. Arlo décida d'essayer lui aussi.) Un, deux, trois !

Des centaines de claque-lumières fusèrent de la foule. Alors qu'ils s'élevaient, une étrange attraction fit ployer leur trajectoire jusqu'à ce qu'ils forment un anneau tourbillonnant autour de la colonne de feu. De nouveaux claque-lumières venaient sans cesse rejoindre la forme, qui brillait de plus en plus intensément.

Wu en fit partir un qui arriva jusqu'au pilier de feu. Les jumeaux également. Indra en envoya deux. Arlo continua à claquer des doigts, en vain : il ne produisait rien. Il essaya même de la main gauche. Croyant avoir peut-être les mains trop sèches, il se lécha le bout des doigts. Toujours rien. Pas la moindre étincelle.

– Est-ce que je m'y prends mal ? s'impatienta-t-il.

– Non, répondit Connor. Ça arrivera quand ça arrivera, voilà tout.

Facile à dire pour lui ! Il était capable d'enchaîner une dizaine de claque-lumières à la suite.

Frustré, Arlo remit ses gants. Il reporta son attention sur les magifeux. Le barbu paraissait tendu, comme si gérer la colonne de feu revenait à maîtriser un chien surexcité qui tirait sur sa laisse. Apparemment, le garçon était le seul à l'avoir remarqué. Tous ses camarades étaient trop occupés à produire des claque-lumières.

À l'évidence, le barbu avait du mal. Arlo vit qu'il transpirait. Les deux autres Gardiens lui jetèrent un regard inquiet.

À présent, les claque-lumières eux-mêmes commençaient à dériver, déviés de leur orbite. Certains montèrent et formèrent une gueule d'alligator affublé de cornes de chèvre. D'autres lumières se déployèrent pour esquisser deux ailes luisantes.

Arlo le voyait clairement. C'était…

– Un dragon.

Il prononça ces mots à l'unisson avec une fille qui se tenait à côté de lui.

En tournant la tête à gauche, il découvrit Rielle. Tous les autres avaient disparu. Rielle et lui se tenaient devant le brasier déserté, contemplant avec une fascination mêlée d'effroi l'énorme dragon de feu flottant au-dessus d'eux.

Il ne bougeait pas. Il ne faisait que brûler. Pourtant, Arlo sentait qu'il était vivant.

– Il dort, dit Rielle. Il dort depuis des siècles.

– Comment il est arrivé ici ? demanda Arlo.

– C'est lui qui a fabriqué cet endroit. On est dans son rêve.

– Dans ce cas, comment *nous*, on est arrivés ici ? s'enquit-il.

Rielle le regarda.

– On a trouvé le chemin. C'est ce qui nous rend si précieux.

Arlo vit le feu se refléter dans ses yeux vairons. Lorsqu'il se tourna de nouveau vers le dragon, il sentit que Rielle s'en allait. Ou peut-être était-ce lui qui la quittait. Si tout ça n'était qu'un rêve, il se réveillait.

Les Gardiens réapparurent autour du feu, luttant pour contrôler les flammes. Arlo percevait chez eux une réelle panique. Pourtant, tout autour de lui, les Rangers criaient de joie. Ils devaient croire que le dragon faisait partie du spectacle.

D'un signe de tête, le Gardien barbu ordonna aux deux autres de tenir bon. Puis il serra ses mains l'une contre l'autre et les dirigea vers le cœur des flammes avant d'écarter les doigts.

Le dragon explosa en milliers de minuscules points lumineux, qui retombèrent comme une nuée de lucioles avant de disparaître dans la nuit.

Les Rangers autour d'Arlo poussèrent de nouvelles acclamations, Wu étant le plus bruyant de tous.

– C'était génial ! Plus tard, je veux être magifeu.

Arlo savait qu'il devait informer ses amis de sa rencontre avec Rielle. Mais avant tout, il voulait vérifier quelque chose.

Tandis que les patrouilles regagnaient leurs tentes, Arlo retrouva le Gardien barbu en train de discuter avec d'autres adultes. Il attendit qu'ils aient fini puis se rapprocha de l'homme, qui allumait sa lanterne. Sa main qui tenait l'allumette tremblait.

– Ce n'était pas prévu que le dragon apparaisse, n'est-ce pas ? demanda Arlo.

Le barbu le regarda. Il plissa les yeux, jaugeant Arlo.

– Le feu, ce n'est pas évident à gérer. Parfois, ça surprend.

Il souffla sur l'allumette.

- 24 -
LA COURSE

ILS GAGNAIENT.

À l'avant du traîneau, Arlo ignorait à quelle distance se trouvaient les autres patrouilles. Mais il savait que les Bleus étaient les premiers.

Ils avaient pris la tête à mi-parcours, après être passés au large du totem géant pour conserver leur vitesse. La patrouille Rouge l'avait atteint en premier, mais elle s'était retrouvée coincée dans le virage. Connor l'avait prédit lorsqu'ils étaient partis en repérage, ce matin-là.

– Le temps qu'on trouve notre rythme, vingt autres patrouilles auront tracé des sillons dans la neige.

Ça ne posait pas de problème en ligne droite – en fait, ils avançaient plus vite sur la neige tassée –, mais pour les virages, il fallait une piste vierge.

La patrouille Bleue avait donc pris le bord extérieur, laissant leurs concurrents bouchonner dans les ornières de ceux qui les avaient précédés. Arlo entendait Russell Stokes crier après ses coéquipiers tandis qu'ils remettaient leur traîneau en place. Même les Verts peinaient avec leur traîneau équipé de clochettes, coincés derrière deux patrouilles étonnamment fortes de la troupe de Nederland, au Texas.

Alors que les autres s'entassaient dans le virage, les Bleus étaient déjà sur le chemin du retour. Toutes ces semaines passées à s'entraîner payaient enfin. M. Henhao leur offrait là une belle performance.

L'épreuve n'était pas facile pour autant. Les poumons d'Arlo le brûlaient. Il avait mal aux jambes. Malgré tout, il ne ralentit pas l'allure. Ils allaient remporter la course. La ligne d'arrivée n'était plus qu'à vingt mètres. Quinze. Dix.

Puis il l'entendit. Un cri de joie. Un raclement. Des pas qui martelaient le sol.

Tout à coup, Russell Stokes apparut juste à sa hauteur. Puis il dépassa Arlo. La patrouille Rouge les doublait !

Arlo courut comme jamais il n'avait couru de sa vie. Hélas, ce ne fut pas suffisant. De la main, Russell déchira le ruban de papier toilette qui matérialisait l'arrivée. L'arrière du traîneau des Rouges la franchit avant l'avant du traîneau des Bleus.

Le doute n'était pas permis. Pas de contestation possible. Les Rouges avaient gagné. Les Bleus étaient arrivés en seconde position.

Sitôt la ligne d'arrivée franchie, Arlo s'effondra dans la neige, haletant, les yeux tournés vers le ciel d'un bleu vif. Tous ses muscles tressaillaient. Il avait à la fois chaud et froid. Les frottements de son tee-shirt sur son ventre le démangeaient. Il s'essuya les yeux. C'était de la sueur, pas des larmes. Il en était certain.

Du coin de l'œil, il vit Russell Stokes. Agenouillé, ce dernier reprenait son souffle. Il échangea quelques tope-là avec ses copains. Puis il remarqua qu'Arlo l'observait. Du pouce et de l'index droits, il forma un L et le plaqua contre son front : « Loser », perdant.

Connor n'était pas déçu. Ou du moins, il feignit avec succès de ne pas l'être.

– Écoutez, on est arrivés deuxièmes. On a battu la patrouille Verte, ce qui est un exploit.

– On aurait dû battre les Rouges, regretta Wu. On était devant !

– Oui, mais ils ont été plus rapides, intervint Jonas. Regardez-les : ce sont tous des sportifs. Ils courent sur piste et jouent au foot. On aura beau s'entraîner tant qu'on voudra, ils iront toujours plus vite que nous. Jamais on n'arrivera à les vaincre !

– Tu as raison, confirma Connor. On ne peut pas les battre. Mais n'oubliez pas : la course ne vaut que dix points. Il nous reste les défis, plus les épreuves de l'esprit de groupe et du jury des traîneaux. La victoire est encore possible.

– Il faudrait qu'on fasse un score parfait, se découragea Wu.

– Alors, soyons parfaits ! Parce qu'eux ne le seront pas. Réfléchissez : est-ce qu'ils sont meilleurs que nous en nœuds ? Non. Et en signaux ? Certainement pas ! Dans ce domaine, Julie et Jonas sont experts.

Connor avait raison : les jumeaux étaient tellement bons en signaux que c'en était effrayant. C'était comme de la télépathie.

– Wu est très doué pour les feux. Ils n'iront pas plus vite que nous pour faire bouillir de l'eau.

Arlo avait vu Wu bâtir un brasier rugissant d'un simple frottement entre l'acier et le silex, le tout en moins d'une minute. Wu savait toujours à quel moment précis ajouter de l'amadou, et avec quelle puissance souffler. Il appelait ça son « souffle du dragon ».

– Quant à la lecture de carte, personne ne bat Indra, poursuivit Connor. La patrouille Rouge va finir par perdre des points à un moment ou à un autre, je vous le garantis. Ça va leur coûter du temps.

– Et on pourra rattraper les points de la course, renchérit Indra.

– Les gars, on peut y arriver ! affirma Connor. J'en suis sûr. On peut gagner.

À coups de hochements de tête et de lèvres mordues, les membres de la patrouille s'imprégnèrent de rêves de victoire. Connor les avait convaincus. Jusqu'à ce que…

– Tu as oublié Arlo, fit remarquer Julie. En quoi est-ce qu'il est bon ?

Arlo sentit les regards peser sur lui. Ils l'évaluaient. Ils essayaient de trouver quelque chose de gentil à dire. Pourtant, ça ne le dérangeait pas qu'il n'ait pas été mentionné. En vérité, il ne se connaissait aucune aptitude particulière.

– L'esprit de la patrouille, répondit Connor. C'est notre mascotte. Il va remporter cette épreuve pour nous.

Wu donna un petit coup de poing dans l'épaule d'Arlo. Ce dernier sourit.

– Entraînons-nous à pousser notre cri de ralliement, proposa Connor. Il faut que ce soit parfait.

Ils se mirent en rang. Arlo étant le plus petit, il se retrouva en bout de ligne. Connor brailla :

– Un !

Les jumeaux s'époumonèrent :

– Deux !

Wu et Indra hurlèrent :

– Trois !

Arlo cria :

– Quatre !

Tape des mains !
Frappe des pieds !
La patrouille Bleue reste en tête !
Plus rapide que le lièvre,
Plus puissante que le grizzly,
Demain aussi bien qu'aujourd'hui,
La patrouille Bleue, y a pas mieux !

- 25 -
LES NEUTS

LE DERBY DES TRAÎNEAUX avait pour objectif de mesurer les compétences d'une patrouille dans six domaines essentiels de la vie au grand air, rassemblés sous l'acronyme SINOSIFT : SIgnaux, NOeuds, Sauvetage, Identification, Feu et Travail d'équipe.

Chacune de ces compétences était évaluée tout au long du derby. Alors même que les patrouilles suivaient une préparation générale, comme s'entraîner à faire des nœuds et à dispenser les premiers soins –, elles n'avaient aucun moyen de savoir quel serait le défi proposé avant son arrivée sur le site où il devait avoir lieu. Une fois sa présence enregistrée auprès du capitaine du site, l'équipe prenait connaissance de la tâche à accomplir.

– L'an dernier, en Travail d'équipe, on a dû construire un pont au-dessus d'un fossé et faire traverser tout le monde, expliqua Connor. À première vue, ce n'était pas sorcier, sauf qu'on ne nous avait pas donné assez de rondins. Il fallait donc attendre l'arrivée d'une autre patrouille sur le site pour mettre nos rondins en commun. La patrouille Verte a été la première à comprendre le truc.

Les patrouilles devaient faire preuve de rapidité et exécuter parfaitement la tâche. La meilleure note pour chaque site était 10, mais avec les pénalités de temps et autres déductions, le maximum était difficile à obtenir.

– L'an dernier, on a eu 3 en Signaux. On s'est juste plantés. Les patrouilles n'arrêtaient pas de nous passer devant les unes après les autres.

Alors que le derby avait pour vocation d'évaluer six compétences, un septième facteur jouait un rôle majeur : la chance. Il était demandé aux patrouilles de se rendre sur les sites en suivant l'itinéraire qui leur était assigné. Pourtant, ils étaient parfois à plus d'un kilomètre et demi l'un de l'autre.

– Si on tire un mauvais itinéraire, on devra peut-être revenir très souvent sur nos pas. Ça nous ralentira.

Après que leur traîneau eut passé avec succès l'épreuve du jury, qui leur avait attribué un 9 sur 10, l'heure était venue de se soumettre à l'activité principale. Réunis sur la ligne de départ, tous les chefs de patrouille choisirent dans une pile une enveloppe scellée avant de la brandir. Le Gardien barbu de la nuit précédente lança :

– Chefs de patrouille ! Que votre chemin soit sûr !

À l'unisson, tous répliquèrent :

– Que notre but soit vrai !

– À mon signal, que le quarante-neuvième Derby des traîneaux annuel commence !

Tous les Rangers poussèrent des acclamations, puis le Gardien produisit un coup-de-tonnerre d'une telle puissance qu'il résonna dans les montagnes, au loin.

Connor rejoignit sa patrouille en courant. En chemin, il déchira l'enveloppe. Il tendit leur itinéraire à Indra, qui en établit aussitôt la carte.

– On commence par le Sauvetage, puis les Nœuds. Ils sont très loin l'un de l'autre, déplora-t-elle.

Jonas secoua la tête.

– On n'a pas eu de chance au tirage.

– Ça va encore. Ensuite, on a Signaux, Identification et Feu qui sont à peu près tous regroupés. Cela dit, le Travail d'équipe est à l'autre bout. On sera loin de la ligne d'arrivée.

– Dans ce cas, on courra jusqu'à la fin, décréta Connor. On donnera tout ce qu'on a.

Courant à un rythme régulier, ils furent les premiers à atteindre le point Sauvetage. Le capitaine du site, un membre de la patrouille des Seniors d'une autre troupe, leur transmit les consignes collées sur une planche.

Une aurore boréale soudaine a aveuglé momentanément tous les membres de votre patrouille, à l'exception d'un seul, qui s'est cassé les deux jambes en tombant d'un arbre. Choisissez un membre pour faire la victime. Les autres s'occuperont de ses blessures, construiront une civière et transporteront la victime à la tente médicale avec les yeux bandés. La victime indiquera les directions à ses coéquipiers.

Indra poussa un cri de joie : ils avaient répété exactement ce scénario à peine une semaine auparavant.

Wu endossa le rôle de la victime. Il distribua ses instructions sans jamais perdre son sang-froid. Arlo aida à placer une attelle autour de la jambe gauche de Wu avant de s'attaquer à la construction de la civière. À aucun moment il ne perdit le fil de ce qu'il devait faire ensuite. La patrouille se mouvait comme un organisme unique doté de douze mains.

Le trajet jusqu'à la tente médicale était semé d'embûches – en général sous forme de tonneaux et de poteaux. Wu guida son équipe qui le portait sur la civière.

– Posez-moi ! cria-t-il. On y est !

Un coup de sifflet se fit entendre : le signal qu'il fallait ôter les bandeaux. Dans la lumière vive, Arlo plissa les yeux et regarda derrière lui. Ils avaient terminé avant même que les autres patrouilles aient choisi leur victime.

Connor récupéra leur itinéraire auprès du capitaine et vérifia leur note.

– 10 ! brailla-t-il.

La patrouille en liesse applaudit. Ils débutaient par un sans-faute.

En se rendant sur le site des Nœuds, ils croisèrent en chemin les patrouilles Rouge et Verte. Apparemment, chacune d'elles avait terminé rapidement son premier défi et se dirigeait à présent vers le site suivant.

– Ils ont tiré un meilleur itinéraire que nous, bougonna Jonas.

– Occupons-nous de notre course, pas de la leur, rétorqua Connor.

Les nœuds en eux-mêmes ne posèrent pas de problème : il fallait juste faire les dix nœuds sur lesquels ils s'étaient entraînés pendant des mois. La surprise venait de la corde, qui mesurait près de dix mètres de long et dont le diamètre était de quinze centimètres. Travaillant en équipe, ils la traînèrent dans la neige pour former les boucles nécessaires. Non seulement c'était épuisant, mais en plus c'était difficile de réaliser chaque nœud à une telle échelle. Arlo aida à faire le nœud de chaise : il incarna le lapin qui sort de son terrier et contourne l'arbre.

Une fois de plus, ils obtinrent la note maximale.

– Il ne faut pas se reposer sur nos lauriers, les avertit Connor.

Pour les Signaux, la consigne exigeait que la patrouille se divise en deux. Un groupe devait marcher jusqu'à une colline au loin. Une fois sur place, ils devaient échanger une série de mots codés entre les deux sites. Arlo, Connor et Jonas constituèrent l'équipe de la colline tandis que les trois autres restèrent à la base.

Il n'y avait pas de méthode requise pour les signaux. Arlo constata que la plupart des patrouilles utilisaient des miroirs ou des lampes de poche pour s'exprimer en alphabet morse, mais Jonas et Julie s'étaient entraînés pendant des semaines à pratiquer l'alphabet sémaphore. Utilisé à l'origine dans la marine, cet alphabet était plus rapide. En tenant les drapeaux à un certain angle, les jumeaux pouvaient envoyer le message une lettre après l'autre. « M-Y-R-T-I-L-L-E », épela Jonas en décodant les positions de sa sœur. Arlo chercha « myrtille » dans le tableau fourni et trouva la réponse correspondante : « éléphant ».

Deux minutes plus tard, ils avaient trouvé tous les mots et couraient rejoindre les autres. Ils obtinrent dix points supplémentaires. En plus, le capitaine du site les informa qu'ils avaient le meilleur temps.

Véritables encyclopédies vivantes de la nature, Indra et Connor auraient pu à eux seuls s'atteler à l'épreuve d'Identification. Les autres membres de la patrouille se contentèrent de les suivre tandis qu'à toute vitesse, ils différenciaient les épicéas des sapins (dendrologie), les fauvettes des roitelets (ornithologie), et les empreintes d'écureuils de celles des tamias (pistage).

– L'amplitude de la queue est super facile à reconnaître, déclara Connor.

Le seul différend éclata au moment où ils se retrouvèrent face à un tas de crotte. D'après sa couleur et sa texture, Indra jurait que c'était de la crotte d'élan. Étant donné la faible quantité, Connor pensait qu'il s'agissait plutôt d'une crotte de wapiti.

– Tous les élans ne sont pas adultes, argua Indra. Les petits élans ont des petites fesses. Regarde toute la cellulose qu'elle contient ! Ça n'a rien à voir avec le wapiti.

Connor finit par se laisser convaincre : il écrivit « élan » sur son porte-bloc.

Cependant, lorsqu'il revint après être allé voir le capitaine du site, même Arlo n'eut aucun mal à déchiffrer son expression. Cette crotte était celle d'un wapiti. À l'épreuve où ils auraient dû obtenir sans difficulté la note maximale, la patrouille Bleue n'avait récolté que 9 points.

– Beaucoup de patrouilles vont se faire avoir, dit Connor alors qu'ils s'éloignaient du site. Je doute qu'une équipe réussisse à atteindre 10 sur 10.

Malgré les paroles rassurantes de leur chef, Arlo voyait bien qu'Indra était contrariée. Même lorsque Wu attendit que l'eau bouille pendant l'épreuve du Feu, Indra resta à l'écart du groupe, à maudire en silence son trop-plein d'assurance. Quand vint le moment d'entonner leur cri de ralliement, elle s'y employa avec enthousiasme, mais dès que le capitaine du site regarda ailleurs, le sourire d'Indra s'évanouit.

Le feu validé, il fut l'heure de manger. Comme le règlement du Derby des traîneaux stipulait que les patrouilles devaient s'octroyer une heure de pause déjeuner, il n'y avait aucune raison de se dépêcher d'avaler le chili au poulet. Arlo en mangea deux bols avec double ration de fromage et de crackers, mais Indra toucha à peine à son premier.

Arlo aurait voulu lui dire que tout le monde commettait des erreurs, qu'ils avaient de la chance de l'avoir dans leur patrouille et que, sans sa persévérance, ils ne seraient pas arrivés si loin. Mais Indra l'arrêta avant qu'il ait prononcé un mot.

– C'est bon. Je suis juste en train de gérer mes émotions. Un jour, je me souviendrai de cette expérience et je la raconterai dans mes mémoires.

Arlo avoua ne pas trop savoir ce qu'étaient des mémoires.

– C'est quand quelqu'un de célèbre raconte sa vie dans un livre et décrit les épreuves qu'il a traversées. C'est important de connaître des moments difficiles, sinon ça donne juste l'impression de se vanter, ce qui ne plaît à personne. Avoir échoué aujourd'hui, finalement, c'est positif. Ça montre que je suis humaine.

Arlo se demanda si essayer de paraître humain n'était pas justement la preuve qu'on ne l'était pas vraiment. Hélas, ils n'eurent pas le temps de creuser la question. La patrouille rassembla ses affaires : dans cinq minutes, elle devrait courir relever son dernier défi.

Arrivés sur le site du Travail d'équipe, ils constatèrent que trois autres patrouilles attendaient déjà.

À l'évidence, le défi durait longtemps, et le retard s'était accumulé au cours de la journée.

– Ça fait une demi-heure qu'on est là, déplora un chef de patrouille de Canyon City. En plus, on a encore deux sites à faire après celui-ci. Si ça se trouve, on ferait mieux de s'écarter un peu de notre itinéraire, quitte à se prendre des points de pénalité.

La fille faisait preuve de bon sens : il était 13 heures passées et les patrouilles devaient franchir la ligne d'arrivée au plus tard à 17 heures, sous peine d'être disqualifiées.

– Je vous avais dit qu'on avait eu un mauvais tirage, se plaignit Jonas. Si on avait commencé directement par ce site, on n'aurait pas eu à poireauter.

Cette fois, Connor ne fit pas l'effort de tirer Jonas de ses bouderies.

Dix minutes plus tard, la patrouille de Canyon City récupéra son traîneau et quitta le site. À présent, il ne restait plus que deux patrouilles avant les Bleus.

Pour passer le temps, Arlo fit un bonhomme de neige. Jonas et Connor faisaient les cent pas. Julie et Indra discutaient avec une fille d'une autre patrouille. Wu s'endormit contre le traîneau.

Une deuxième patrouille décida de quitter le site. Désormais, il n'en restait qu'une avant les Bleus.

Arlo commença à faire un chien en neige pour son bonhomme. Il comprit vite pourquoi il n'en avait encore jamais vu : sans pattes, le chien de neige ressemblait en tout point à un alligator ou à un repose-pied.

Le capitaine du site fit signe à la patrouille suivante d'avancer, puis il désigna les Bleus. C'était enfin leur tour. Arlo abandonna son chien de neige. Comme ses gants étaient mouillés, il les retira.

L'épreuve du Travail d'équipe requérait patience et communication. Les patrouilles se virent confier quatre cordes spéciales. Les extrémités de chacune étaient reliées pour former un cercle dont le diamètre était celui d'un hula hoop. À l'aide de ces seules cordes, ils devaient démonter, déplacer et remonter un totem en quatre parties. Chaque fois qu'une main se poserait sur le totem, il y aurait un point en moins.

– Combien de points ont été perdus au maximum, comme ça ? demanda Wu.

– Dix, répondit le capitaine. Beaucoup de patrouilles sont reparties avec un zéro.

Ils ne tardèrent pas à comprendre qu'il fallait passer les cordes sous chaque bloc selon différents angles, puis les tirer en même temps avant de déplacer la pièce.

– C'est comme un pont suspendu, dit Wu.

Comme un sac à cordon coulissant, plutôt, songea Arlo.

Le défi, c'était que tous devaient tirer avec la même force. Si une corde était un peu lâche, le bloc tombait. En revanche, si tout le monde tirait trop fort, le bloc se renversait ou glissait, et tombait aussi.

Soulever le premier élément fut déjà difficile. Marcher avec se révéla quasi impossible. Arlo avançait à reculons dans la neige en gardant les coudes plaqués contre son torse. La corde lui sciait les paumes. Il regretta d'avoir ôté ses gants.

Il leur fallut cinq minutes pour déplacer le premier bloc, mais ils parvinrent à le stabiliser sur l'estrade. Ils allèrent plus vite pour le deuxième. Ils commençaient à trouver leur rythme, travaillant en équipe. Pour le troisième, ce fut plus compliqué car ils devaient soulever la pièce pour la mettre en place. À la dernière seconde, la corde des jumeaux leur échappa et, par réflexe, Jonas rattrapa le bloc dans sa chute.

Le capitaine du site donna un coup de sifflet. Ils venaient de perdre un point.

Après un moment de frustration, ils récupérèrent le bloc du totem tombé dans la neige et le hissèrent. Les bras d'Arlo tremblaient sous l'effort. Il enroula la corde autour de ses mains pour avoir une meilleure prise sur la dernière partie.

– Doucement et sûrement, conseilla Connor. Il vaut mieux y passer dix minutes plutôt que le laisser glisser.

Tandis qu'ils montaient lentement le dernier bloc, Arlo sentit que ses paumes étaient moites, parcourues de fourmillements bizarres. Une crampe ? Lorsqu'il baissa les yeux, il découvrit que la corde n'était plus enroulée autour de sa main droite. Toutefois, il la tenait toujours fermement, ce qui était le plus important.

Avec une précision d'enfer, la patrouille réussit à mettre en place la dernière pièce. En ouvrant la main, Arlo remarqua l'empreinte rouge d'un nœud qu'il avait serré dans son poing.

Pendant qu'ils attendaient leur note officielle, Indra et Arlo rangèrent les cordes.

– Hé, une minute. C'est la tienne ?

Indra brandit le cercle de corde d'Arlo, montrant le nœud simple qui s'y trouvait.

Le garçon ne se souvenait pas d'en avoir vu un.

– Oui, je suppose. Pourquoi ?

– C'est un neut.

– Oui, un nœud.

– Non ! Pas un nœud, un *neut.* (Comme ça ne rendait pas les choses plus claires, Indra épela le mot.) N-E-U-T. C'est un nœud impossible à nouer. Pourtant, tu as réussi.

– Je ne comprends pas.

Wu s'approcha, sa gourde d'eau à la bouche. Indra fit appel à lui et lui tendit un autre cercle de corde.

– On est d'accord que cette corde forme un cercle, OK ? Il n'y a pas d'extrémités libres. Mais pour faire un nœud comme celui-ci, il faut en avoir au moins une.

– Attends, dit Wu, soudain enthousiaste. Tu as fait un neut ?

– Un neut de pendu, je crois.

Indra donna la corde à Wu. Il la manipula avec précaution, comme si c'était un objet fragile.

Arlo commençait à comprendre. Certains nœuds, comme le nœud de jambe de chien, pouvaient se faire au milieu d'une corde. Mais la plupart nécessitaient une extrémité libre à enrouler autour de quelque chose. Avec un cercle de corde, c'était impossible.

– Comment tu as fait ? s'enquit Wu.

– Je n'en sais rien. Je n'ai pas fait exprès.

– Les neuts ne figurent même plus dans le *Manuel du Ranger*, l'informa Wu. Ils les ont retirés parce qu'ils étaient trop dangereux.

Indra secoua la tête :

– Non, ils les ont retirés parce que plus personne ne savait les faire. Ce n'est même pas demandé pour passer Ours.

Wu regarda Indra.

– Il faut le défaire.

– Si quelqu'un doit s'en charger, c'est lui, protesta Indra. C'est lui qui l'a fait.

Wu rendit la corde à Arlo.

– Essaie de le défaire. Lentement.

Avec soin, Arlo glissa les doigts dans les boucles de corde. Il sentit une énergie pulser à travers. Il leva les yeux : Wu et Indra avaient reculé d'un pas.

– Ça va exploser, c'est ça ?

– Non, répondit Indra, dans l'expectative. Mais, d'après ce que j'ai entendu, les neuts de pendu ne sont pas stables, donc…

– Tout va bien se passer, le rassura Wu. C'est juste… qu'il faut prendre son temps.

– Ne traîne pas trop quand même, l'avertit Indra. Il pourrait s'effondrer à tout moment.

Arlo tira doucement sur les bords du neut. Au même instant, il vit des lignes lumineuses ondoyer à travers les fibres. Il glissa le pouce à l'intérieur de la boucle et son doigt…

… disparut.

Voilà qui était tout à fait déroutant.

Arlo sentait que son pouce était toujours là. Il pouvait le remuer, mais il ne le voyait plus. Il était devenu invisible.

Lorsqu'il retira son doigt, celui-ci réapparut, intact.

– Vous avez vu ça ? s'étonna-t-il.

– Quoi ? demanda Wu.

Soudain, la corde se relâcha et le neut se défit tout seul. La magie qui l'avait formé s'était dissipée.

– Les gars ! s'écria Connor. On y va !

Il était revenu au traîneau. À contrecœur, Arlo laissa tomber le cercle de corde et se hâta de le rejoindre avec Indra et Wu.

– Nous avons obtenu 9, se réjouit Connor. D'après le capitaine, seule une équipe a réussi à avoir un 10.

Jonas retrouva sa motivation :

– On peut encore vaincre les Rouges ! Il nous reste une chance !

Arlo remit ses gants. Il frotta la rougeur dans sa paume, là où le nœud avait laissé sa marque. Il avait encore des picotements.

– Ça va ? demanda Wu.

– Oui, répliqua Arlo. Allons battre les Rouges.

- 26 -
134 DEGRÉS

ALORS QU'ILS S'ENGAGEAIENT sur une route plus large, Indra arrêta le traîneau pour vérifier leur position avec sa boussole.

– Cent trente-quatre degrés. C'est tout droit. La ligne d'arrivée est à moins d'un kilomètre et demi.

Jonas désigna des traces dans la neige.

– Il n'y a que deux ou trois traîneaux qui sont passés par là. On va être dans les premiers. Ça nous fera des points en plus.

– La priorité, c'est d'arriver là-bas. On se souciera de nos points après, décréta Connor.

Wu lâcha la corde.

– Je reviens tout de suite.

Il courut vers les arbres.

– Où tu vas ? cria Indra.

– Une envie pressante ! Je ne tiendrai pas un kilomètre et demi. Allez-y, je vous rejoindrai !

– La patrouille ne se sépare jamais, lui rappela Connor. Dépêche-toi.

Wu disparut derrière un arbre.

Julie récupéra sa gourde dans le traîneau.

– Vous croyez vraiment qu'on peut battre les Rouges ? demanda-t-elle. Ils étaient devant nous.

– Ils nous ont vaincus à la course, mais on ne sait pas quelle note le jury leur a attribuée pour leur traîneau, répondit Indra. Ça vaut dix points aussi. Peut-être que les juges ont estimé qu'ils n'avaient pas réellement construit le leur, tandis que monsieur Henhao est une fabrication maison, ça ne fait aucun doute.

À la connaissance d'Arlo, Indra était la seule fille à dire « tandis que ». Elle parlait comme une avocate ou une femme politique à la télé. Il l'imaginait bien perchée sur une estrade, discourant d'une voix forte, faisant de nombreux gestes avec les mains pour appuyer son propos. Si un jour elle se présentait comme candidate aux élections présidentielles, Arlo voterait pour elle. Elle était obstinée et intimidante, mais aussi profondément dévouée.

Arlo n'était pas attentif quand ses camarades discutèrent de la somme totale des points potentiellement obtenus par les patrouilles concurrentes. Il savait qu'il n'apporterait rien à la conversation. Il laissa son attention divaguer vers la cime des pins qui oscillait dans la brise, où les rayons du soleil filtrés se divisaient dans les teintes de l'arc-en-ciel.

– Que personne ne bouge, souffla Connor.

Arlo bougea : il se tourna pour regarder dans la même direction que son chef de patrouille.

Un ours gigantesque avançait pesamment sur la route, devant eux. Les muscles de son corps roulaient à chacun de ses pas. Il tourna la tête vers eux. Ses oreilles penchées en avant traduisaient une certaine curiosité, mais il restait à quatre pattes.

Arlo se pétrifia, le cœur affolé.

Le *Manuel du Ranger* consacrait plusieurs pages aux différentes espèces d'ours. Hélas, sur le coup, Arlo fut incapable de s'en souvenir. Celui-là avait la fourrure noire, mais était-ce un ours brun ? Un grizzly ? En tout cas, ce n'était pas un ours polaire. À moins que ce ne soit un ours polaire particulièrement sale…

– C'est un grizzly, chuchota Connor. On doit reculer en silence. Surtout, que personne ne coure.

– Balance un coup-de-tonnerre ! proposa Jonas à voix basse. Pour l'effrayer.

– Non ! Ça va l'énerver, siffla Indra. Laissons-le poursuivre son chemin.

L'ours se plaça face à eux et s'assit sur son arrière-train. Apparemment, s'éloigner ne le motivait pas plus que ça.

Connor prit les devants.

– Ne le regardez pas dans les yeux. Que chacun attrape la corde. On va tirer le traîneau dans l'autre sens. Une fois qu'on sera hors de sa vue, on décidera quoi faire.

Tous acquiescèrent avant de se baisser lentement pour ramasser la corde. Ensemble, avec précaution, ils firent pivoter le traîneau pour le mettre dans la direction opposée. Imperturbable, l'ours observa la manœuvre avec attention. Puis…

– Hé, les gars ! cria Wu en remontant sa braguette. La ligne d'arrivée, c'est de l'autre côté !

Sans le savoir, il désignait directement l'ours. En voyant le regard paniqué de ses amis, Wu suivit son doigt et avisa l'animal massif qui se redressait sur ses pattes arrière en rugissant.

– Fuyez ! brailla Jonas.

Arlo était sûr que c'était contraire aux recommandations du *Manuel du Ranger* qui conseillait, face à un grizzly agressif, de ne surtout pas courir. Mais ses pieds, eux, ne réfléchirent pas. Il s'élança aussi vite que possible, la corde enroulée dans le creux de son coude.

Wu rejoignit le traîneau et le saisit pour le manœuvrer. Devant eux, la route bifurquait.

– À gauche ou à droite ? beugla Arlo.

Chacune des propositions remporta la moitié des voix, ce qui n'aidait pas.

Pendant ce temps, l'ours chargeait. Impossible de le semer.

Soudain, une femme apparut au milieu de la route. Elle portait l'uniforme des Gardiens, mais elle avait l'air trop jeune pour être la mère d'un Ranger. Concentrée, elle écarta les mains sur le côté.

Lorsqu'elle leva les bras vers le ciel, la neige accumulée de part et d'autre de la route se mit à tourbillonner, transformée en blizzard. Sous les vents hurlants, une véritable tempête se forma, ne laissant qu'un minuscule tunnel autour du traîneau. À cet endroit, tout était calme. Les Bleus étaient dans l'œil du cyclone.

Wu laissa échapper un chapelet de gros mots pour exprimer sa surprise. Quelle que soit cette compétence spéciale des Gardiens, tous voulurent l'apprendre sur-le-champ.

Quelque part dans les tourbillons de neige, l'ours réagit en poussant un rugissement sonore.

La femme leur fit signe de la suivre. Vite.

– Allez-y ! cria Connor.

La Gardienne leur fit quitter la route avant de serpenter entre les arbres. Elle avançait à une vitesse étonnante, courant comme un chevreuil plutôt que comme un être humain. Arlo avait du mal à ne pas la perdre de vue. Elle avait toujours un virage d'avance sur eux, le doigt pointé dans la direction qu'ils devaient emprunter.

Arlo jeta un coup d'œil en arrière. Il ne voyait plus ni le blizzard ni l'ours. La femme paraissait les mener bien loin du territoire de la bête sauvage. Mieux valait prévenir que guérir.

Cette partie de la forêt semblait différente. Plus vaste. Plus ancienne. Arlo et ses camarades contournèrent d'énormes blocs de roche couverts de mousse et franchirent des ruisseaux gelés. Même le chant des oiseaux avait un son nouveau.

Quelques minutes plus tard, Arlo perdit totalement la femme de vue. Pourtant, il était certain qu'elle avait dû rejoindre la clairière en face, baignée de soleil.

Le traîneau ralentit puis s'immobilisa. Arlo baissa les yeux et comprit pourquoi : sous ses chaussures, la neige avait disparu, remplacée par de l'humus et des aiguilles de pin.

Un par un, les membres de la patrouille se rassemblèrent à l'avant du traîneau, l'air perplexe et émerveillé. Wu ôta son bonnet et ses gants. Il n'en avait plus besoin.

Ils se trouvaient dans une vallée, d'où partait une rivière peu profonde. Au loin, les montagnes aux sommets enneigés étaient plus hautes que toutes celles qu'Arlo avait vues, et même imaginées. Elles emplissaient la moitié du ciel. Sur les pics déchiquetés, le vent soulevait des paillettes de glace.

Mais ici, il faisait chaud.

Au milieu de la clairière brûlait un immense pin. Des volutes de fumée grise s'en élevaient, peu à peu dispersées dans le ciel violet. Des flocons de cendre flottaient dans la brise.

À travers les flammes crépitantes, Arlo distingua le squelette de l'arbre : ses branches rougeoyantes oscillaient dans la fournaise.

Pourtant, l'arbre repoussait aussi vite qu'il se consumait. De nouvelles branches émergeaient lentement du tronc et finissaient par prendre feu pendant que d'autres, plus anciennes, s'effondraient en un tas de braises d'un blanc orangé.

C'était un équilibre parfait. Un feu de joie perpétuel.

L'arbre embrasé émettait une telle chaleur que, dans toute la vallée, la neige avait fondu.

Wu se tourna vers ses camarades.

– Euh… Les gars… Où est-ce qu'on est ?

- 27 -
LA VALLÉE DE FEU

INDRA SORTIT SA BOUSSOLE. Les membres de la patrouille se rassemblèrent autour d'elle pour regarder la flèche tourner lentement dans le sens des aiguilles d'une montre. Le nord était partout et nulle part à la fois.

Ils avaient pénétré dans les Longs Bois.

– C'est à cause de cette femme, la Gardienne, dit Wu. Elle nous a conduits ici exprès.

Indra referma la boussole avec un claquement sec.

– Elle ne parlait pas. Vous avez remarqué ?

– Elle ne voulait pas effrayer l'ours, tempéra Julie.

Des six Rangers, c'était elle qui semblait la moins inquiète, comme si son cerveau n'avait pas tout à fait intégré la gravité de la situation.

Connor ouvrit sa parka.

– Je ne suis pas sûr qu'il y ait eu un ours, en fait. Ce n'était peut-être qu'une illusion.

– Tu crois que la femme était une sorcière ? s'enquit Indra.

– Quelque chose de ce genre, en tout cas.

– Attendez, ça existe, les sorcières ? s'étonna Julie.

– Oui, mais pas les vampires, précisa Arlo. Ce que je trouve plutôt bizarre.

Jonas ajouta son manteau à ceux déjà empilés sur le traîneau.

– OK, disons que c'était une sorcière, ou quelque chose comme ça. Pourquoi est-ce qu'elle nous aurait amenés ici ? Pour nous manger ?

Connor, Wu et Indra regardèrent Arlo. Comme ils ne voulaient pas le dire eux-mêmes, Arlo s'en chargea :

– C'est moi qu'elle voulait.

– Pourquoi ? demanda Julie. Qu'est-ce que tu as de si spécial ?

Ils n'avaient pas le temps de lui parler des volutes, de la cousine de Connor et du coche-marre. Indra se contenta donc de répondre :

– On n'en sait trop rien. Mais des choses essaient régulièrement de le tuer.

– Et cette sorcière est probablement la créature qui les a envoyées, précisa Wu.

Depuis des semaines, Arlo se sentait coupable d'avoir entraîné Connor, Indra et Wu dans ses mésaventures.

Même si ses fidèles amis ne s'en étaient jamais plaints, à l'évidence ce n'était pas leur combat. Selon Arlo, le simple fait d'être à côté de lui les mettait en danger.

Il se sentait encore plus mal vis-à-vis de Julie et Jonas, que personne n'avait mis dans la confidence au cours de ces derniers mois. Ils faisaient partie de la patrouille, mais pas du cercle intime, ce qui produisait chez Arlo un sentiment de trahison et de malhonnêteté. Et voilà que les jumeaux étaient perdus dans les Longs Bois, pour des raisons qui leur échappaient.

Jonas désigna la forêt.

– Regardez, il suffit de rebrousser chemin. Il y a cinq minutes, on était encore dans notre monde. On peut retourner en arrière.

– Non, objecta Connor. Les directions ne sont pas les mêmes dans les Longs Bois.

– Pas besoin de la boussole ! s'exclama Julie. Le traîneau a laissé des empreintes. On n'a qu'à les suivre.

Arlo secoua la tête :

– Ça ne marchera pas. Les traces disparaîtront, ou tourneront en boucle.

– C'est impossible.

– Oui, comme cet arbre qui brûle, renchérit Indra. Comme ces montagnes. Nous sommes dans un lieu impossible. Ici, ça ne marche pas comme dans notre monde.

Jonas commença à rebrousser chemin.

– On peut au moins tenter. Sérieusement, qu'est-ce qu'on a à perdre ?

– À la minute où on t'aura perdu de vue, on ne te reverra plus jamais, affirma Connor. Crois-moi, ça m'est déjà arrivé.

Indra plissa les yeux.

– Quoi, ici ? Tu veux dire : ici, ici ? Dans cette vallée, avec ce pin ?

– Oui, je crois. Peut-être. (Il avança d'un pas et contempla la prairie qui se déployait devant eux.) Ce paysage m'est familier, un peu comme si j'en avais rêvé. Ce n'est pas juste l'arbre et les montagnes. Par là, cette espèce de champ de roches… (Il pointa un doigt vers une pente jonchée d'imposants blocs de pierre, comme si un géant avait pulvérisé une falaise d'un coup de poing.) J'ai l'impression d'être déjà venu. On est restés cachés ici un moment.

– Qui, Katie et toi ? demanda Indra. (Connor acquiesça.) Et tu te souviens de quoi d'autre ?

– Il y avait une maison. Je me rappelle avoir frappé à la porte. Elle s'est ouverte toute seule, comme s'il n'y avait pas de serrure.

– Il y avait quoi, à l'intérieur ?

Connor s'efforça de fouiller sa mémoire, en vain.

– Après, tout devient noir. Ce que je sais, c'est que je me suis retrouvé plusieurs semaines plus tard au Canada. Katie avait disparu. Ils ne voulaient pas de moi. Juste ma cousine.

– Comme ils veulent juste Arlo ? voulut savoir Julie. (Elle comprenait peu à peu.) Si c'est lui qu'ils recherchent, peut-être qu'ils nous laisseront partir, nous aussi.

Tout en prononçant cette phrase, elle évita délibérément de croiser le regard d'Arlo.

Indra s'offusqua :

– Tu plaisantes ? On ne va pas abandonner Arlo ! C'est notre ami, et c'est un Ranger, comme nous.

– Nous aussi, on est des amis et des Rangers, intervint Jonas. Pourtant, vous ne nous avez rien dit sur ce qui se passe. Si on est ici, c'est à cause de vous. À cause de lui.

– Il est hors de question qu'on abandonne Arlo, insista Connor. On va trouver une solution pour quitter cet endroit ensemble. La patrouille tout entière. Pas de discussion, pas de remise en question. Compris ?

À contrecœur, Jonas et Julie acquiescèrent.

Wu ne s'était pas mêlé à la dispute. Les yeux plissés, il indiqua quelque chose au loin :

– Les gars ? Il y a un truc, là-bas. (Il récupéra les jumelles dans le traîneau et regarda dedans, faisant la mise au point.) C'est une petite cabane en pierre.

Il donna les jumelles à Connor. Tout le monde attendit son verdict. Le chef de patrouille hocha lentement la tête.

– Oui. On dirait la maison dont je me souviens.

L'un après l'autre, ils regardèrent dans les jumelles. Quand ce fut au tour d'Arlo, il constata qu'il n'était pas d'accord avec les termes « maison » ni « cabane ». La construction en question était un amas de pierres de forme circulaire maintenu par de la terre. Le toit affaissé était en bois et en peaux de bêtes. Une porte cassée pendait dans son cadre.

Au mieux, c'était une cahute.

– Il faut aller voir, proposa Wu.

Indra ricana.

– Tu veux rire ? C'est forcément un piège ! Ça ne pourrait pas être pire s'il y avait du fromage et une tapette géante ! Cette sorcière, ou pseudo-sorcière, attend qu'on y aille pour nous capturer, exactement comme elle a attrapé Connor et Katie quand ils étaient petits.

– Elle a raison, confirma Arlo. On ne peut pas y aller.

Indra se félicita de ne pas être la seule à faire preuve de bon sens. Mais Arlo poursuivit :

– Je dois y aller seul.

Connor s'opposa immédiatement à cette idée :

– Première règle de l'exploration : toujours rester groupés.

– Sauf si on envoie un éclaireur. C'est dans le chapitre sur la traque. (Arlo avait pris de l'avance dans le *Manuel du Ranger.*) Je serai l'éclaireur. Vous, vous restez ici pour mettre en place un périmètre de sécurité autour du traîneau. Je ne sais pas si ça vous protégera, mais ça ne peut pas faire de mal.

Il ôta sa parka et la posa sur les autres dans le traîneau.

Indra essaya de le raisonner :

– Arlo, de toute évidence, c'est toi qu'elle veut. Si tu vas là-bas, tu seras à sa merci. Et ensuite ? On ne sera pas plus avancés !

Jonas était d'accord avec elle :

– Tu dois nous servir de monnaie d'échange.

– Ce n'est pas du tout ce que je disais ! protesta sèchement Indra.

Wu se concentra sur son ami :

– Arlo, n'y va pas. Si elle te voit, c'est la fin pour toi, voire pire.

– Elle ne me verra pas.

Arlo détacha la corde du traîneau. Pas sûr que son plan marche, mais il y avait une petite chance. Dès leur arrivée dans la vallée, il avait ressenti des choses. Des picotements sur sa peau. Un frémissement dans ses os. Au début, il croyait que c'était juste la peur, mais, à mesure que sa panique initiale disparaissait, la sensation s'intensifiait sans cesse. Les Longs Bois émettaient comme un bourdonnement. Chaque arbre, chaque feuille, chaque rocher vibrait.

Et Arlo vibrait avec eux.

Il tint un bout de corde entre ses mains qu'il replia sur lui-même avant de l'entortiller et de rassembler les boucles ainsi formées. Indra fut la première à comprendre ce qu'il essayait de faire. D'un signe, elle demanda aux autres de lui laisser de la place.

Contrairement au nœud de chaise ou au nœud demi-clé, il ne semblait pas y avoir de méthode précise pour façonner un neut. C'était plus comme de l'art. Il fallait persévérer jusqu'à sentir un changement s'opérer. Peu à peu, la corde s'assouplit, jusqu'à ce qu'Arlo ne puisse plus vraiment différencier une boucle d'une autre. Ses doigts, eux, paraissaient toujours savoir quoi faire : passer les boucles à l'intérieur, à l'extérieur, tirer, repousser.

Arlo ferma les yeux. Entre ses mains, les fibres prenaient vie. Elles se mirent à remuer toutes seules, tout en restant aux ordres du garçon. La corde chauffait. Arlo décela une odeur de brûlé. Il ralentit ses gestes, prit son temps. Encore quelques tours, et les boucles finales furent en place.

Le garçon ouvrit les yeux, puis les mains. Là, au milieu de la corde, il trouva un nœud simple. En l'examinant de plus près, il distingua de minuscules scintillements qui pulsaient dans les fibres.

Il avait fait un neut de pendu. Et cette fois, volontairement.

Émerveillée, Indra s'extasia :

– Comment tu as fait ?

– Aucune idée. C'est comme si la corde avait bougé toute seule.

– Ça doit être extra-dimensionnel, suggéra Wu. Réfléchissez. En trois dimensions, faire un nœud normal comme celui-ci est impossible quand on n'a pas une extrémité libre. Mais, en quatre dimensions, c'est facile.

Se rendant compte qu'il exagérait, il se corrigea :

– Enfin… Ce n’est pas facile, mais c’est possible.

Indra approuva :

– Ça pourrait expliquer pourquoi il est possible de faire des neuts uniquement dans les Longs Bois et alentour.

– Pareil avec les coups-de-tonnerre et les claque-lumières, renchérit Connor. Il faut plier l’espace pour en produire.

– Les coups-de-tonnerre et les claque-lumières sont utiles, fit remarquer Julie. (Elle désigna la corde d’Arlo.) Mais ça, en quoi ça va nous aider ?

Arlo glissa les pouces à l’intérieur du neut pour l’écarter avec soin. Comme la première fois, ses doigts disparurent. L’espace créé à l’intérieur chatoyait, irisé comme une bulle de savon. Arlo continua à écarter les bords pour agrandir le cercle jusqu’à ce que celui-ci ait la taille d’une roue de vélo. À chaque instant, il sentait que le neut voulait se refermer. Tenant la corde d’une poigne ferme, le garçon passa le pied droit dans l’ouverture. Sa jambe disparut jusqu’à la cuisse ; pourtant, il se trouvait toujours devant ses camarades.

– Waouh ! s’écria Jonas, parlant pour le reste du groupe.

Arlo fit glisser son pied gauche dans l’ouverture. Lui aussi disparut. À présent, seule la moitié supérieure du corps d’Arlo était visible.

– Je ne sais pas combien de temps ça va durer. Vous, occupez-vous du périmètre de sécurité.

– Et on fait quoi si la sorcière arrive ? s'inquiéta Wu.

Arlo regarda Connor.

– Préviens-moi avec un coup-de-tonnerre. Je me dépêcherai de revenir.

– Attends ! s'exclama Indra. Je t'accompagne.

Wu lui jeta un coup d'œil effaré :

– Tu as dit que c'était un piège !

– C'est pour ça qu'on ne peut pas le laisser y aller tout seul. Il va se faire tuer. (Indra posa les mains sur les épaules d'Arlo, prête à le rejoindre.) En plus, s'il y a quelque chose d'important dans cette cabane, il y a plus de chances que je sache ce que c'est.

Arlo ne pouvait qu'être d'accord.

Il bloqua la corde pendant qu'Indra se faufilait à l'intérieur. C'était juste, mais tous deux réussirent à tenir. Puis, d'un geste rapide, il tira la boucle par-dessus leurs têtes. Le neut se contracta d'un coup et la corde retomba à terre. Les fibres se tortillèrent, frémissantes d'énergie.

Arlo et Indra s'étaient volatilisés.

- 28 -
LA CAHUTE

ILS ÉTAIENT LÀ SANS ÊTRE LÀ.

Sur leur droite, Wu et Julie ramassaient des pierres rouges. De retour au traîneau, Connor et Jonas les trièrent et les empilèrent pour bâtir leurs défenses. Arlo et Indra voyaient leurs lèvres remuer, sans entendre ce qu'ils disaient.

– Pourquoi on ne les entend pas ? demanda Indra.

Arlo se remémora ses sorties à la piscine bondée, l'été, à Philadelphie. À la surface, il y avait un vacarme assourdissant, mais en dessous, tout était calme.

– C'est comme quand on est sous l'eau, je crois.

Indra acquiesça. C'était cette impression. Même l'air semblait plus épais. Les mains d'Indra scintillaient, comme saupoudrées de paillettes. Elle montra la corde à terre, où le neut brillait avec intensité.

– On doit l'emporter ? Au cas où on en aurait besoin ?

Arlo se baissa pour ramasser la corde. Ses doigts passèrent au travers. Perplexe, il voulut toucher le traîneau : sa main traversa le cadre.

L'enchantement du neut de pendu les avait rendu non seulement invisibles, mais aussi immatériels. Ils ne pouvaient ni toucher ni être touchés. Pour autant, ils ne tombaient pas dans le sol, droit vers le centre de la Terre – ce qui était positif.

Arlo songea à Cooper. Coincé entre deux mondes, le chien fantôme aboyait en silence après des choses qui n'existaient pas. Peut-être que la mort était comme un neut de pendu qui ne se dénouait jamais.

À cette pensée, le garçon frissonna. Et si Indra et lui étaient entrés dans un trou pour rejoindre le royaume des morts ? Soudain, son idée ne lui parut plus aussi bonne.

Au moins, il n'était pas seul.

– On devrait y aller, l'encouragea Indra. On ne sait pas de combien de temps on dispose.

Arlo était d'accord. Il espérait que les effets du neut perdureraient au-delà de quelques minutes, mais moins que l'éternité.

Ils marchèrent normalement, sauf que chacun de leurs pas était silencieux. Alors qu'ils approchaient du pin, ils distinguèrent chaque aiguille en train de brûler. D'abord rouges, puis blanches, elles se recroquevillaient sur elles-mêmes et finissaient réduites en cendres.

Indra voulut en attraper une au moment de sa chute, mais l'aiguille passa à travers sa main.

Droit devant eux, la cahute était plantée dans le lit d'une rivière, où un minuscule ruisselet de neige fondue s'écoulait sur la roche. Des libellules voletaient d'une flaque à l'autre. Des ossements et carcasses d'animaux étaient disséminés entre les pierres arrondies, comme les reliefs d'un repas.

Indra désigna la porte : celle-ci se balançait doucement sur ses gonds, comme si on venait juste de l'ouvrir. Ça pouvait aussi être le vent.

Ils approchèrent à pas prudents. Le battant était suffisamment ouvert pour qu'Arlo aperçoive l'intérieur. Penchée sur son épaule, Indra tendait le cou pour, elle aussi, jeter un coup d'œil.

La cahute ne comprenait qu'une seule pièce, avec un sol en terre battue. Pas de fenêtre ni de meubles dignes de ce nom; rien qu'un matelas crasseux d'où sortaient des touffes de paille. Une lourde bouilloire était suspendue au-dessus des cendres d'un feu. À part la porte, la seule source de lumière provenait d'un trou dans le plafond. *C'est sûr, ce n'est pas une cabane*, pensa Arlo.

Tout à coup, une silhouette se déplaça sous leurs yeux. Indra émit un hoquet de surprise et se cacha derrière le mur. Arlo tomba sur les fesses.

Jusque-là, la femme s'était tenue au seul endroit de la cahute qui se trouvait hors de leur vue. Lentement, elle se tourna vers Arlo. Pendant un instant, il aurait juré qu'elle l'avait repéré. Toutefois, son regard ne se fixa jamais sur lui. Apparemment, l'enchantement du neuf de pendu marchait bien.

Arlo se redressa prudemment puis se rapprocha de la porte.

La femme ne portait plus l'uniforme des Gardiens. Elle était maintenant vêtue d'une robe d'été bleue et sale, déchirée sur les bords. Malgré sa tenue négligée, elle était très belle : grande et svelte, elle avait tout l'air d'un top model. Elle donnait l'impression d'être illuminée de l'intérieur. Arlo aurait pu l'admirer pendant des heures sans jamais détourner les yeux.

La femme semblait parler. Mais à qui ? Arlo était certain qu'il n'y avait personne d'autre dans la cahute. L'enchantement l'empêchait d'entendre ce qu'elle disait – même s'il doutait fort d'être capable de la comprendre.

Même si la précaution n'était sans doute pas nécessaire, Indra chuchota :

– Ce qu'elle a dans la main, c'est un coquiparle. J'ai lu des trucs là-dessus. (La femme porta à son oreille une conque en spirale, comme si elle écoutait la mer.) Elles vont par paires. Ce que tu dis dans l'une ressort en un murmure par l'autre, comme un téléphone en boîtes de conserve reliées par un fil.

Arlo se rappela en avoir déjà fabriqué, sauf que c'était avec deux pots de yaourt et du fil dentaire.

– Elle discute avec quelqu'un, poursuivit Indra. Peut-être qu'elle l'informe de notre présence.

– Ou qu'elle lui donne les consignes pour la suite.

Juste à ce moment-là, la femme remit le coquillage contre son oreille.

– À ton avis, qu'est-ce qu'elle est ? demanda Arlo.

– Si je devais deviner, je dirais une harpie. C'est comme une sorcière des forêts. Tu peux être sûr que ce n'est pas sa véritable apparence.

– Comment tu le sais ?

– Regarde ses pieds. Elle ne porte pas de chaussures ; pourtant, ses pieds sont d'une propreté impeccable. C'est une illusion.

Soudain, la femme – la harpie – termina sa conversation. Elle rangea la conque dans une niche sombre du mur puis se dirigea vers la porte. Arlo et Indra s'écartèrent pour qu'elle ne passe pas à travers eux.

– Suivons-la, déclara Arlo.

– Une minute. Elle ne part pas vers le traîneau.

Indra avait raison : la harpie s'était accroupie au-dessus d'une flaque. Ils l'observèrent tandis qu'elle sortait un filet de l'eau. Il était bien plus grand qu'ils ne l'auraient cru possible. Alors qu'elle le remontait, elle ramassa des langoustines et des oursins qu'elle écrasa entre deux cailloux.

Arlo plissa les yeux.

– Elle a faim, on dirait.

– Tant mieux. Ça nous laisse quelques minutes.

Indra pénétra dans la cahute avant qu'Arlo puisse protester. Le garçon décida de la suivre. Si l'enchantement se dissipait, au moins, ils seraient hors de vue.

L'espace qu'ils découvrirent était très intéressant. Sur une étagère grossière étaient disposés des plantes séchées et divers ingrédients. À l'évidence, certains pots provenaient du monde normal, avec leurs étiquettes de supermarché à demi effacées sur lesquelles on lisait *THYM* ou *ROMARIN*. Mais plusieurs contenaient du sable, d'autres des scarabées et des araignées nageant dans un liquide. Indra essaya d'en prendre un. Elle avait oublié qu'elle n'était plus en mesure d'attraper quoi que ce soit.

Au fond de la cahute, une cage pendait au plafond, attachée à une corde. Faite de barreaux en osier et non en fer, elle ressemblait à la cage d'un perroquet ou d'un cacatoès. Un linge taché la recouvrait, ne laissant paraître que quelques centimètres de la partie basse.

Arlo se pencha pour mieux voir. Le plateau de la cage était jonché d'os brisés. Ils n'avaient pas seulement été nettoyés de leur viande ; on les avait aussi fendus en deux pour en aspirer la moelle.

Tout à coup, la cage s'agita. Elle se balança au bout de la corde et tourna sur elle-même. Arlo recula quand le linge tomba. La cahute se retrouva éclairée d'une vive lumière.

Deux volutes flottaient dans la cage. Elles se jetèrent contre les minces barreaux, tentant en vain d'atteindre Arlo.

La panique saisit le garçon.

– Elles nous voient ! s'affola-t-il. On n'est plus invisibles !

Indra s'approcha prudemment de la cage. Elle agita la main sur le côté. Les volutes ne lui prêtèrent aucune attention.

– Je crois qu'elles ne nous voient pas vraiment, conclut-elle. En revanche, elles sentent ta présence. C'est comme si on les avait dressées pour te trouver.

Arlo risqua un coup d'œil par la porte. La harpie était toujours penchée sur la flaque, à vérifier ses prises. Malgré leur fureur, les volutes ne faisaient manifestement pas assez de bruit pour attirer son attention.

– C'est elle qui les a envoyées, comprit Arlo. L'autre nuit, dans la forêt. C'est bien moi qu'elles cherchaient.

– Oui, c'est aussi mon avis. (Indra regarda autour d'elle.) Continuons à fouiller. Il y aura peut-être…

Troublée, elle s'interrompit.

Tous deux l'avaient senti : il se passait quelque chose.

Si être dans le neut de pendu donnait l'impression de se trouver sous la surface de l'eau, ils avaient désormais la sensation de remonter à l'air libre. Dans un *pouf!* audible, l'enchantement prit fin. Arlo et Indra se retrouvèrent comme propulsés dans le monde ordinaire, ou du moins dans le monde extraordinaire des Longs Bois.

Leur peau ne scintillait plus. Ils étaient de nouveau visibles.

Pris de légers vertiges, Arlo se dirigea vers la porte pour guetter la harpie.

– Elle est toujours là-bas.

– Reprenons nos recherches. On va bien finir par trouver quelque chose d'utile.

À la lumière des volutes, il apparut clairement que les murs étaient constellés de niches. Les enfants y découvrirent des colliers en étain, de longues aiguilles, des crânes d'oiseau et des billes.

En hauteur, à un endroit moins visible, les doigts d'Arlo rencontrèrent quelque chose de souple. Du tissu. Il le tira vers lui. C'était jaune, couleur moutarde industrielle. Avant même de le déplier, Arlo sut ce que c'était.

Le foulard de son oncle. Il reconnut la tache de sang séché.

Indra le lui prit des mains. Perplexe, elle vérifia le logo.

– Il vient de la troupe de Pine Mountain, constata-t-elle.

– C'est le foulard de mon oncle. Il me l'a prêté. Je l'avais à la première réunion, mais ensuite il a disparu.

Pas disparu, songea Arlo. *On me l'a volé.*

– C'est impossible, objecta Indra. On n'a jamais eu de patrouille Jaune !

Arlo n'avait pas d'explications à lui proposer.

– Mon oncle a dit que ça lui appartenait.

Suivant son intuition, Indra tint le triangle de tissu à côté de la cage. Aussitôt, les volutes s'agitèrent, frénétiques, essayant à tout prix de s'en emparer.

– On dirait des chiens de chasse, commenta Indra. Elles ont été dressées pour reconnaître une odeur. C'est comme ça qu'elles ont trouvé ta trace, alors même qu'elles ne te voyaient pas.

Elle rendit le foulard à Arlo. Il le fourrait dans la poche de son pantalon quand…

BOUM! Un coup-de-tonnerre.

Arlo regarda au-dehors : la harpie n'était plus là.

- 29 -
GLOBILLE

LE VENT AVAIT TOURNÉ.

La fumée de l'arbre en feu se répandait maintenant à travers la vallée. Elle piquait les yeux d'Arlo, qui s'efforça de repérer la harpie. Il ne voyait pas non plus ses amis près du traî…

BOUM! Un autre coup-de-tonnerre.

Ils avaient des ennuis.

Arlo et Indra s'élancèrent en direction du bruit. La fumée ne cessait de s'épaissir. Leur gorge les démangeait, leurs poumons brûlaient.

Indra retira son foulard pour le tremper dans l'une des flaques d'eau sale. Elle le plaqua sur sa bouche pour respirer au travers. Elle leva le pouce vers Arlo : ça aidait bien. Arlo l'imita. À son tour, il plongea son foulard dans la boue. Le tissu mouillé sentait les algues et les chaussettes sales, mais ça marchait. Il pouvait de nouveau respirer.

Ils avancèrent dans la fumée. Arrivés au niveau du pin en feu, ils ne virent qu'une tache orange rougeoyante. Ils étaient près du but. L'orée du bois – et la patrouille – devait être à quelques mètres à peine.

Soudain, le vent tourna encore. La fumée fut soulevée comme un drap. Surpris de se retrouver à découvert, Arlo et Indra se laissèrent tomber sur le sol terreux puis rampèrent derrière un rocher plat.

La harpie se tenait à cinq ou six mètres. Elle leur tournait le dos, le filet de pêche attaché autour de sa taille comme une ceinture. Leurs amis étaient recroquevillés derrière le traîneau. Connor, qui protégeait Julie et Jonas, les mit en garde :

– Ne la regardez pas dans les yeux !

Wu gardait les yeux baissés. En guise d'arme, il brandissait la casserole à chili.

Indra montra les amas de cailloux.

– Le périmètre de sécurité fonctionne, souffla-t-elle. Elle ne peut pas approcher !

En effet, la harpie paraissait bloquée par un mur invisible. Elle contourna le traîneau, une main tendue devant elle pour repérer d'éventuelles failles dans la protection. Dès qu'elle se déplaçait, les camarades d'Arlo se décalaient dans le sens inverse pour toujours maintenir la plus grande distance possible entre la créature et eux. Ils prirent soin de ne pas heurter les protections.

Même si la harpie avait une apparence humaine, il y avait quelque chose de surnaturel dans ses mouvements. Chacun de ses pas était trop grand, chaque geste exagéré. Comme si elle apprenait encore à utiliser ce corps.

Wu remarqua la présence d'Arlo et d'Indra. Un doigt sur les lèvres, ils lui firent signe de ne rien dire. Il acquiesça d'un signe de tête.

La harpie fit un tour complet du traîneau, sans avoir trouvé comment se rapprocher.

– Ils sont en sécurité, chuchota Arlo.

– Ces protections ne dureront qu'un temps, modéra Indra. Il faut trouver comment l'arrêter.

Tout à coup, Arlo eut une idée. Il glissa la main dans la poche droite de son pantalon : la salière en verre s'y trouvait toujours.

– À quoi ça sert ? l'interrogea Indra.

– Je peux peut-être la chasser, comme je l'ai fait avec le coche-marre.

– Ça ne marchera pas. Personne ne l'a envoyée. Elle est chez elle.

Indra tira sur le lobe de son oreille. Ça voulait dire qu'elle réfléchissait. Arlo ayant remarqué ce tic, il resta silencieux. Cependant, il n'était pas prêt à abandonner l'idée du sel. Il l'avait sur lui depuis des semaines, justement pour des cas d'urgence comme celui-ci. Peut-être que ça suffirait à détourner l'attention de leur poursuivante. Personne n'aimait recevoir du sel dans la figure. Pas même les harpies.

Indra vida ses poches. Arlo ne s'était pas rendu compte qu'elle avait emporté tout le bric-à-brac qu'elle avait trouvé dans la cahute. Elle brandit un pot en verre crasseux dont le couvercle rouillé était percé de trous.

– Ça fera peut-être l'affaire. (À l'intérieur, trois bestioles couraient dans tous les sens.) Des scarafées.

Arlo prit le pot. Émerveillé, il observa les étranges insectes. À présent, il comprenait pourquoi, le jour de leur rencontre, Wu avait essayé d'en attraper un. Ils chatoyaient, leurs reflets changeant sans cesse.

La harpie s'agenouilla devant le traîneau. Elle enfonça les doigts dans la terre. Seulement ce n'étaient plus des doigts : c'étaient des griffes. La harpie reprenait sa véritable apparence : une peau bleutée, épaisse comme du cuir et couverte de cicatrices; des cheveux noirs en bataille; et deux cornes ivoire qui lui sortaient du front.

La terre autour des mains de la harpie tournoya, comme brassée. Puis le sol se mit à trembler. Arlo n'avait jamais vécu de tremblement de terre, mais il aurait juré que c'en était un.

Les cailloux empilés qui formaient le périmètre de sécurité s'ébranlèrent. Soudain, Connor comprit le plan de la harpie.

– Retenez les cailloux !

Connor, Wu, Jonas et Julie tentèrent tant bien que mal de garder les tas droits. Hélas, les secousses étaient trop violentes. Une par une, les pierres basculèrent. Les protections n'agissaient plus.

– Fuyez ! cria Connor. Courez vers les rochers ! Cachez-vous !

Il poussa ses camarades.

La harpie se leva lentement. Le cou tendu, elle reprit forme humaine étape par étape : d'abord les mains, puis les jambes, et enfin le visage. Elle affichait un sourire sinistre. Visiblement, elle s'amusait beaucoup.

D'un geste fluide, elle retira le filet qui lui entourait la taille et le jeta sur Jonas en pleine course. Le filet se prit dans ses pieds ; Jonas tomba de tout son long. Les fibres magiques remontèrent le long de ses jambes à la façon d'une araignée emmaillotant sa proie. Le garçon poussa un cri de panique.

Wu et Connor rebroussèrent chemin pour lui venir en aide. Avec leurs couteaux de poche, ils entreprirent de trancher les fils. Mais chaque fois qu'ils en coupaient un, deux autres le remplaçaient. Ça ne servait à rien.

Indra saisit le bras d'Arlo :

– Jette-le !

Il avait complètement oublié qu'il avait dans sa main le pot de scarafées. Il se mit debout, visa avec précision et, de toutes ses forces, jeta le pot sur la harpie.

Raté.

Le pot vola à côté de la créature avant d'atterrir par terre, près de Wu.

La harpie se retourna : elle repéra Arlo. Soudain, elle perdit tout intérêt pour les autres.

– Globille ! s'écria-t-elle.

Son sourire s'étira, d'une largeur impossible.

C'était elle. C'était la voix qui l'avait appelé dans la forêt.

Arlo recula lorsque la harpie approcha.

Indra se posta devant lui, faisant bouclier avec son corps. Elle garda les yeux baissés.

– Je ne vous laisserai pas lui faire de mal !

Arlo l'écarta.

– Va retrouver les autres. C'est pour moi qu'elle est là.

Il ne se démonta pas. Son seul objectif étant de faire gagner du temps à ses amis, il regarda la créature droit dans les yeux.

Soudain, tout alla bien.

Non : tout allait même mieux que jamais.

Arlo fut de retour dans son lit presque trop moelleux, à contempler les rayons du soleil matinal qui illuminaient le papier peint à fleurs-flocons. Ça sentait les pancakes au sirop d'érable, mais, dans un accès de paresse, le garçon n'eut pas le courage de se lever. Il tendit la main vers la sonnette de son vélo, le Zephyr Boule de Feu Maxx. *Ding!*

On frappa. Il vit sa mère ouvrir la porte.

– Tu comptes dormir toute la journée? demanda-t-elle avec un sourire.

Le père d'Arlo, une main posée sur l'épaule de sa mère, poussa encore un peu la porte.

– Laissons-le se reposer. On a un long trajet, cet après-midi. Quinze kilomètres!

Arlo actionna le petit levier de la sonnette. *Ding*!

Couché au pied du lit à sa place habituelle, Cooper leva la tête.

– Arlo? demanda le chien. Arlo!

Marrant. C'était la première fois que Cooper parlait. Arlo ne l'aurait jamais imaginé avec une voix de fille. Cooper paraissait contrarié. Ça ne lui ressemblait pas.

Avec un grognement, Cooper lui mordit brusquement la main.

Arlo regarda sa blessure. Une goutte de sang perla à la surface. Il leva les yeux : Indra se trouvait à côté de lui, dans la vallée, avec entre les doigts l'une des aiguilles qu'elle avait récupérées chez la harpie.

– Arlo ! Cours ! hurla-t-elle.

Il savait qu'il devait bouger. Se cacher. Indra était intelligente, obstinée, et avait presque toujours raison. Pourtant, il était tellement plus facile de rester là, tranquille. Ses parents étaient présents, ensemble, dans l'encadrement de la porte. Si seulement Arlo s'autorisait à croire à cette illusion, alors tout serait merveilleux.

– Les gars ! brailla Wu. Baissez-vous !

Arlo se retourna : Wu lança le pot en verre. Le récipient atteignit la harpie sur le côté de la tête puis vola en éclats. Paniqués, les scarafées lâchèrent aussitôt le contenu onctueux de leur vessie. Au contact de l'air, le liquide clair se transforma en une matière violette visqueuse.

Arlo en reçut un peu sur son uniforme. Indra en eut dans les cheveux. Mais l'essentiel recouvrit le visage de la harpie, soudain aveuglée. Le rugissement qu'elle poussa fut si puissant qu'il résonna dans toute la vallée.

Arraché de sa transe, Arlo réintégra son corps et revint dans la vallée. Il s'élança vers la pente rocheuse, Indra à ses côtés.

Connor découpa le filet dans lequel Jonas était emmêlé. Les mailles avaient cessé de s'autoréparer. Wu aida ses camarades à se relever. Les trois garçons se précipitèrent vers le champ de roches, où Julie escaladait déjà les blocs géants.

Toujours aveuglée, les bras projetés vers le ciel, la harpie hurla tel un loup. Au même instant, le sol recommença à trembler. Des pieux tordus, en bois, surgirent de terre, chacun aussi long qu'une lance. Arlo les reconnut : ils étaient identiques à ceux du piège dans lequel il avait failli tomber en pourchassant les volutes. Personne ne l'avait creusé. La harpie l'avait créé avec ses pouvoirs magiques.

– Ce sont des racines ! s'écria Indra. Ce sont les racines de l'arbre !

En effet, au bout de chaque pieu rougeoyaient des braises. En poussant, les racines s'entrecroisaient, formant un treillis grossier qui enfermait les enfants.

La harpie ne voyait plus ses proies ; toutefois, elle pouvait les empêcher de s'échapper.

Les pieux apparaissaient sans interruption, par vagues. La seule alternative : les esquiver et éviter de se faire empaler. Arlo vira à gauche tandis qu'Indra prit à droite. Ils se retrouvèrent séparés de trois mètres à peine, mais une dizaine de piques brûlantes se dressaient entre eux.

Arlo trébucha et roula sur le côté juste au moment où un nouveau pieu crevait le sol.

– Allez sur les rochers ! cria Connor. Vous y serez en sécurité !

Il avait raison : les pieux surgissaient uniquement de la vallée. Les rochers étaient épargnés. Arlo repéra un chemin qui pourrait l'y mener. Il n'était qu'à une trentaine de mètres, mais tous les trois ou quatre pas, il devait s'écarter à gauche ou à droite pour éviter un nouveau pieu.

Dans un bond final, il grimpa sur un bloc de roche de la taille de son pupitre, à l'école. Il regarda en arrière, étonné de voir combien le champ de pieux s'était densifié. Au-delà, la harpie s'agitait toujours, essayant d'ôter la matière violette de ses yeux.

Sur sa droite, Arlo vit que Connor, Wu et Jonas se trouvaient tous en sécurité, sur la pierre, en hauteur. Julie se calait dans un espace entre deux blocs. En revanche, Indra n'était visible nulle part.

– Arlo ! cria celle-ci.

D'après sa voix, elle était tout près. Enfin, Arlo l'aperçut, coincée par une dizaine de pieux. Elle ne pouvait plus s'échapper.

Le garçon courut dans sa direction, prenant soin de rester sur les rochers.

– Tu peux monter sur ceux-là ! lança-t-il en désignant deux pieux qui, croisés, formaient un V.

– Non ! C'est trop haut !

À cet instant, un autre pieu surgit derrière elle. Elle avait failli se faire embrocher.

Indra rejeta ses cheveux en arrière et reprit ses esprits. Elle inspecta les piques qui se dressaient devant elle. Passer au travers était simplement impossible. Tout à coup, une idée lui vint.

Elle ôta sa ceinture et l'enroula autour de l'un des pieux. Saisissant fermement le cuir, elle posa un pied sur le pieu. L'autre, plus haut. Arlo la regarda monter la ceinture de quelques centimètres et répéter la manœuvre. Indra grimpait lentement, comme un bûcheron escaladant un poteau.

La partie difficile fut la traversée. Indra posa le pied gauche dans le V, priant pour qu'il résiste. Puis elle fit basculer son poids de l'autre côté. Maintenant, il fallait qu'elle…

– Saute ! Je te rattraperai ! lui cria Arlo.

Abandonnant sa ceinture, Indra sauta. Plutôt que la rattraper, Arlo fit office d'amortisseur. Les deux enfants tombèrent à la renverse sur les rochers, secoués mais indemnes.

– Continuez à monter ! s'époumona Connor. Déployez-vous !

Arlo regarda la pente rocheuse au-dessus de lui. Aussi large qu'un terrain de football, elle était parsemée de niches et de renfoncements. C'était l'endroit parfait pour se cacher. Et se cacher semblait leur seul espoir.

Tandis qu'il se blottissait dans un trou étroit sous un rocher, Arlo se réjouit d'être le plus petit de tous les Rangers. Sa taille lui permettrait peut-être de rester en vie.

La neige fondue avait rendu la roche glissante. Arlo sentit le froid s'infiltrer peu à peu dans le dos de son uniforme.

De sa position, il ne voyait que la cime du pin en feu, dont les volutes de fumée s'élevaient dans le ciel violet. Il n'entendait que le sang battre à ses oreilles.

Peut-être qu'ils s'en étaient tirés. Peut-être que la harpie fouillait la forêt et non la pente rocheuse. Peut-être…

– Globille ! Glooooo-bille !

Sa voix grinçait comme une charnière rouillée. La harpie employait le même ton que pour dire à un chien de venir manger. Sauf qu'Arlo était le repas.

Il s'enfonça encore un peu plus dans la crevasse. Un petit lézard orange fila comme un éclair, gêné par la présence de cet intrus. L'animal cligna successivement de ses trois yeux, examinant le garçon. Arlo se dit qu'une fois rentré chez lui, il devrait chercher quelle était cette espèce de lézard.

S'il arrivait à rentrer chez lui.

Sur sa droite, il entendit des pas sur la roche. La harpie était tout près. La cachette d'Arlo lui parut soudain bien moins idéale. Il ne s'était ménagé aucune issue. Soit elle le trouverait, soit elle ne le trouverait pas, et lui-même n'y pouvait rien.

Un pied nu de femme entra dans son champ de vision, l'ourlet déchiqueté de sa robe sale recouvrant son mollet. Sa peau propre était lisse comme du marbre.

Au bord du rocher, le lézard à trois yeux leva la tête, comme paralysé, jusqu'à ce qu'une main griffue se referme sur lui. Arlo écouta les dents de la harpie broyer les os de l'animal. Elle termina avec un *slurp !*

Quel que soit l'enchantement qu'elle utilisait pour avoir l'apparence d'une belle femme, celui-ci prenait fin lorsqu'elle mangeait. Arlo vit les chevilles de la harpie se colorer d'un bleu profond puis se couvrir de bubons et de cicatrices. Des vers se tortillaient juste sous son épiderme. Les ongles de ses orteils étaient en réalité des serres noires agrippées à la pierre.

La harpie disparut dans un grognement. Selon Arlo, elle avait dû grimper sur le rocher pour avoir une meilleure vue sur l'éboulis de pierres.

Il devait rester caché, il le savait. Alors que les secondes s'écoulaient, devenant des minutes, il commença à frissonner, autant de peur que de froid. Son pied gauche s'engourdissait. De plus, il avait du mal à respirer.

Pour se distraire, il articula en silence le Serment :

Loyal, brave, gentil et vrai
Gardien du présent et du passé
Je protège la nature,
Je défends les plus faibles,
J'éclaire les sentiers,
Et cherche la droiture.
Esprits de la forêt, entendez-moi
Prononcer mon serment du Ranger.

Il sourit. C'était la première fois qu'il récitait les bons mots dans le bon ordre.

À supposer qu'il échappe à la harpie, retrouve ses amis et réussisse à sortir des Longs Bois – à supposer qu'il survive, tout court –, il accéderait sans problème au grade d'Écureuil.

Mais avant tout, il devait bouger. Il ne pouvait pas risquer de rester ici plus longtemps. L'eau glacée qui s'écoulait sur la roche finirait par le mener vers l'hypothermie. Il devait trouver une cachette plus au sec.

Avec une lenteur extrême, il se rapprocha de la lumière un centimètre après l'autre. Un des boutons de sa chemise se prit dans une minuscule fente, dans la roche. Il n'avait pas la place d'y glisser les doigts pour se libérer. Il expira donc à fond puis rentra la poitrine. Cette stratégie fut payante : Arlo se dégagea avant d'inspirer profondément.

Il guetta un raclement de griffes. Des pas. De la terre glissant entre deux blocs. Mais il n'entendit que le vent. Si la harpie était dans les parages, elle ne faisait pas le moindre bruit.

Il posa la main sur le bord du rocher.

Puis il le perçut : le bruit de grelot d'un collier de chat. Le tintement de la matière violette poisseuse. Il se pétrifia.

C'était tout près. C'était la harpie, forcément, sauf que… Chose étrange, il n'avait pas entendu ces tintements quand elle s'était tenue juste à côté de lui. Peut-être s'était-elle débarrassée de la matière grâce à ses pouvoirs.

Alors pourquoi l'entendait-il maintenant ?

Lentement, Arlo remit son bras sous la roche. Le bruit de grelot résonna une fois de plus. Ça venait de lui ! Il tourna sa manche et s'aperçut qu'il avait une tache violette. Soulagé, il soupira. Puis…

Un hurlement. De fille. C'était Julie, pas Indra. Elle était loin.

Arlo s'extirpa de sa cachette et essaya de se repérer. Il commençait à pleuvoir – à neiger, en fait –, mais les flocons fondaient, formant une fine bruine.

– Au secours ! À l'aide !

La voix venait du bas de la pente. Arlo grimpa sur un bloc de roche pour observer le champ. Connor apparut près de lui. Wu, un peu plus bas, tentait de gravir la pente.

Puis Arlo repéra la harpie. Tout en bas, elle tirait Julie par les cheveux. Elles se trouvaient sur un rocher plat.

Un coup-de-tonnerre éclata. La harpie, curieuse, leva les yeux vers Connor. Il projeta sur elle trois claque-lumières. Ça ne faisait pas mal, mais ça suffit à détourner son attention. Julie en profita pour se dégager de son étreinte et retourner se cacher entre les rochers.

Un autre claque-lumière fusa, cette fois venant d'ailleurs. Ce devait être Jonas. Puis un troisième, à demi avorté. Indra. Wu fit aussi quelques tentatives, mais la lumière n'alla jamais plus loin que le bout de ses doigts.

– Continuez ! cria Connor. Il faut l'occuper !

Arlo regarda sa main sale. Était-il capable de produire un claque-lumière ? Il n'avait jamais réussi à faire apparaître ne serait-ce qu'une lueur. Mais il devait essayer.

Il plia son bras, comme s'il tenait une batte de base-ball, prêt à renvoyer une balle. Quand il leva la main, il sentit un picotement, comme de l'électricité statique. C'était la même énergie qu'il avait perçue dans la corde quand il avait fait le neut, sauf que, cette fois, c'était en lui.

Il plaça son pouce sur son majeur.

Une étincelle. Un afflux. Arlo sentit l'air ployer autour de lui.

D'un geste fluide, son coude se raidit. Le garçon fit un petit mouvement du poignet, l'index dirigé vers la harpie.

Puis il claqua des doigts.

Une lumière aveuglante jaillit, comme le flash d'un appareil photo dans une pièce obscure. Elle crépita en quittant ses doigts et partit en ligne droite, pas en arc de cercle. Elle était trop rapide. Trop puissante.

Arlo vit la brume ondoyer, et l'air rayonnant se courber.

L'éclair frappa la harpie en pleine poitrine. Elle fut projetée à bas du rocher. Arlo la regarda tomber et disparaître.

Incrédule, il observa sa main. Un claque-lumière n'était pas censé avoir cet effet. Après tout, c'était juste de la lumière, pas de la chaleur, ni de l'énergie. Pourtant, c'était comme si son adversaire avait reçu un boulet de canon.

– C'était quoi, ça ? s'étonna Wu.

– Je ne sais pas !

Une odeur de brûlé régnait dans l'air. Arlo vérifia le bout de ses doigts. Ils étaient rouges et irrités après avoir agrippé la roche, mais pas calcinés. Il ignorait complètement comment il s'y était pris, et s'il était capable de reproduire son exploit.

En bas de la pente, Julie grimpa prudemment sur le rocher et regarda par-dessus le bord.

– Les gars, venez voir !

Arlo et les autres descendirent la rejoindre. Hormis quelques bleus et égratignures, ils étaient tous indemnes. Arlo fut le dernier à arriver à la lisière du champ de roches. Le dernier à voir ce qui s'était passé.

La harpie était tombée sur l'un de ses pieux, qui lui avait transpercé la poitrine. Elle était suspendue, impuissante, à plusieurs dizaines de centimètres au-dessus du sol.

Elle ne saignait pas. La blessure était sèche.

En fait, tout chez la sorcière de la forêt paraissait desséché. Sa peau semblait aussi rêche que de l'écorce. Ses doigts avaient l'aspect de brindilles tordues.

– Elle se transforme en bois, déclara Indra.

Arlo vit qu'elle avait raison. Le changement s'était d'abord opéré au niveau de la poitrine, pour ensuite gagner rapidement le reste du corps. Dans un instant, sa métamorphose serait totale.

Les yeux noirs de la harpie, qui devenaient des nœuds de bois, se fixèrent sur Arlo. Le garçon s'approcha. Il n'avait pas peur. Il ressentait juste une certaine pitié mêlée de dégoût.

– Pourquoi est-ce que vous vouliez me tuer? demanda-t-il.

La harpie sourit. Elle perdit quelques dents. Elle souleva une main-brindille et désigna les yeux vairons d'Arlo.

– Globille, souffla-t-elle.

Puis elle mourut. Arlo sentit l'esprit de la harpie s'envoler, ne laissant derrière lui qu'une enveloppe d'écorce sans vie. Quelles que soient les réponses qu'elle aurait pu lui donner, elle les emporta avec elle.

- 30 -
LE CHEMIN DU RETOUR

LA HARPIE N'ÉTAIT PLUS.

Après sa mort, les pieux-racines se rétractèrent dans le sol, laissant la vallée criblée de petits trous. Devenu bois, le corps de la harpie s'effrita, désormais indistinct de morceaux d'écorce ordinaires.

Le pin brûlait toujours. À l'évidence, sa magie ne dépendait pas de la harpie. Le feu qui auparavant semblait si menaçant était à présent presque réconfortant. Il rappelait à Arlo son premier camp au pré du Bélier, avant que leur vie à tous soit en péril.

Réunis autour du traîneau, les membres de la patrouille s'hydratèrent. Connor rassembla les pierres protectrices, juste au cas où. Indra rattacha les cordes. Les jumeaux rincèrent et pansèrent leurs égratignures.

Personne ne disait rien. À bout de nerfs, ils étaient tous trop fatigués.

Wu finit le reste de son eau puis reboucha sa gourde.

– Les gars ? demanda-t-il. Comment on va quitter cet endroit ?

Tous avaient l'esprit occupé par une même pensée. La harpie avait représenté une menace immédiate, mais leur plus grande inquiétude était d'ordre géographique. Ils se trouvaient dans le mauvais monde et ne savaient pas du tout comment rejoindre le bon.

Julie répondit la première :

– Il faut rester où on est. C'est ce que nos parents nous disaient quand on était petits. Quand on est perdus dans les bois, il faut chercher un endroit dégagé et y rester. Comme ça, les groupes de recherches finiront par nous retrouver.

– Comme ils ont retrouvé Connor et Katie ? ironisa Indra. (Aussitôt, elle regretta le ton qu'elle avait employé. Julie était au bord des larmes.) Excuse-moi. Simplement, personne ne sait qu'on est dans les Longs Bois. On ne peut pas attendre qu'on vienne nous chercher ici ! Et certains ne doivent surtout pas nous trouver.

– Qu'est-ce que tu veux dire ? l'interrogea Connor.

Indra et Arlo se regardèrent.

– Dans la cahute, on a vu la harpie parler avec quelqu'un – grâce à la magie, car elle était seule. Mais quelqu'un d'autre est impliqué, c'est certain. Quelle que soit cette personne, on peut affirmer sans se tromper qu'elle est en chemin.

– Dans ce cas, il faut partir, décréta Connor. On va monter sur les hauteurs pour repérer les environs. Ensuite, on choisira une direction et on s'en ira.

– Et le traîneau ? s'enquit Wu.

– On le laisse ici. On emporte ce qu'on peut.

Horrifié, Wu protesta :

– On abandonne monsieur Henhao ? Il fait partie de la patrouille !

Jonas leva les yeux au ciel :

– C'est un fauteuil cassé, monté sur une paire de vieux skis. Tu t'en remettras.

– On est arrivés deuxièmes ! hurla Wu. C'est une excellente performance !

– Au moins, nous, on a accompli quelque chose, renchérit Indra. Vous deux, à part vous plaindre et vous faire secourir, qu'est-ce que vous avez fait ?

Connor s'interposa entre eux :

– Ça suffit ! Stop !

Tout le monde se tut. Julie pleurait pour de bon. D'un coup d'épaule, elle repoussa la main de son frère qui tentait de la consoler.

– C'est sans espoir, gémit-elle en secouant la tête. On va mourir ici, hein ?

– Non, dit Arlo. Je sais comment retourner chez nous.

Pendant que ses amis se disputaient, Arlo avait sorti sa boussole. L'aiguille tournait toujours lentement. Cependant, en pivotant sur lui-même, le garçon perçut un infime vrombissement. Ce n'était pas le nord, mais tout autre chose.

Quand il s'entraînait dans son allée, il avait appris à ignorer les vibrations fantômes. À présent, il comprenait qu'elles indiquaient une direction bien réelle : les chemins qui menaient aux Longs Bois.

Ici, dans les Bois, la boussole montrait le chemin du retour.

– Tu es sûr de toi ? demanda Connor. Combien, sur une échelle de un à dix ?

Arlo répondit avec sincérité :

– Je dirais six ou sept. Je sais qu'il y a quelque chose, mais je ne peux pas le jurer.

– Si ça se trouve, la boussole lui montre comment s'enfoncer encore plus dans les Longs Bois, objecta Jonas, sceptique. S'il se trompe, ce sera encore pire.

– « Pire », c'est probablement ce qui se dirige en ce moment vers nous, insista Indra. On ne peut pas rester ici, c'est trop dangereux.

Wu s'avança :

– Pourquoi on perd notre temps à discuter ? Vous avez vu ce qu'Arlo a fait avec la corde ! Le claque-lumière qu'il a produit ! Aucun d'entre nous n'y arriverait. Ni moi, ni vous, ni Connor. Même Christian en serait incapable. Je parie que les magifeux d'hier soir ne sauraient pas non plus comment faire. Personne ne le sait, à part Arlo. Alors, s'il pense pouvoir nous sortir de là, vous savez quoi ? Moi, je le crois. Pas besoin de chercher le pourquoi du comment. Il faut juste me montrer dans quelle direction tourner le traîneau, parce que monsieur Henhao va nous ramener chez nous. C'est aussi simple que ça.

Indra se tourna vers Arlo. Connor aussi. Même les jumeaux. La dispute était terminée.

Wu désigna la boussole d'Arlo.

– Alors, quelle direction on prend ?

Arlo tendit un doigt. Ils ne venaient pas de là, mais les vibrations qu'il percevait provenaient de cette direction.

– OK, allons-y.

Wu prit son manteau sur le traîneau, l'enfila et remonta la fermeture Éclair. L'un après l'autre, les membres de la patrouille firent de même. Puis, comptant jusqu'à trois, ils soulevèrent M. Henhao pour le déposer sur la couche de neige la plus proche.

La corde de tractage enroulée autour de sa main gantée, Arlo se retourna pour jeter un dernier regard vers la vallée et l'arbre en feu. Combien de temps avait-il passé ici ? Une heure ? Deux ? Il y avait encore tant à explorer ! Mais l'heure était venue de rentrer chez lui.

Sitôt en route, ils reprirent leur rythme dans le chuintement des skis et le crissement de leurs chaussures sur la neige.

Dans le monde normal, les Rangers utilisaient leur boussole pour choisir un repère naturel à bonne distance – un arbre, un sommet montagneux, un bloc de roche – et se diriger vers lui en ligne droite. Pendant la marche, on pouvait ranger la boussole dans sa poche. Mais ici, dans les Longs Bois, il fallait procéder autrement. Ici, il n'y avait pas de lignes droites. Les chemins serpentaient en continu. Au bout de quelques pas, Arlo sentait un changement dans les vibrations, d'une différence subtile selon qu'ils contournaient un tronc à terre par la droite ou par la gauche.

Emprunter le mauvais chemin, c'était perdre la piste. Sans retour possible.

À l'avant du traîneau, Arlo ne voyait pas le visage de ses camarades, mais il savait qu'ils étaient sceptiques sur son itinéraire. À leur place, il le serait aussi. À un moment, ils virèrent complètement à droite puis complètement à gauche au milieu de ce qui, à première vue, n'était qu'un sous-bois ordinaire. Toutefois, en arrivant au sommet d'une petite butte, ils découvrirent que le sentier les avait menés à un endroit remarquable.

Un pont de glace enjambait une rivière au débit rapide. Il paraissait juste assez large pour le traîneau, sans marge d'erreur. Tomber à l'eau était inenvisageable : à gauche, la rivière se jetait d'une immense falaise. Le paysage s'étendait à perte de vue, sur des centaines de kilomètres peut-être, jusqu'à un point où le ciel violet rencontrait l'horizon, dans une lueur d'un rose orangé.

Tout autour d'eux, des stalactites pendaient aux arbres, scintillant dans la lumière. Julie leva les mains pour former un cadre.

– Dommage que je n'aie pas mon appareil photo.

– Je parie qu'on ne peut pas prendre de photos ici, répliqua Connor. Sinon, on en verrait plein des Longs Bois.

Indra approuva :

– C'est comme le Merveilleux, multiplié par dix.

Jonas pointa l'évidence :

– On n'est pas passés par ce pont à l'aller, sûr et certain.

– Je sais, répondit Arlo. Mais c'est le chemin du retour. Je le sens.

Wu ramassa la corde.

– Moi, ça me va. Que personne ne tombe à l'eau !

Pour un pont de glace, il était moins glissant qu'Arlo le craignait. Les éclaboussures gelées de la rivière offraient une prise à leurs semelles. Et ils n'étaient pas les premiers à traverser l'édifice ce jour-là : Indra remarqua des empreintes dans le givre.

– Un lynxilège, dit-elle. Il a six pattes, vous avez vu ? À tous les coups, il se cache dans les arbres et nous surveille.

Après un instant effroyable où le traîneau dévia dangereusement près du bord, ils atteignirent l'autre rive sains et saufs. Arlo les mena vers la butte suivante. Une minute plus tard, il s'arrêta, perplexe.

– C'est par où ? demanda Connor.

– Je ne sais pas. Ça a disparu.

– Comment ça, « disparu » ? s'impatienta Jonas. On est perdus ?

– Je n'en sais rien ! Je n'ai plus les mêmes sensations.

Indra sortit sa boussole.

– Elle ne tourne plus ! Je crois qu'on est sortis des Longs Bois.

Connor regarda à son tour sa propre boussole.

Arlo s'empressa de rebrousser chemin. Arrivé en haut de la petite butte, il ne vit que des arbres ordinaires. La rivière et le pont de glace n'étaient visibles nulle part.

– Elle a raison ! s'écria-t-il. On est de retour !

– Mais où, exactement ? s'enquit Jonas.

– Pas au Canada, j'espère ! s'inquiéta Julie.

Wu s'était éloigné du traîneau, à la recherche de quelque chose entre les arbres. Soudain, il écarquilla les yeux :

– Les gars ! Les gars ! Venez voir !

Quand les autres s'approchèrent, il s'expliqua :

– C'est là qu'on a vu l'ours. Rappelez-vous, j'étais parti faire pipi ! Là, près de cet arbre.

– Comment tu le sais ? l'interrogea Indra.

– Parce que je marque toujours mes initiales. (Il désigna un HW tracé dans de la neige jaunie.) « Henry Wu ».

– Tu es dégoûtant, commenta Indra en le serrant dans ses bras.

Connor regarda sa montre.

– Il n'est pas 16 heures. On peut encore finir.

Les six membres de la patrouille Bleue passèrent un long moment à se regarder. Après avoir survécu à une rencontre avec un ours, une harpie et s'être perdus dans les Longs Bois, ils avaient complètement oublié le Derby des traîneaux.

Ils étaient épuisés. Ils avaient faim et besoin de dormir. Le moment était mal choisi pour se mettre en quête d'une fierté inutile.

Julie parla la première :

– C'est parti. Allons vaincre les Rouges.

- 31 -
LA LIGNE D'ARRIVÉE

LA NUIT TOMBAIT PEU À PEU. Les ombres sur la neige s'étaient effacées, ne laissant derrière elles qu'un gris uniforme. Un vent froid se levait. Arlo remonta la fermeture Éclair de sa parka jusqu'au menton. Les crans métalliques rentraient un peu dans sa peau, mais tant pis. L'irritation détournait son attention de ses pieds endoloris et de ses yeux collants, qui piquaient encore à cause de la fumée de la vallée.

Même sans la boussole, Arlo était certain qu'ils prenaient la bonne direction : des dizaines de traces de ski étaient visibles dans la neige. Mais la route lui parut interminable.

Ils les entendirent avant de les voir. Juste après le virage, cent Rangers et adultes poussaient des acclamations et jouaient du tambour. Ils y étaient presque.

– On court sur les derniers mètres, suggéra Connor.

Tout le monde accepta sa proposition.

Rassemblant ce qui leur restait d'énergie, les Rangers de la patrouille Bleue contournèrent le dernier virage du quarante-neuvième derby annuel et coururent à toutes jambes.

Vingt-huit des trente patrouilles concurrentes étaient déjà arrivées. Mélangées autour du feu de joie, elles buvaient du chocolat chaud. Une fille des Verts fut la première à remarquer les Bleus qui émergeaient de la forêt. Elle motiva quelques Rangers pour les encourager. Ça ressemblait un peu à de la pitié.

Quelques-uns des membres de la patrouille Rouge les observèrent sans rien dire.

La ligne d'arrivée était matérialisée par une grande planche rouge dans la neige. La patrouille Bleue cessa de courir seulement quand le traîneau l'eut franchie en totalité.

Ils étaient en sueur, frigorifiés et dans un état d'épuisement complet. Arlo n'avait qu'un seul désir : s'endormir dans un bain chaud. Mais il leur restait une dernière épreuve.

Connor leur fit signe de se rassembler. Penchés vers l'avant, ils rapprochèrent leurs têtes.

– La dernière, souffla-t-il. On donne tout ce qu'on a !

Ils se mirent en rang. Arlo, le plus petit Ranger, se plaça de nouveau en bout de ligne. La voix rauque, ils hurlèrent :

Tape des mains !
Frappe des pieds !
La patrouille Bleue reste en tête !
Plus rapide que le lièvre,
Plus puissante que le grizzly,
Demain aussi bien qu'aujourd'hui,
La patrouille Bleue, y a pas mieux !

Alors qu'ils buvaient leur deuxième tasse de chocolat chaud, Indra se rapprocha d'Arlo et Connor.

– J'ai trouvé ça dans la cahute. Je ne voulais pas que les autres le sachent.

Elle tendit à Connor un collier en argent terni, orné d'un minuscule pendentif marqué des initiales « KC ».

Connor le reconnut aussitôt.

– C'était à Katie. Je ne me rappelle pas l'avoir vu autour de son cou, mais il était sur tous les avis de recherche. C'était un cadeau de son grand-père.

Il voulut le rendre à Indra.

– Non, garde-le.

Connor haussa les épaules.

– C'est à elle qu'il devrait revenir. Je le remettrai à ses parents. (Il rangea le collier dans la poche de son blouson.) Mais je ne sais pas si elle le récupérera. Elle n'aime pas quand on l'appelle Katie. D'après elle, ça n'a jamais été son vrai prénom.

Arlo oubliait sans cesse que, dans l'esprit de Connor, sa cousine n'avait pas disparu. Elle vivait juste à l'étranger, dans un lieu qui s'avérait être un autre monde. Connor s'était fait à cette idée. Il portait ce secret depuis si longtemps que, pour lui, ce n'en était presque plus un.

Ils regardèrent la dernière patrouille franchir la ligne d'arrivée. L'annonce des résultats était imminente. Alors que tous les Rangers se réunissaient autour du feu de joie, Arlo, Connor et Indra rejoignirent Wu, Julie et Jonas.

– Je me suis renseigné, les informa Wu. Apparemment, il y a une chance qu'on soit troisièmes. Pas de la troupe, mais de tous les concurrents.

Arlo ne comprenait pas.

– Comment c'est possible ? On est arrivés avant-derniers !

– On gagne quatre points rien que pour avoir franchi la ligne, intervint Indra en comptant sur ses doigts. Plus trois points si on a relevé les défis en respectant l'itinéraire, ce qui est notre cas. Ça fait sept points sur dix. La première équipe qui franchit la ligne a seulement trois points de plus que nous.

– Et ces trois points de plus que nous, ils ne les ont pas, précisa Wu. Les Rouges sont arrivés les premiers, mais ils ont fait les Signaux avant les Nœuds, donc ils ont perdu leurs trois points. Il paraît qu'en plus, ils ont raté les Nœuds. Ils ont fait un nœud d'écoute au lieu d'un nœud de jambe de chien.

– Bon sang, je rêve de les battre ! s'enthousiasma Jonas.

Julie secoua la tête.

– Moi, je veux juste qu'on soit dans les trois premiers. Après tout ce qu'on a vécu aujourd'hui, je n'en demande pas plus.

– Ça va se jouer sur l'Esprit, déclara Indra. On sait qu'au total, on a obtenu quatre-vingt-un points. L'an dernier, pour être troisième, il fallait en avoir quatre-vingt-dix. Avec un neuf sur dix, on a une chance.

Le Gardien barbu grimpa sur un podium. À la lumière du jour, Arlo remarqua qu'il avait des tatouages dans le cou, la plupart cachés par sa grosse barbe. La foule fit silence. L'homme lança :

– Rangers ! Que votre chemin soit sûr !

À l'unisson, tous répondirent :

– Que notre but soit vrai !

– Il y a quarante-neuf ans, les premiers Rangers faisaient la course dans ces montagnes. Ils ont appelé cette rencontre le Derby des traîneaux. Elle ne se résumait pas seulement à des distances et des minutes, mais aussi à la volonté, à des convictions, dont l'objectif était de mettre à l'épreuve les idéaux du serment du Ranger : loyauté, bravoure, gentillesse et honnêteté. Car même si les obstacles ne sont jamais les mêmes, quand nous les affrontons, les vertus qui sont les nôtres, elles, sont éternelles.

Arlo songea à la vallée et au combat qu'ils avaient livré contre la harpie. Ce n'étaient pas les neuts ni les claque-lumières qui leur avaient sauvé la vie. C'était d'avoir agi ensemble. Aucun parmi eux ne se vanterait d'être à cent pour cent loyal, brave, gentil ou vrai. Inutile. À eux six, ils avaient de la loyauté, de la bravoure, de la gentillesse et de l'honnêteté à revendre.

Le Gardien baissa les yeux sur son porte-bloc.

– Cette année, trente patrouilles ont participé à la course. Félicitations à toutes celles qui sont allées jusqu'au bout. À présent, il est temps de nommer les trois premières pour la remise des drapeaux.

Indra saisit les mains d'Arlo et de Wu. Le moment était venu. S'ils devaient recevoir un trophée, c'était maintenant.

– À la troisième place, avec quatre-vingt-dix points, la patrouille des Élans de la troupe de Cheyenne !

Des cris de joie fusèrent. Arlo regarda un groupe de Rangers du Wyoming monter sur le podium. L'un des garçons, aveugle, tenait un coéquipier par la manche pour avancer. Le Gardien leur remit un drapeau noir brodé de fils de cuivre. Les enfants le brandirent en braillant leur cri de ralliement.

La déception d'Arlo fut intense. Il se renferma en lui-même, surpris d'être aussi touché. À peine quelques minutes auparavant, il avait caressé l'espoir d'obtenir la troisième place. Maintenant, c'était fichu. Et ce sentiment de perte lui était douloureux.

Au fond de lui, il jura de ne plus jamais rien espérer. Ça faisait trop mal.

Par hasard, Arlo croisa le regard de Russell Stokes. Ce dernier traça du doigt une fausse larme le long de sa joue et articula en silence : « Bouhou ! »

Wu surprit leur échange :

– Ne fais pas attention à lui. C'est un sombre crétin.

Arlo se ressaisit. Après tout, c'était stupide de pleurer la perte d'un drapeau de troisième place alors qu'ils avaient failli mourir juste avant.

Quand la patrouille des Élans s'écarta, le Gardien remonta sur le podium.

– À la deuxième place, avec quatre-vingt-onze points, la patrouille Bleue de la troupe de Pine Mountain !

Arlo entendit mal. Il comprit « la patrouille Verte » ou « la patrouille Rouge ». Puis il vit Indra et Wu faire des bonds de joie. Sonné, Connor ouvrait de grands yeux. Jonas et Julie piaillaient.

– On a dû avoir un dix sur dix en Esprit ! se réjouit Indra. Ça n'arrive jamais !

Connor mena son équipe à travers la foule. Le Gardien descendit du podium puis leur tendit un drapeau noir avec le symbole du Derby des traîneaux brodé de fils d'argent. Connor le fit passer à son équipe. Ce n'était qu'un bout de tissu, mais à leurs yeux il avait une valeur inestimable.

Alignés, ils entonnèrent une fois de plus leur cri de ralliement, cette fois dans un désordre total. Wu tapa des pieds au lieu de frapper des mains ; Arlo inversa « grizzly » et « lièvre ». Mais peu importait. Ils avaient le drapeau de la deuxième place !

La patrouille rejoignit celle des Élans du Wyoming. L'heure était venue d'annoncer le nom du grand vainqueur.

Arlo réalisa que ce serait la patrouille Rouge. Elle les avait battus sur le terrain, dans la course initiale. Elle était douée en Sauvetage, et s'était sans doute bien débrouillée en Travail d'équipe. Le garçon se tint prêt à applaudir et acclamer ses concurrents quand le Gardien prononcerait leur nom.

– À la première place, avec quatre-vingt-treize points, grand vainqueur du quarante-neuvième Derby des traîneaux annuel : la patrouille Verte de la troupe de Pine Mountain !

Wu émit un hoquet de stupeur. Connor regarda Indra, qui s'empressa de calculer :

– Ils ont dû obtenir la note maximale pour tous les défis, et aussi en Esprit.

Arlo ôta ses gants pour applaudir plus fort la patrouille Verte quand elle rejoignit le podium. Elle se vit remettre le drapeau de la première place. Plus grand que les autres, le symbole était brodé de fils d'or.

Le cri de ralliement des Verts était plus complexe, ponctué de pauses et de syncopes parfaites. Ils avaient forcément passé des mois à le répéter. À la fin, tous les Rangers poussèrent à nouveau des cris d'acclamation.

Arlo vit Russell Stokes applaudir mollement. Il comprit alors pourquoi la patrouille Rouge ne figurait pas dans le trio de tête.

L'Esprit, ce n'était pas encourager seulement son équipe. C'était soutenir les autres du fond du cœur.

- 32 -
LA COUR D'HONNEUR

LE PÈRE D'ARLO voulait goûter aux macaronis au fromage.

– Tu n'as qu'à fourrer le téléphone dedans. Je trouverais bien le moyen d'en manger !

Jaycee sourit :

– Berk, t'es dégueu !

Ils se parlaient en vidéo sur son portable. Pour une fois, les repas étaient inversés : c'était l'heure du dîner dans le Colorado, mais du petit déjeuner en Chine.

– Arlo, je compte sur toi. Ici, les macaronis au fromage sont horribles. C'est comme si quelqu'un en avait vu en photo et ignorait totalement le goût que ça doit avoir. Je ne plaisante pas ! Le carton d'emballage est meilleur que le contenu !

Arlo prit le téléphone. Il le tint devant lui pendant qu'il fourrait une fourchette pleine dans sa bouche, puis il mâcha avec exagération.

– C'est de la torture ! se plaignit son père. Je t'avertis : ne me dis pas que c'est délicieux.

– C'est tellement bon ! Tout ce fromage !

Son père fit semblant de se poignarder avec ses baguettes.

Ils mangeaient sur de longues tables pliantes, dans le sous-sol de l'église. C'était l'un des repas semestriels de la troupe des Rangers, où chacun apportait à manger – essentiellement des plats gratinés et des salades composées.

Sa mère avait préparé des macaronis au fromage, comme quatre autres familles. Arlo goûta une cuillerée de chacun. À vrai dire, il ne sentait aucune différence, même si sa mère avait mis le « fromage du gouvernement » qui leur avait été donné par une banque alimentaire de l'État.

– S'il te plaît, arrête d'appeler ça du « fromage du gouvernement », dit-elle. C'est du fromage normal. On en donne aux familles qui ont besoin d'un coup de pouce, voilà tout.

Entre son travail de serveuse et la comptabilité du garage, sa mère gagnait assez d'argent pour couvrir la plupart de leurs dépenses. Hélas, il y avait toujours des imprévus. Un matin, à leur réveil, ils avaient découvert que la chaudière avait lâché et que l'eau dans les tuyaux avait gelé. Durant les quelques jours suivants,

Arlo avait bu de la neige fondue et dormi dans son sac de couchage, sur son lit. C'était un peu comme camper en intérieur.

Mitch, le garagiste, les avait aidés à tout réparer. Il avait montré à Arlo où se trouvaient les valves d'arrêt et comment vérifier les fuites sur les tuyaux.

– Parfois, c'est un petit trou de rien du tout. Mais, quand il y a trop de pression, ça pète.

Mitch était parti rendre visite à sa fille au Nouveau-Mexique pour le week-end. Sans quoi, Arlo se demanda si sa mère l'aurait invité au repas.

Comme le père d'Arlo voulut faire la connaissance de ses amis, le garçon tourna la caméra du téléphone vers Indra, assise avec les deux docteurs Srinivasaraghavan-Jones. (La mère d'Indra était psychiatre.) Indra interrogea le père d'Arlo sur un spécimen de papillon de nuit qu'on trouvait uniquement en Asie, d'après le *Manuel du Ranger.*

– Le papillon est moins intéressant que le cocon, déclara-t-il. On peut le faire infuser comme du thé, il paraît que ça repousse les scorpions.

– Et pourquoi les scorpions s'amuseraient à boire du thé ? s'enquit Wu.

Le père de Wu prit le téléphone et parla en chinois avec le père d'Arlo. Le garçon ne savait pas du tout de quoi, mais il y eut beaucoup de rires et de hochements de tête.

Pendant ce temps, assis en bout de table, le grand-père de Wu chipotait devant sa part de tarte au citron, l'air maussade. Arlo demanda à Wu quel était le problème.

– Il croyait qu'on lui ferait faire un autre tour de traîneau. Il est venu juste pour ça. Il n'aime pas quand il y a trop de gens.

Arlo le comprenait. Quelques jours auparavant, il avait invité oncle Wade. Enfin, en quelque sorte.

– Il y a la Cour d'honneur dimanche soir, si tu veux venir, avait-il proposé.

Wade avait sorti une canette de soda du frigo avant de refuser d'un signe de tête.

– C'est pas trop mon truc.

Puis il était parti.

Wade passait le plus clair de son temps dans son atelier. Arlo n'y était pas retourné depuis l'incident du coche-marre. Il était curieux de savoir sur quoi son oncle travaillait, mais il ne voulait pas risquer de briser leur fragile amitié en allant trop loin.

« Amitié », était-ce d'ailleurs le mot approprié ? Comme Arlo n'avait pas d'autres oncles, il ignorait ce qu'il fallait considérer comme normal. Cependant,

Wade faisait moins penser à un parent qu'à un enfant géant et bourru. Arlo était persuadé que Wade avait des secrets au-delà de son atelier, mais il ne savait pas comment les percer, ni si c'était possible.

Les parents de Wu rendirent le téléphone à Jaycee. Quand on lui demanda des nouvelles de Benjy, elle soupira. Arlo savait qu'ils s'étaient disputés, sans connaître les détails. En espionnant sa sœur lors d'une de ses conversations téléphoniques dans la cuisine, Arlo avait juste saisi : « Tu ne m'écoutes pas », « Ce n'est pas ce que tu as dit, c'est ce que j'ai entendu » et « Comment tu peux croire que je voulais dire ça ? ».

Benjy avait toute la compassion d'Arlo.

De l'autre côté de la table, la mère d'Arlo discutait avec les parents d'Indra de sujets ennuyeux tels que les nids-de-poule et les frais de scolarité à l'université. Puis le père d'Indra demanda :

– Alors, Céleste, pourquoi êtes-vous revenue vivre à Pine Mountain ?

Arlo devint aussitôt très attentif. Il fit semblant d'être concentré sur son assiette, mais tout son cerveau s'affairait à filtrer les autres conversations pour écouter en douce la réponse de sa mère.

– Vous êtes au courant des ennuis de Clark (Clark était le père d'Arlo) avec le gouvernement, je suppose ? Toute la ville le sait, j'imagine. (Les parents d'Indra confirmèrent d'un signe de tête.) C'est un peu la folie depuis deux ans. Après le départ de Clark pour la Chine, on a souvent déménagé. Apparemment, de nombreux employeurs ne veulent pas d'une comptable mariée à un fugitif poursuivi par le FBI. C'est aussi très compliqué d'obtenir une location. Sans parler des professeurs qui disent à votre fille, devant toute la classe, que son père est un traître.

– Je suis désolée, souffla la mère d'Indra en posant une main sur son bras.

Arlo jeta un coup d'œil à Jaycee, qui discutait joyeusement avec son père, en vidéo.

– Attention, je n'ai pas dit que je n'étais pas fière de Clark, poursuivit sa mère. Il a défendu une cause juste. Les gens finiront par s'en rendre compte. Mais ce n'est pas facile… (Elle but une petite gorgée de punch à l'orange dans son gobelet.) Vous m'avez demandé pourquoi nous sommes revenus à Pine Mountain. En gros, un jour, j'ai perdu la boule.

Arlo se raidit, attendant la suite. Sa mère s'apprêtait à donner une réponse qu'il n'espérait plus à la question : que s'était-il passé, au juste ?

– J'étais comptable en intérim, à Chicago, raconta-t-elle. On m'avait casée dans un petit bureau au fond d'un bâtiment, avec vue sur le parking. Un mardi soir, un peu après 18 heures, les lumières se sont éteintes d'un coup. « Bizarre », me suis-je dit. Je suis sortie de la pièce, et j'ai réalisé que tout le monde était parti. Les bureaux étaient fermés à clé et l'alarme avait été programmée. Ils m'avaient oubliée ! Je n'avais pas de clé ni le code de l'alarme. Après tout, je n'étais qu'une intérimaire. Je ne savais pas qui appeler. La police ? Ce n'était pas une urgence, quoique… Je devais récupérer Jaycee à son cours de musique, et Arlo à l'étude. Il y avait le dîner à préparer. Et voilà que je me retrouvais prise au piège dans cet affreux bureau, sans aucune issue !

– Alors, qu'avez-vous fait ? demanda le père d'Indra.

Arlo se pencha, tendant l'oreille.

– J'ai balancé une chaise à travers la fenêtre. J'ai réussi à sortir, je suis montée dans ma voiture puis j'ai récupéré mes enfants. Quelques jours plus tard, on emménageait ici.

La mère d'Indra sourit et lui prit la main.

– Pourquoi n'êtes-vous pas venue plus tôt ?

Arlo observa la réaction de sa mère. Elle semblait avoir du mal à se souvenir de quelque chose, comme un mot qu'elle aurait sur le bout de la langue. Ça ne lui revint pas.

– Je ne sais pas, finit-elle par répondre. Je ne pensais vraiment pas revenir un jour à Pine Mountain. J'ignore pourquoi, mais cette ville me faisait peur. Comme si quelque chose y était enterré. Mais, franchement, ça se passe merveilleusement bien. Je suis plus heureuse que je ne l'ai été depuis longtemps.

Arlo aurait voulu étreindre sa mère, mais ce geste aurait trahi son indiscrétion. Il se contenta donc de regarder la mère d'Indra serrer la main de Céleste. Avec sa manche, il s'essuya les yeux. Il aurait juré que Wu avait surpris son geste.

Debout sur une chaise, Christian annonça que la cérémonie allait commencer. Tout le monde débarrassa les tables pour que les patrouilles les replient et les rangent dans leurs supports à roulettes. Jaycee passa le téléphone à Arlo.

– Papa veut te parler.

Le garçon se rendit dans un coin plus calme. Son père rapprocha un peu plus la caméra.

– Bon. Au cas où on serait coupés, je tenais juste à te dire que je suis très fier de toi. Ce que tu as fait là-bas, c'est super.

– Merci.

– Je te promets de trouver le moyen de revenir vous voir, ta sœur et toi.

– Et Maman.

– Et ta mère. J'ai conscience que ça n'a pas été facile, ces dernières années. Mais nous, les Finch, on est forts. On s'en sortira. (Arlo acquiesça.) Ne baisse jamais les bras, d'accord ? On ne perd que quand on arrête d'essayer.

Après le serment du Ranger, Arlo s'assit avec sa patrouille. C'était étrange d'être assis pendant une réunion. En général, ils n'avaient pas de chaises.

– C'est surtout pour les parents, expliqua Wu. Les adultes ne supportent pas de rester trop longtemps debout. Ils ont les articulations fragiles.

Christian monta sur la minuscule scène.

– Avant tout, j'ai une annonce à faire. Comme certains d'entre vous le savent, et d'autres s'en doutent, j'ai commencé à me préparer pour passer le grade d'Ours. (Indra lança à Wu et à Arlo un regard qui signifiait : « Je vous l'avais bien dit ! ») J'ai fait tout ce que je pouvais faire à Pine Mountain. À la fin de l'année scolaire, je partirai donc pour finir ma formation. Je voulais vous remercier, tous, de m'avoir nommé maréchal de la troupe de Pine Mountain. C'était un honneur.

Parmi les murmures, Russell Stokes formula d'une voix forte la question que tout le monde se posait :

– Qui va te remplacer ?

– Ce sera au conseil des chefs de patrouille d'en décider.

Nouvelle vague de murmures. Chacun avait son avis.

Diana Velasquez, chef de la patrouille Verte, se leva avant de saluer :

– À Christian ! Que son chemin soit sûr !

Les Rangers répondirent de concert :

– Que son but soit vrai !

Les autres membres de la patrouille Verte se joignirent à Diana pour saluer Christian. Indra fut la suivante à se lever. Connor l'imita, un peu gêné. Arlo, Wu et les jumeaux firent de même.

Bientôt, les membres de la patrouille des Seniors se levèrent à leur tour. Seuls les Rouges restèrent vissés à leurs sièges. Arlo remarqua que certains levaient les yeux au ciel. Russell fit semblant de vomir.

Connaissant mal le protocole, les adultes et autres invités applaudirent.

Penchée vers Arlo et Wu, Indra chuchota :

– Diana meurt d'envie d'être maréchal. C'est flagrant.

– Et Tyler, chez les Rouges ? Je sais qu'il veut aussi prendre la relève, souffla Wu. Ou l'un des Seniors, peut-être ?

– Oui, ça ne va pas être beau à voir.

Arlo n'imaginait même pas la troupe sans Christian à sa tête. Il ne le connaissait que depuis quelques mois, mais il était sûr que personne n'assumerait aussi bien cette responsabilité. Il voulait que tout reste pareil : ici, chez lui, à l'école. Il avait l'impression qu'il venait à peine de comprendre comment les choses fonctionnaient, et voilà que les règles changeaient.

L'heure vint d'attribuer les insignes et les grades. Les patrouilles montrèrent tour à tour sur la scène pour la distribution des écussons par son chef.

Les Seniors passèrent les premiers. Deux garçons obtinrent leur insigne de Pisteur. Une fille avec de grosses lunettes se vit attribuer ceux qui récompensaient les connaissances en serpents et en écorces. Toutefois, elle n'avait pas du tout l'air ravie de les recevoir.

– Elle a raté l'oral du grade de Bélier, murmura Indra. Elle va devoir recommencer.

Tout à coup, Arlo se sentit envahi par la panique, comme lorsqu'un professeur annonçait un contrôle-surprise. Au fond de lui, il pensait avoir réussi son examen. Il avait remporté l'épreuve de la Marche noire du premier coup, alors qu'il était tombé sur la figure la plus difficile (l'étoile). Après avoir récité le serment du Ranger, il en avait expliqué le sens. Il avait fait un salut correct et effectué tous les nœuds. Non, vraiment, il ne voyait pas ce qu'il aurait pu mal faire. Pourtant, personne ne lui avait confirmé qu'il avait réussi.

Les Rouges montèrent ensuite sur scène. Pendant la remise, ils ne firent que bavarder et s'agiter, comme s'ils étaient trop cool pour prendre ce moment au sérieux. Russell reçut les insignes de Protections et Tir à l'arc. Kwame Wilson eut son Loup. Sa mère se leva derrière Arlo pour le mitrailler de photos avec son téléphone portable.

Kwame, l'un des cinq jurés Rangers pendant l'examen d'Arlo, ne lui avait posé aucune question. Peut-être parce qu'il savait d'avance qu'il voterait un refus. Arlo regarda Connor, assis trois sièges plus loin. Il tenait tous les nouveaux écussons de sa patrouille. Parmi eux, y avait-il l'Écureuil d'Arlo ? Connor le lui aurait dit s'il avait échoué. Avait-il seulement le droit d'échouer ?

Les Verts furent les suivants. Au lieu de lire les noms et les insignes simplement, Diana Velasquez les avait intégrés dans un poème qui rimait. C'était parfois malin, mais au final très ennuyeux. Les adultes applaudirent avec bien plus d'enthousiasme que les autres Rangers.

La patrouille Bleue fut la dernière à passer. Connor remit en toute simplicité les écussons de Veillée et Parcours à Wu, et de Signaux et Empreintes aux jumeaux. Indra se vit également attribuer ces quatre insignes, ainsi que le grade de Chouette. Quand Connor donna l'écusson à Indra, Arlo repéra le suivant dans sa paume : Écureuil.

– Félicitations, dit Connor en lui serrant la main.

L'écusson Écureuil, tout neuf, était encore raide. Du pouce, Arlo caressa les fils du motif de l'écureuil avec son gland, songeant aux vieux insignes d'oncle Wade qu'il avait décousus de la chemise, le premier soir. Il regarda le public : sa mère applaudissait. Sa sœur brandissait le téléphone pour que son père le voie.

Tous les écussons distribués, Connor n'en avait pas fini.

– Nous avons aussi des récompenses spéciales à attribuer.

De ses poches de pantalon, il sortit plusieurs cailloux. Arlo reconnut les pierres rouges que Connor avait utilisées pour bâtir le périmètre de sécurité dans la vallée de Feu.

– Tout d'abord, un prix pour la Plus Persévérante. Indra Srinivasaraghavan-Jones.

Il lui tendit une pierre. Elle sourit. Tous deux firent le salut.

– Ensuite, le Plus Optimiste. Henry Wu, incontestablement.

Les autres membres de la patrouille acclamèrent Wu qui accepta sa pierre.

– Pour les Plus Synchronisés, nous avons deux gagnants : Jonas et Julie Delgado.

Les jumeaux prirent leur pierre en même temps. Puis, sans un mot, ils les échangèrent. Certains parents rirent.

Connor tenait la dernière pierre.

– Pour finir, nous avons un prix spécial pour Héroïsme et Bravoure à toute épreuve. Sans le moindre doute, il revient à Arlo Finch.

Arlo reçut la pierre et, la tenant dans sa main, fit le salut. Connor le lui rendit.

– Patrouille, rompez.

- 33 -
UN VISITEUR

– C’est mignon. J’aime bien la queue. (Jaycee rendit à Arlo son écusson Écureuil.) Félicitations.

– Merci.

Devant l’église, ils attendaient leur mère, partie récupérer le plat à gratin qu’elle avait oublié à l’intérieur. La plupart des voitures avaient déjà quitté le parking.

Le téléphone de Jaycee vibra. Elle vérifia le message avant de jeter un coup d’œil à Arlo.

– C’est bon, dit-il. Tu peux appeler Benjy.

Sa sœur démêla ses écouteurs et s’éloigna.

La lune, réduite à un croissant, ressemblait à une coupure d’ongle dans un océan d’étoiles. Arlo la contempla avec attention, bien conscient que c’était une sphère complète. La partie dans l’ombre était toujours là, même si la lumière ne la dévoilait pas. Arlo s’imagina sur la lune, à regarder la Terre. Reconnaîtrait-il son pays, en bas ? « En bas »... Était-ce d'ailleurs ainsi qu'il fallait le concevoir ?

La lune, c'était la lune. La Terre, c'était la Terre. Même si les deux étaient liées, il n'y avait pas vraiment de « haut » ni de « bas ». Elles étaient simplement l'une à côté de l'autre, tournoyant dans le noir pour l'éternité.

– Belle lune, ce soir.

Un homme se tenait derrière Arlo. Le garçon ne l'avait pas entendu approcher. De petite taille pour un adulte, il avait une moustache en guidon de vélo. Il portait une veste en laine, des bottes de cuir et un chapeau en fourrure.

– Idéale pour chasser, si tu veux mon avis, ajouta-t-il.

Arlo ne le reconnut pas, mais la plupart des parents des Rangers lui étaient inconnus.

– En fait, l'idéal pour la chasse, c'est quand la lune est pleine, objecta le garçon.

Tous les Rangers le savaient. C'était écrit dans le *Manuel du Ranger*.

– Essaie de chasser par une nuit de pleine lune, répliqua l'autre, et tu auras faim. Ton dîner te verra arriver de loin. (Il parlait avec un léger accent. Arlo n'aurait su en identifier l'origine, mais il avait un côté désuet.) À propos, félicitations. Belle performance.

Arlo avait oublié qu'il tenait son écusson.

– Le grade d'Écureuil est à la portée de n'importe qui ou presque.

– Non, je parle de la partie dans les Longs Bois. C'était remarquable.

L'homme regarda au loin. Il avait les yeux clairs, presque argentés. Pas seulement à cause du clair de lune.

– Vous êtes l'un d'eux, c'est ça ? s'enquit Arlo. (L'homme sourit, dévoilant des dents d'un blanc parfait. Et bien pointues.) Vous êtes une de ces personnes qui vivent par-delà les Longs Bois.

L'homme secoua la tête.

– Je ne suis pas une personne. Je me déguise parfois, c'est tout.

– Alors, qu'est-ce que vous êtes ?

– Tu peux m'appeler Renard.

Il n'y avait pas de « monsieur » devant son nom – si c'était bien un nom. Arlo se dit que ce devait être son apparence véritable dans les Longs Bois.

– Qu'est-ce que vous voulez ?

– Rencontrer le héros ! C'est un sacré exploit d'avoir vaincu une harpie. Celle-là même qui a failli me voler ma queue quand j'étais renardeau.

Arlo se tourna vers lui pour lui faire face.

– Pourquoi est-ce qu'elle a essayé de me tuer ?

– Pour la récompense. (L'inconnu se frotta les mains.) Ta tête est mise à prix, Arlo Finch. Du moins, c'était le cas jusqu'à présent. Maintenant, certains pensent que tu as plus de valeur vif que mort.

– Pourquoi ? Qu'est-ce qu'ils veulent ?

– Quelque chose de caché. Quelque chose que tu pourrais trouver. Mais ce sera pour une autre saison. Je reviendrai quand il fera plus chaud.

Il remonta le col de sa veste, prêt à partir.

Arlo l'attrapa par le bras.

– Est-ce que je suis toujours en danger ?

Renard rit.

– Un écureuil est toujours en danger. (Il ôta la main d'Arlo de sa manche.) Mais ne te décourage pas, Arlo Finch. C'est maintenant que ça devient intéressant.

L'homme s'avança et passa à côté du garçon. Dans un courant d'air, il disparut. Quand Arlo se retourna, il vit sa mère qui revenait, son plat à gratin à la main.

– Tu es prêt ? demanda-t-elle.

Arlo acquiesça. Oui, il était prêt.

Ce livre est dédié à tous les éclaireurs et explorateurs, ceux avec lesquels j'ai grandi et ceux qui m'inspirent au quotidien.

J. A.

Achevé d'imprimer en Italie par Grafica Veneta
Dépôt légal : 3e trimestre 2018